KB072896

칸의 여행

사자(獅子)의 아들: 칸의 여행 1□

허담 新무협 판타지 소설

초판 1쇄 찍은 날 § 2021년 8월 20일
초판 1쇄 펴낸 날 § 2021년 8월 27일

지은이 § 허담
펴낸이 § 서경석

총괄팀장 § 노종아
편집책임 § 김범석
디자인 § 스튜디오 이너스

펴낸곳 § 도서출판 청어람
등록번호 § 제387-1999-000006호
등록일자 § 1999. 5. 31
어람번호 § 제2-2883호

주소 § 경기도 부천시 부일로 483번길 40 서경B/D 3F (우) 14640
전화 § 032-656-4452 팩스 § 032-656-4453
http://www.chungeoram.com
E-mail § chungeorambook@daum.net

ⓒ 허담, 2020

ISBN 979-11-04-92376-0 04810
ISBN 979-11-04-92295-4 (세트)

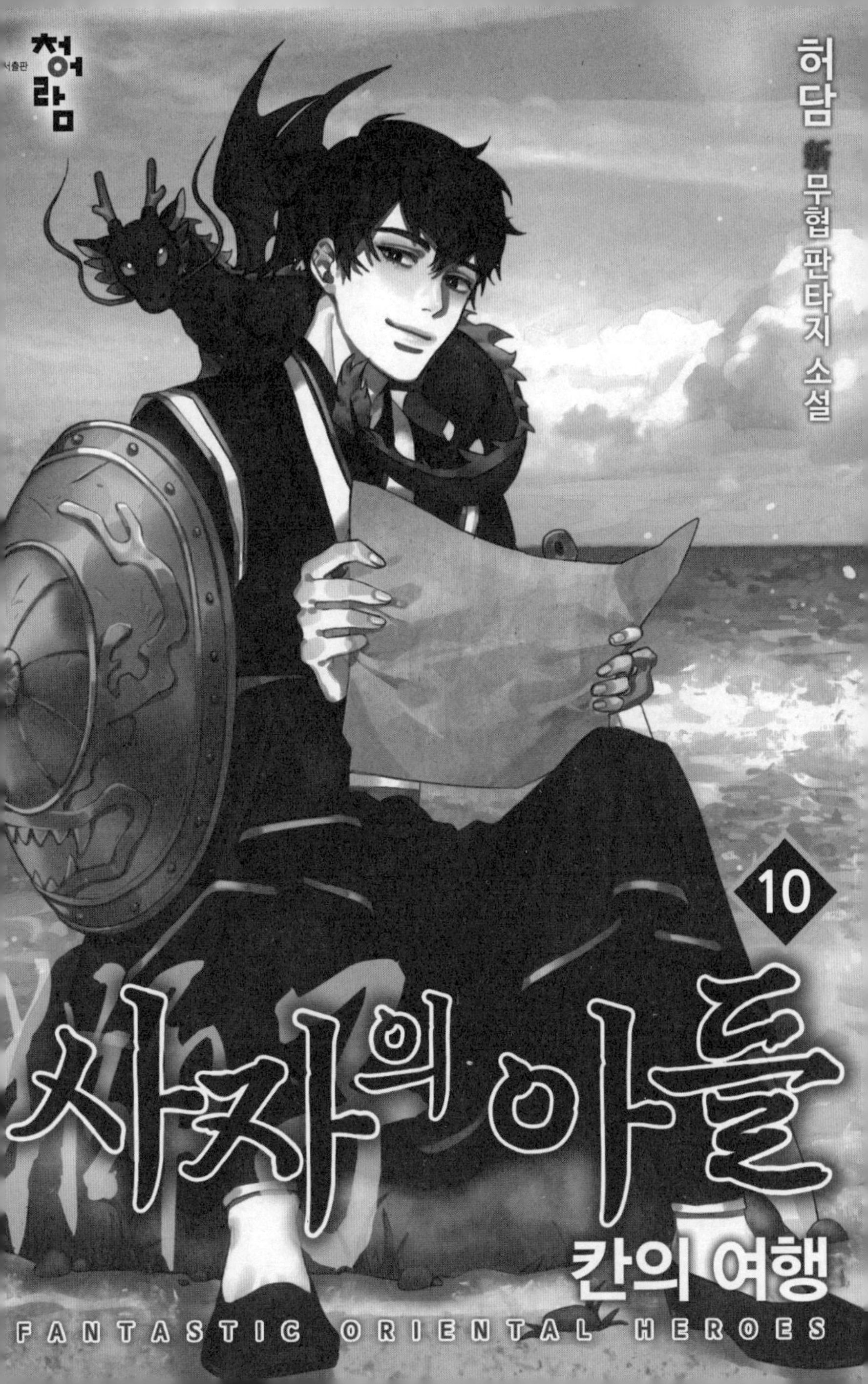
청어람
허담 新무협 판타지 소설
10
사자의 아들
칸의 여행
FANTASTIC ORIENTAL HEROES

겨울 대륙
(빙하의 땅)

북해

무산열도

대마협

서북빙해

오독의 섬

연화산

곤모산

녹대섬

석림

봄섬

무산해협

사령군도

수호자들의 섬

사대림

오시성

포구마을

소희강

군산

북천성

육주
(천섬, 천록의 땅)

신마대안섬

마정

이랑섬

사령반도

백림

흑랑항

파나류
(검은 대륙)

신마대외섬

열라항

사주의 섬

육주의 바다
(천해)

엽타

송강

회림

선와

온창왕

사해
상가

대하강

천목의 성

대반산

라인창

고해
(잊혀진 바다)

왕의 섬

대사막

남파섬

부산

도산

백련

롭의 바다
(야수해)

열사의 섬

남대해

배산섬

사자의 아들
칸의 여행

창해

목차

제1장. 조용한 움직임 ·· 7

제2장. 갑작스러운 여행 ·· 39

제3장. 고귀한 혈통 ·· 71

제4장. 낯선 존재들 ·· 101

제5장. 천년의 저력(底力) ·· 133

제6장. 누군가를 걱정하다 ·· 165

제7장. 왕의 섬으로 ·· 197

제8장. 초대 ·· 227

제9장. 서막(序幕) ·· 259

제10장. 물의 전쟁 ·· 289

대산맥

번호

화산맥

제1장

조용한 움직임

"헉!"

비단 이불을 밀쳐내며 노백이 자리를 박차고 일어났다. 그리고 재빨리 손으로 자신의 목을 잡았다.

그러나 걱정과 달리 목은 온전했다. 머리도 그의 목에 제대로 붙어 있었다.

노백이 두려운 눈으로 주위를 살폈다. 어두운 밤, 그의 침실을 비추는 작은 야명주만이 은은히 빛을 발하고 있다.

그의 오감에 잡히는 사람의 기척도 없었다.

"후……"

노백이 길게 한숨을 내쉬며 침상 위에 털썩 주저앉았다. 세상에 알려진 노백이라고는 믿을 수 없을 만큼 지치고 맥이 풀린 모습이었다.

"어떻게든 잡아 죽였어야 했는데……."

노백이 잠꼬대를 하듯 중얼거렸다.

그는 세상에서 가장 안전하다고 믿었던 극락전에 불청객이 찾아와 자신을 모욕한 후, 죽음의 협박을 하고 사라진 이후 줄곧 악몽에 시달리고 있었다.

그 불청객이 다시 찾아와 자신의 목을 베는 악몽이었다. 그 악몽으로 노백은 그날 이후 제대로 숙면을 취한 적이 없었다.

이대로 지내다가는 잠을 자지 못해 말라 죽을지도 모른다는 생각이 들 정도였다.

그래서 더더욱 그날 그자를 잡아 죽이지 못한 것이 아쉬웠다. 그자를 죽였다면 이런 악몽은 꾸지 않았을 것이다.

하지만 추격에 나섰던 세 척의 배가 그 한 명에게 모두 수장되었다는 보고를 받고 난 뒤에는 더 이상 그를 추격할 생각을 거둔 노백이었다.

혹시라도 그를 추격하다가 외려 그가 다시 자신을 찾아올까 두려웠기 때문이었다.

노백의 고개를 돌려 창을 바라봤다. 멀리 바다 건너 한밤에도 화려하게 빛나는 송강 하구의 시전이 보였다.

"그 빌어먹을 놈도 저기 어딘가에 있겠지?"

노백이 중얼거렸다. 그러고는 자신도 모르게 부르르 몸을 떨었다.

말해놓고 보니 보통 두려운 일이 아니었다. 언제라도 자신을 죽일 수 있는 자가 송강 하구 포구에서 자신을 지켜보고 있다는 것은 끔찍한 일이었다.

"무슨 수를 내야 해. 평생 이렇게 살 수는 없으니까. 더군다나 천록회 놈들이 자기 세상 만난 것처럼 날뛰고 있다. 이대로 가다가는 채 일 년도 되지 않아 육주의 상권을 천록회 놈들에게 빼앗길 수도 있어."

노백이 고개를 저으며 중얼거렸다.

그의 말대로 최근 천록회의 기세는 맹렬했다.

그들은 육주 곳곳에서 사해상가의 상권을 잠식하고 있었다. 삼룡철가가 이왕사후의 몰락 후 새로운 북서부의 강자로 떠오른 비룡성에 철을 공급하기로 한 것은 시작에 불과했다.

삼룡철가와 비룡성의 거래 소식이 알려진 이후 천록회의 상가들을 찾는 육주의 성주들이 계속 나타나고 있었다.

그렇게 사해상가의 상권이 잠식당하고 있는데도, 사해상가에서 특별한 대책을 내놓지 못하고 있다는 것이 더욱더 천록회를 찾는 사람들이 늘어나게 만들고 있었다.

사람들은 왜 노백이 이런 상황을 두고만 보는지 의아하게 생각하고 있었다.

이전의 노백이라면 절대 상황이 이렇게 흘러가게 놔두지 않았을 것이기 때문이었다.

오족의 살수들이 천록회의 중요 인물로 알려진 상인 마골에게 제압당한 것이 이유일 거라 말하는 사람도 있었다.

누구도 공식적으로 인정하지 않았지만, 오족의 살수들을 사해상가주 노백이 보낸 것이라는 걸 모르는 사람은 없었다.

하지만 노백의 힘과 독한 성정을 생각하면 오족의 살수들이 실패했다고 해서 칼을 거둘 사람이 절대 아니었다.

그럼에도 불구하고 그는 침묵 속에 있었다.

물론 육주 곳곳에서 사해상가의 상인들이 온 힘을 다해 거래처를 지키기 위해 노력하고 있기는 했다.

하지만 그건 사람들이 알고 있는 노백의 방식이 아니었다. 노백이라면 해적이라도 동원해서 대하강 하구 천록항을 기습했어야 했다.

그것도 아니라면 어떤 약점을 잡아서라도 천록회의 각 상가들을 무릎 꿇리고 말았을 노백이었다.

그런 노백이 침묵하고 있었다.

그래서 사람들은 조금씩 사해상가의 힘과 능력을 의심하기 시작했다.

혹은 천록회에 사해상가를 능가하는 잠재력이 있는 것이 아닌가 추측하기 시작했다.

그런데 사실 그 누구보다 이런 상황이 당황스러운 사람은 노백 그 자신이었다.

"쓸 수 있는 칼이 창고에 그득한데 제대로 쓸 수가 없으니……."

사람들의 생각처럼 노백에게는 천록회를 무너뜨릴 수많은 방법이 있었다. 오족의 살수를 동원한 것은 그중 가장 손쉬운 방법이었다.

그런데 더 이상 어떤 칼도 함부로 쓸 수 없는 상태가 된 것이다. 이름도 얼굴도 모르는 불청객의 협박 때문에.

슥!

노백이 다시 목을 매만졌다.

"그냥… 무시해 버려?"

노백이 반발하듯 말했으나 목소리에는 힘이 없었다. 극락전을 자기 집처럼 들어와서 호위 무사들을 모두 제압했고, 추격하는 배 세 척을 홀로 수장시킨 후 유유히 황금성을 빠져나간 불청객의 능력을 감히 무시할 수 없기 때문이었다.

"아니지. 그자가 언제 어느 때 다시 찾아올지 모르는데. 후우… 그렇다고 이렇게 나의 황금의 왕국이 무너져 가는 것을 두고 볼 수도 없고……."

노백이 뒷목을 잡으며 중얼거렸다. 진퇴양난, 그로서는 이러지도 저러지도 못하는 상황에 빠진 것이다.

그러다 한순간 노백이 고개를 푹 숙인 후 나직한 목소리로 중얼거렸다.

"결국 어쩔 수 없다. 다시 그들에게 손을 벌릴 수밖에. 그것 말고는 방법이 없어. 하지만 그러자면… 나는 다시 그들의 개가 되어야겠지. 이번 기회에 벗어날 수 있다고 생각했었는데… 크크크, 이제 다시 황금충이라는 멸시를 받으면서도 그들의 발을 핥아야 한단 거지? 뭐, 그래. 그렇게 해주지. 기회는 또 잡으면 되니까. 일단은 천록회와 그 빌어먹을 협박꾼 놈부터. 그들도 내 부탁을 거절하지는 못할 것이다. 천록항에서 그렇게 힘없이 물러난 것에 자존심이 상해 있을 테니까. 또 당장 그들 자신을 위해서도……."

노백이 정말 하기 싫은 일을 해야 하는 사람처럼 무겁게 자리에서 일어났다.

*　　　　*　　　　*

"이러다가는 정말 곧 사해상가를 따라잡겠어요."

소의가 수십 척의 배가 정박해 있는 대하강 하구, 천록항을 보며 말했다.

오족의 살수들이 마골에게 제압당해 천록항으로 끌려오고, 무한이 황금성으로 들어가 노백을 협박한 이후, 천록회는 무서운 속도로 성장하고 있었다.

그 속도가 놀라워서 육주의 상인들이나 각 성의 성주들 역시 의아하게 생각할 정도였다.

가장 이해되지 않는 것은 급격하게 세력을 확장하는 천록회를 사해상가가 그냥 두고 보고 있다는 것이었다.

수십 년 동안 수단과 방법을 가리지 않고 혹독한 방법으로 경쟁자들을 파괴해 버렸던 사해상가주 노백이 손을 놓고 있다는 것은 큰 수수께끼였다.

물론 덕분에 천록회는 하루가 다르게 화려한 성공을 이어가고 있었지만.

"이게 모두 술사님의 덕분 아닙니까? 이쯤 되면 천록회에서 술사님에게 장원이라도 한 채 선물해야 하는 것 아닌가 모르겠습니다."

이맥이 무한을 보며 너스레를 떨었다.

"이놈아, 천록회의 사람들은 마 대인까지도 술사님이 노백 그 늙은 황금충을 만나고 온 사실을 몰라. 그런데 무슨 은혜 갚음 이냐? 그렇다고 술사님이 그들을 찾아가 내가 노백의 손발을 묶 어놨소, 라고 말할까? 하여간 멍청한 것이……."

이공이 혀를 찼다.

"아니, 그걸 누가 모릅니까? 그냥 말이 그렇다는 거죠. 사부님 도 참……."

이맥이 그냥 농담 삼아 한 말을 정색하며 비난하는 이공이 못 마땅한지 눈살을 찌푸렸다.

"농담도 농담 같아야 웃어주지. 매일 바보 같은 소리나 히히덕 거리고 있으니… 쯔쯔……."

이공이 이맥을 바라보며 혀를 찼다.

그 모습을 웃으며 지켜보던 용노가 무한에게 물었다.

"이제 어찌시렵니까? 술사님께서 도와주실 수 있는 건 다 하 신 것 같은데. 노백이 겁을 먹고 천록회를 공격하지 못하고 있으 니 말입니다."

"열화산으로 돌아가고 싶으세요?"

무한이 웃으며 물었다.

그러자 용노가 머리를 긁적이며 대답했다.

"이렇게 여행하는 생활이 즐겁기는 하지요. 육주의 세력 다툼 을 구경하는 것도 재미있고 말입니다. 그런데 가끔 그래도 집이 라고 그 뜨거운 화산이 그립기도 하군요. 그리고… 대형께 죄송 하기도 하고……."

용노는 사막의 빛의 신전에 남아 있는 사곤을 생각하면 미안한 모양이었다.

"하긴 육주 여행이 길어지면 나중에 사 대형께서 가만있지 않으실 겁니다."

이공도 고개를 끄떡였다.

"그럼 가서 사백님과 교대를 하시는 건가요?"

소의가 용노에게 물었다.

"아무래도 그래야지 않겠느냐? 대형께서는 너무 오래 신전에 계셨어. 더 나이가 드시기 전에 세상 구경을 하셔야지."

용노가 정색을 하며 말했다.

그러자 무한이 시원하게 대답했다.

"좋습니다. 그럼 이곳에서의 일을 마무리하고 파나류로 돌아가기로 하죠. 삼 일 정도면 준비가 될까요?"

무한이 이공에게 물었다.

그러자 이공이 고개를 저었다.

"대해를 건널 배를 구해야 하니까. 삼 일은 촉박합니다. 일단 배를 구해봐야 떠날 날짜를 잡을 수 있을 겁니다."

"그렇군요. 보통 배로 육주의 바다를 건너 무산해협으로 항해하는 것은 어려울 테니까요."

무한이 고개를 끄떡였다.

"사백님께서 타고 오신 배를 타면 되지 않나요?"

이맥이 물었다.

"그거론 못 건너. 오면서 풍랑을 만나 배가 못 쓰게 되었거든. 여기까지도 겨우겨우 온 건데… 그 배를 쓰려면 수리하는 데 시간이 많이 들 거다. 그럴 바엔 다른 배를 사는 게 좋지."

용노가 말했다.

"배를 사는 게 어디 쉬운가요."

이맥이 어깨를 으쓱하면서 말했다. 그의 말대로 배를 거래하는 일은 결코 쉬운 일이 아니었다.

그러자 용노가 한 줄기 미소를 지으며 말했다.

"우린 도움을 받을 수 있는 최고의 거간꾼이 있지 않느냐? 그에게 작별 인사는 하셔야지요?"

용노가 무한에게 물었다. 마골을 말하는 것이다.

"그렇게 신세 지기는 싫은데……."

무한이 말꼬리를 흐렸다.

"노백의 일 말고도 그를 도와준 일이 적지 않으니 그도 싫어하지는 않을 겁니다. 오히려 술사님을 도울 수 있어서 기뻐하겠지요."

용노가 말했다.

"…뭐, 한번 말은 해보죠."

무한이 고개를 끄떡였다.

용노의 말대로 육주를 떠나기 전에 한 번은 더 타무즈를 만날 생각이긴 했다.

적어도 작별 인사는 해야 한다고 생각하기 때문이었다.

"이번에는 저도 함께 가는 것이 어떨까요?"

문득 이공이 뜻밖의 말을 했다.

"특별한 이유라도……?"

무한이 물었다.

"생각해 보면 그가 이 일을 시작한 것은 술사님 가문의 일 때문이 아닙니까?"

"그렇긴 하지요. 아버님과 저에 대한 복수심으로 시작한 일이니까요."

"그런 사람이라면 지금도 은근히 술사님을 걱정하고 있을 겁니다. 술사님 옆에 믿을 만한 사람들이 있다는 것을 알려주면 그의 마음이 편해지지 않을까요? 지난번 연회에서 잠깐 보기는 했지만……."

"흠……."

이공의 말에 무한이 대답을 않고 생각에 잠기듯 소리를 흘렸다.

그러자 이공이 다시 말을 이었다.

"술사님께서 그가 세상의 일에 관여하게 된 것을 달가워하지 않으신다는 것을 알고는 있습니다. 그래도, 의리를 지키기 위해 위험을 감수한 사람이니… 사실은 고마운 일이지요. 일신의 영화를 생각했다면 다른 방법을 택했을 겁니다."

이공이 젊은 무한에게 마골의 진심을 설명하듯 말했다.

"그의 마음속에 세상에 대한 욕심이 있을 수도 있지 않습니까?"

묻기는 했지만 무한 역시 마골에게 그런 마음이 있을 거라고 생각지 않았다.

"후후, 마음에도 없는 말씀을!"

이공이 가볍게 무한의 말을 받아넘겼다.

그러자 무한이 겸연쩍은 표정으로 미소를 지으며 고개를 끄떡였다.

"그렇군요. 그럼 함께 가시죠."

"잘 생각하셨습니다. 제 생각입니다만 그는… 언제라도 술사님께 큰 언덕이 될 사람입니다."

"그것까지는 바라지 않고요. 빛의 법을 따르는 여러분들로 전 충분합니다."

무한이 이공과 용노 등을 둘러보며 말했다.

"다다익선이지요."

용노가 불쑥 대화에 끼어들었다.

"번거롭기도 하지요. 아무튼 그럼 같이 가세요. 대신 연회에서처럼 얼굴은 가리시고."

"어차피 이번에 제대로 인사나 하려는 건데 얼굴을 가릴 필요가 있을까요?"

"빛의 역사를 지키는 일은 언제나 은밀해야 합니다. 특히 육주에서는 더더욱 그렇지요. 이곳은… 누가 뭐래도 십이신무종의 땅이니까. 얼굴을 노출하는 것은 가급적 피해야지요."

"…알겠습니다. 그럼 그렇게 하지요."

이공이 어쩔 수 없다는 듯 고개를 끄떡였다.

*   *   *

천록회는 천록항 외곽에 조금은 기이한 본거지를 구축했다.

본래 여러 개의 상가가 모이기는 했지만, 그래도 천록항 중심이 아니라 천록항이 한눈에 보이는 야트막한 야산 비탈에 각 상가를 위해 여러 개의 건물을 세운 천록회였다.

물론 천록항에도 적지 않은 건물들이 세워졌고, 또 여전히 만들어지고 있었다.

하지만 그 건물들은 천록회 상가들을 위한 것이 아니었다. 천록항에 거점을 만들려는 외부의 상가들을 위해 천록회는 기꺼이 천록항의 요지를 다른 상인들에게 내놓은 것이다.

천록회 상가들이 천록항과 거리가 먼 단점에도 불구하고 외곽 야산에 본영을 구축한 것은 두 가지 이유 때문이었다.

첫 번째는 천록항의 요지를 외부에 개방해 천록항을 이용하는 상인들을 더 많이 모으려는 목적이었고, 두 번째는 혹시라도 있을지 모르는 외부의 대규모 공격을 효율적으로 방어하기 위함이었다.

천록회가 자리 잡은 야산은 천록항을 한눈에 볼 수 있는 것말고도, 적의 공격을 방어하기에도 유리한 지형을 가지고 있었다.

바다 쪽으로는 제법 높은 해안 절벽이 있었고, 산 뒤쪽도 가파른 경사면을 가지고 있어, 적은 숫자의 무사로도 경계하기가 용이했다.

반면 천록항 쪽으로는 완만하게 경사를 이루고 있어서 잘 만들어진 대로(大路)를 통해 마차와 사람들이 오가는 데 불편이 없었다.

그리고 결정적으로 야산에 형성된 그들의 본영이 마치 견고한 병영의 진(陣)을 이루듯 교묘한 형태로 구성되어 있었다.

언뜻 보면 계획 없이 이리저리 흩어져 지어진 것 같지만, 자세히 보면 외부에서 적이 침입했을 때, 각 상가의 건물이 모두 중요한 방어막과 함정의 역할을 하게 만들어져 있었다.

이런 신묘한 형태의 본영을 구축한 것은 녹산연가의 제안에 의한 것이었다.

녹산연가는 상가와 무가의 성격을 모두 갖고 있는 곳이라서 병법에 능한 인물도 여럿 있었다.

그중에서도 특히 총관 연운의 양녀로 알려진 연이설의 전술 지략에 특출난 재능에 대한 소문이 간혹 돌곤 했다,

세상에 잘 알려지지 않은 여인이었지만, 녹산연가가 숨기고 있는 최고의 무기가 될 수도 있다는 소문이었다.

그래서 혹자는 천록항에 세워진 천록회의 기묘한 본진 구성을 그녀가 주도했을 수도 있다고 생각하고 있었다.

무한이 그렇게 여러 가지 이야기를 만들어내면서 구축된 천록회 본영에 잠입해 들어간 것은 육주를 떠나 파나류로 돌아가기로 결정한 다음 날 밤이었다.

무한의 움직임은 거침이 없었다.

혹시라도 있을 사해상가의 기습에 대비해 곳곳에 경비 무사를 세워두고 있는 천록회였지만, 무한은 마치 그들이 존재하지 않는 것처럼 편하게 마골의 거처를 향해 움직였다.

그런데 그런 무한을 발견하는 경비 무사들이 없었다. 그렇다고 풍신보를 이용한 빠름으로 경비 무사들의 시선을 피하는 것도 아니었다.

느리지는 급하지도 않은 무한의 움직임이었다.

무한의 뒤를 따라가는 이공은 그런 무한을 신기하게 바라보

고 있다가 마골의 거처 바로 앞에 이르렀을 때 결국 질문을 참지 못하고 던졌다.

"어떻게 길을 찾으시는 겁니까? 경비 무사들의 시선이 닿지 않은 곳으로만……."

나직한 이공의 질문에 무한이 빙긋 웃으며 대답을 하는 대신 손을 들어 하늘을 가리켰다.

그 순간 이공은 미세한 새의 울음소리 같은 것을 들었다.

주의해서 듣지 않으면 들을 수 없었고, 설혹 그 소리를 들었다 해도 관심을 갖지 않으면 그저 밤새 소리 정도로 생각할 소리였다.

하지만 이공은 그 소리의 정체를 금세 깨달았다.

"풍룡이 왔군요?"

이공의 목소리가 조금 높아지자 무한이 손가락으로 입을 가렸다.

그러자 이공이 아차 하는 표정으로 얼른 주변을 살폈다. 다행히 그들을 발견한 무사들은 없었다.

"밤눈도 밝지요, 풍룡은."

무한이 나직하게 말했다.

"그래도… 어떻게 소통을 하시는 건지, 신기합니다."

"이것이야말로 저와 다른 분들의 차이죠."

무한의 대답에 이공이 고개를 끄떡였다.

"그렇군요. 역시 술사님과 저희들은 무공 말고도 다른 면이 많은 것 같습니다."

"작은 재주일 뿐이죠."

"작은 재주라고 말하기에는… 천년밀교의 신묘한 힘이라고 해 두시죠. 그래야 저희들도 나름대로 자부심을 가질 수 있으니까요."

이공이 웃어 보였다.

"그런가요? 맞는 말씀이기는 합니다. 천년밀교의 신비한 법술 중 하나죠. 아무튼… 이젠 얼굴을 가리시죠."

무한의 말에 이공이 한숨을 쉬며 검은 천을 꺼내 얼굴을 가렸다. 그러면서도 한마디 중얼거리는 것을 잊지 않았다.

"지금도 꼭 이래야 하는 건지 의문입니다."

"어쨌든 조심해서 나쁠 것은 없으니까요."

"그렇긴 하지요."

이공이 고개를 끄떡였다.

그 모습을 보고 난 무한이 다시 걸음을 옮기기 시작했다.

*   *   *

상인 마골은 천록항 자신의 거처에서 턱을 괴고 깊은 생각에 빠져 있었다.

천록회를 구성할 때부터 중심적인 역할을 한 마골이다. 그럼에도 그는 가진 세력이 작아 세상은 그가 천록회의 중심인물이라는 사실을 알지 못했다.

천록회의 상인들 역시 얼마 전까지는 그를 뛰어난 조언자이자 중재자로 생각하기는 했지만, 그를 자신들이 만든 천록회의 우두머리로 생각하지는 않았었다.

하지만 그런 마골에 대한 평가는 지난 몇 달 동안 완전히 바뀌어 있었다.

물론 세상은 여전히 그의 진면목을 알지 못했지만.

사해상가가 초청한 세 명의 장로 중 한 명을 상대하고, 그를 죽이기 위해 사해상가에서 보낸 오족의 살수들을 제압한 그의 능력은 천록회 상인들을 충격에 빠뜨리기에 충분했다.

그래서 그들은 혹시 마골이 자신의 야심을 숨기고 상계에서 세력을 키우려는 위험한 야심가가 아닌가 의심을 하기도 했었다.

그러나 다른 사람이라면 자신이 이룬 성과를 바탕으로 천록회의 권력을 요구했을 것임에도 불구하고, 마골은 전혀 그런 욕심을 내지 않았다.

그는 자신이 사로잡은 오족의 살수들이나, 사해상가의 총관 나이만에 대한 처분조차도 다른 상가주들의 판단에 맡겼다.

상권에 대해서도 마찬가지였다.

그는 상권에 대해서도 별다른 욕심을 내지 않았다. 거간 상인으로서의 자신의 본분 이상의 것을 원하지도 않았다.

그런 그의 태도가 시간이 흐르자 그의 위치를 천록회에서 좀 더 공고하게 만들었다.

상인들에게는 상대에 대한 신뢰만큼 중요한 가치가 없는데, 천록회를 구성한 상가의 주인들이 욕심 없는 마골의 행동을 보며 그에 대한 신뢰를 점점 키워갔던 것이다.

이제 각 상가의 가주들은 큰 거래나 위험한 거래가 있을 때 그와 상의했고, 또 천하에 퍼져 있는 천록회 상인들이 보내는 정보들을 마골에게 가장 먼저 전했다.

그리고 마골은 그 정보들을 취합하고 분석해서 내린 자신의 판단을 각 상가의 가주들과 공유했다.

마골이 분석한 정보들은 천록회의 상인들에게 적지 않은 이득을 안겨주었으므로 상가의 가주들 역시 귀한 정보일지라도 마골에게 건네는 것을 망설이지 않았다.

그리고 그렇게 상가 가주들의 신뢰가 깊어질수록 마골이 해야 하는 일들이 늘어났다.

그래서 요즘 들어 마골은 밤을 새우기 일쑤였다.

오늘 역시 그런 밤이 지나고 있었다.

그런데 다른 때와 달리 오늘만큼은 마골의 얼굴이 결코 밝지 않았다. 들어온 소식들 중에 그의 신경을 계속 잡아두는 내용이 있기 때문이었다.

"후우… 그들의 의도를 알 수가 없으니 답답하군."

마골이 깊게 한숨을 내쉬고는 잠시 휴식을 취하려는 듯 자리에서 일어났다.

그리고 창가로 가려다 말고 흠칫 놀라 얼어붙은 사람처럼 움직임을·멈췄다. 그리고 잠깐의 침묵 뒤에 마골이 고개를 저으며 중얼거렸다.

"소주께서는 불쑥 불쑥 사람을 놀라게 만드는 재주가 있으시군요. 아버님은 그러지 않으셨는데……."

그러자 어느새 창가에 나타난 무한이 대답했다.

"난 아버지가 아니니까요. 그 무거움이 싫었던 사람이고."

무한이 대답했다.

"그간 어떻게 지내셨습니까? 오족의 살수들을 상대한 이후 한 달이 넘었는데, 한 번 오시지도 않고……."

마골이 원망스러운 표정으로 말했다.

"뭐, 그야 마 대인께서 워낙 바쁘시니까. 방해할 수 없었던 것이죠."

무한이 가볍게 농담을 건넸다.

"후우, 정말 바쁘긴 했습니다. 그러나 그렇다고 소주님을 만날 시간이 없을 만큼은 아니지요."

"그래서 이렇게 왔잖습니까. 그나저나 그들은 어떻게 되었습니까?"

무한이 타무즈에게 물었다.

"그들이라면……?"

"오족의 살수들과 사해상가의 총관 말입니다."

"아! 그들은 살려두었습니다. 죽이자는 사람들도 있었지만 나중을 생각하면 살려두는 편이 여러모로 좋을 것 같다는 의견이 대다수였습니다."

"역시 오족을 염두에 둔 결정인가요?"

무한이 물었다.

"그렇습니다. 그들을 죽이면 오족이 대거 육주로 넘어와 천록회를 공격할 가능성이 있으니까요. 반면 그들을 살려두면 오족이 함부로 움직이지 못할 겁니다. 나중에는 그들을 두고 거래를 할 수도 있겠지요."

"하지만 오족과 사해상가의 관계를 생각하면 오족이 천록회를 도울 일은 없을 것 같은데요."

무한이 고개를 갸웃하며 말했다.

"꼭 오족의 도움을 받으려는 것은 아닙니다. 사해상가와의 싸움에 관여하지 않는 것만 해도 큰 성과지요. 그리고… 전 사람의 마음을 믿지 않습니다. 아무리 오족이 사해상가와 사돈의 관계를 맺었다 해도 사해상가가 쇠락하기 시작하면 그들의 마음도 변할 겁니다."

마골이 냉정하게 말했다.

"사람의 마음을 믿지 않는다라… 그래도 전 마 대인을 믿고 싶습니다만."

"저야 당연히 믿어 주셔야지요!"

마골이 손을 자신의 가슴에 대며 말했다.

"사람을 믿지 말라면서요?"

"그거야 다른 사람들 이야기고… 그런데… 혼자 오신 것이 아니었습니까?"

문득 마골이 무한이 서 있는 창밖을 보며 물었다.

여전히 창밖으로는 사람의 그림자가 보이지 않았다. 그러나 마골은 창문 밖의 인기척을 이미 알아채고 있었다.

"음… 절 도와주시는 분들이 있다는 건 아시지요? 그중 한 분과 함께 왔습니다. 뭐, 특별한 것은 아니고. 이제 곧 이곳을 떠날 생각이라서… 혹시 저에 대해 걱정을 하실까 봐 절 돕는 분을 정식으로 소개해 드리려고요. 제 걱정 마시고 천록회 일에 집중하시라는 의미에서."

무한이 빙긋 미소를 지었다.

그러자 마골이 호기심이 생긴 표정으로 목을 빼 창문 쪽을 보며 말했다.

"혹시, 지난번에 사해상가의 사절단을 상대할 때 동행하셨던 분입니까?"

"맞습니다. 그리고 오족의 습격 때 사해상가의 총관 나이만을 사로잡은 분들 중 한 분이지요. 들어오시지요."

무한이 이공을 불렀다.

그러자 이공이 얼굴을 검은 천으로 가린 채 가볍게 창문 안쪽으로 들어왔다.

그러고는 마골을 보며 말했다.

"또 뵙는구려. 반갑소이다. 난… 음, 주군께서 이름과 얼굴을 밝히지 말라 하셔서 이렇게 불편한 모습으로 인사드리게 되었소."

"어서 오시오. 환영하오. 그런데 지난번에는 그저 소주를 돕는 분들이라 하셨는데, 주군이라 하심은……?"

마골이 이공이 무한을 주군이라 부르는 것을 보고 조금 놀란 듯 물었다.

그는 무한과 이공 등의 관계가 주종 관계는 아닌 것으로 생각했었다. 그저 오가며 사귄 친구 정도로 생각했던 것이다.

"좀 특이한 관계라고 할 수 있소. 보통 가문의 주종 관계와는 조금 다르지만, 평생 옆에서 도와드려야 하는 관계인 것은 맞소. 그러니… 주군에 대해선 너무 걱정 마시라는 말씀을 드리고 싶소이다. 나 같은 사람이 몇 명 더 있으니까."

이공이 이곳에 온 목적대로 마골을 안심시켰다.,

"음… 다행이구려. 난 소주께서 고립무원, 홀로 지내는 것이 아닌지 걱정이었는데."

말을 그렇게 해도 마골은 무한에 대한 걱정은 어쩔 수 없는 모습이다. 그런 마골을 보며 무한이 화제를 돌렸다.

"그런데 무슨 고민이 있습니까?"

무한이 홀로 있을 때 마골이 보였던 행동을 염두에 두고 물었다.

"사실… 좀 어려운 일이 생기기는 했습니다."

마골이 망설이다 입을 열었다.

"무슨 일인데요?"

무한이 물었다.

그러자 마골이 조금 더 낮은 목소리로 대답했다.

"오늘 긴급하게 들어온 소식인데… 신무종의 사람들이 세상에 나왔다고 합니다."

무한은 약간의 불편함을 느꼈다. 마골의 입에서 십이신무종이라는 말이 흘러나오는 순간 본능적으로 느낀 감정이었다.

그건 마치 자신이 육주를 떠나는 것을 허락하지 않겠다는 운명의 장난처럼 느껴졌다.

'그들이 나타났다고 내가 육주를 떠나지 못할 이유가 뭐가 있지?'

불편해진 감정 속에서 무한이 내심 자신의 육감에 반발했다.

육주의 운명이나 천록회의 운명은 사실 그와는 크게 상관없는 일이었다. 다만 지금까지 천록회의 일에 관여한 것은 가문의 사람인 마골 때문이었다.

마골이 이 일을 시작한 것이 자신의 죽음에 대한 복수심 때문이었으니 마골의 안위에서는 완전히 자유로울 수 없는 무한이었다.

하지만 천록회가 안정된 이상, 이쯤에서 그는 마골로부터도 자유로울 수 있다고 생각했다. 이후의 삶은 마골 스스로 선택한 것이기 때문이었다.

그럼에도 무한은 신무종 고수들의 등장이 자신의 뒷덜미를 잡아당기는 느낌을 지울 수 없었다.

"소주?"

아마도 마골은 신무종 고수들의 등장을 전한 후 몇 마디 말을 더 했었던 듯싶었다.

그런데 무한이 그의 말을 듣고 있지 않다는 것을 눈치챈 마골이 무한을 불렀다.

"아, 예."

무한이 마골의 부름에 정신을 차렸다.

"무슨 생각을 그렇게……."

"아, 아닙니다. 그나저나 신무종이 천록회의 일에 관여할 것 같습니까?"

무한이 물었다.

그러자 마골이 잠시 생각에 잠겼다가 대답했다.

"그들이 천록회를 찾아올 것은 확실합니다. 어쨌든 그들은 그동안 사해상가와 이왕사후를 움직여서 육주에 영향력을 행사했으니까요. 그런데 그 기반이 흩어지고 사해상가도 도전받고 있으니까 당연히 새로운 기반을 마련하려고 할 겁니다."

"그 대상에서 천록회가 빠질 수 없겠군요."

무한이 말했다.

"그렇습니다. 다만 그들이 천록회를 사해상가를 대신할 대상으로 보는지 아니면 사해상가를 지키기 위한 적으로 볼지는⋯ 어쩌면 사실 그 대답은 그들이 아니라 천록회에서 해야겠지요."

마골이 무겁게 말했다.

그의 말처럼 만약 천록회가 그간 사해상가의 노백이 십이신무종에 제공했던 것들을 대신하겠다고 한다면 신무종은 천록회의 손을 잡아줄 수도 있을 것이다.

하지만 그 역할을 거절하면 그들의 힘으로 사해상가를 위해 천록회를 무너뜨릴 수도 있었다.

"어떨 것 같습니까?"

무한이 물었다.

그러자 마골이 고개를 저었다.

"저로서는 예측할 수가 없군요."

"상인들이라면 당연히 신무종과 거래를 하지 않을까요? 굳이 그들과 맞설 이유는 없을 것 같은데⋯⋯."

무한이 되물었다.

솔직히 말해 고민할 이유도 없는 일이었다.

신무종과 손을 잡는 순간 사해상가를 넘어설 가능성이 훨씬 커지기 때문이었다. 그러니 신무종의 손을 거절할 이유가 없었다.

"그게… 다른 상가들은 모르겠는데 녹산연가는……."

"그들이 신무종과 악연이 있습니까?"

무한이 조금 놀란 표정으로 물었다.

"글쎄요. 악연인지 뭔지는 모르지만 십이신무종에 대해 반감을 가지고 있는 것은 분명한 것 같습니다. 그리고… 적어도 다른 상가와 달린 녹산연가는 천록회를 이용한 상권 장악이 궁극적인 목적이 아닌 것도 같고……."

"그럼 그들의 최종 목표는 뭡니까? 사해상가를 누르고 육주 제일의 상가 자리를 찾는 것이 아니면?"

무한이 물었다.

"…확실치는 않습니다만. 그들은 상계를 넘어선 야망을 가진 것 같습니다. 그런 면에서는 사해상가와 비슷하지요."

"상계를 넘어선다면……?"

"그냥 흘려들을 수도 있습니다만 이런 이야기가 있었습니다. 천록회가 안정되기 시작할 즈음 녹산연가의 사람들 일부가 대하강을 거슬러 올라가 옛 천록의 성터로 향했다는……."

"그게 이상한 일인가요?"

무한이 되물었다.

그러자 뒤에 있던 이공 역시 의아한 듯 입을 열었다.

"천록의 왕국 성터는 육주 사람들에게는 즐겨 찾는 여행지가 아니오? 비록 돌보는 사람이 없어서 피폐해지기는 했지만 그래도 육주에서 태어난 사람이면 한 번은 구경을 해야 할 곳이라고들 하던데……."

녹산연가의 사람들이 천록의 왕국 옛 성터를 여행한 것이 이상할 것이 전혀 없다는 의미다.

그러자 마골이 고개를 끄떡였다.

"얼핏 그렇게 생각할 수도 있소. 하지만 녹산연가와 과거 천록의 왕국의 관계를 생각하면, 그리고 이번 여행에 참여한 사람들을 고려하면 간단한 문제가 아닌 것 같소."

"누가 갔소이까?"

"녹산연가에는 가주 외에 다섯 명의 총관이 있소. 각자 하나의 거대한 상단을 이끌 만한 사람들인데, 그중 셋이나 갔다고 하오. 연 가주가 이곳에 있고, 총관 연운도 연가와 이곳을 주기적으로 왕래하고 있는 상황에서 세 명이나 되는 총관이 천록의 옛 성터로 향했다는 것은……."

"좀 이상하기는 하군. 그럼 마 대인께서 생각하시는 것은 무엇입니까?"

이공이 물었다.

"그들이 그곳을 여행한 방식도 이상하오. 여행이 끝났으면 돌아와야 하는데, 녹산연가 일행 중 일부가 그곳에 남았소. 그건 곧 그들이 그곳에서 할 일이 있다는 뜻이 아니겠소?"

"설마……?"

이공이 마골을 바라봤다.

그러자 마골이 다시 입을 열었다.

"알아보니 그 여행이 시작된 직후부터 적지 않은 자재들이 배에 실려 대하강 상류로 향하고 있었소이다."

"천록의 성을 복원하겠다는 것이오?"

이공이 되물었다.

"확실한 것은 모르겠소이다. 일단 그 근처에 건물들을 세우고 있는 것까지는 확인했소이다만. 그런데 만약 그들이 성을 복원하려 한다면 그것부터가 십이신무종의 우려를 살 것이오. 천록의 왕국은 그 힘이 워낙 강력해서 십이신무종도 이왕사후나 사해상가를 대하는 것처럼 천록의 왕국을 대하지는 못했으니까 말이오."

마골이 말했다.

"하지만 단순히 성터를 복원하는 것 정도야… 할 수 있는 것 아닌가요? 특히 상가라면 그렇게 성터를 복원한 후 유람을 오는 사람들을 상대로 장사를 할 수도 있고……."

무한이 물었다.

"문제는 지금까지 아무도 그 일을 하지 않았다는 겁니다. 왜 하지 않았겠습니까?"

"그야 이왕사후의 눈치를 봤던 것이겠지요."

무한이 대답했다.

"그도 그렇지만 정확하게는 그 성의 주인이 없었기 때문입니다. 천록의 왕국은 왕족이 단절되어서 왕국의 성터 주인도 사라졌지요. 이후 감히 그 누구도 주인이 없는 성터라고 그 성을 차지하려 하지 못했습니다. 주인이 없어도 감히 범접할 수 없는 위대함이 서린 곳이니까요. 그건 이왕사후도 마찬가지였지요. 그런 곳을 녹산연가가 복원하려 한다는 것은……."

"설마, 그들이 천록의 왕국의 정통성을 이어받을 누군가를 찾았다는 것이오?"

이공이 놀란 음성으로 물었다.

그러자 마골이 망설이다가 입을 열었다.

"천록의 성에 간 사람들 중에 특이한 사람이 있소."

"특이한 사람이라니 누가 말이오?"

"연이설이라고……."

"아, 그 여자!"

무한이 알은척을 했다.

"그녀를 아십니까?"

마골이 놀란 표정으로 물었다.

하지만 이공은 놀라지 않았다. 무한이 녹산연가의 배를 타고 육주로 온 것을 알기 때문이었다. 그리고 당시 녹산연가의 상선 에는 연이설이 타고 있었다.

"어쩌다 보니……."

무한이 말꼬리를 흐렸다.

"어느 정도 관계십니까?"

마골이 궁금한 듯 물었다.

"그냥 뭐… 지나치다 만나면 인사 정도는 할 만한 사이지요.

"음… 대화를 나눠보았습니까?"

마골이 다시 물었다.

"아주 조금요."

"어떤 사람으로 보이던가요?"

마골이 생각보다 집요하게 연이설에 대해 물었다. 그러자 분위 기가 심상찮음을 깨달은 무한이 정색을 하며 대답했다.

"그녀는… 야망이 큰 사람 같았지요. 그래서 이상하게 생각 했었습니다. 상가의 여인이 그런 강렬한 야심을 가지고 있다는 것이."

"음… 역시 그렇던가요?"

마골이 고개를 끄떡였다. 예상하던 대답인 듯싶었다.

"제 대답은 끝난 것 같고, 그녀에 대해 알고 계신 것을 말씀해 주시죠?"

이번에는 무한이 물었다.

그러자 마골이 다시 물었다.

"그녀가 총관 연운의 친혈육이 아니라는 것은 알고 계십니까?"

"그건 알고 있습니다."

"전 그녀의 본래 뿌리가 천록의 왕국에 있는 것이 아닌가 의심하고 있습니다."

"…천록의 왕국요?"

"그렇습니다. 솔직히 말하자면 전 꽤 오래전부터 그녀에게 관심을 가지고 있었습니다. 천록회를 구성하기 시작했을 때부터였습니다. 간혹 천록회를 구성할 때 어려운 일이 생길 때마다 녹산연가의 가주는 생각지 못한 방법들을 내놓았지요. 그런데 나중에 알고 보니 그 방법들은 연이설 그녀에게서 나온 것들이더군요. 이곳 천록회 본영의 구성도 그렇고… 그래서 그녀에 대해 좀 알아봤습니다."

"그래서요?"

무한도 연이설에 대해서는 호기심이 있었다.

그녀에 대한 호불호를 떠나서 연이설은 사람의 관심을 끄는 여인이기 때문이었다.

"그녀가 녹산연가에 들어온 시기나, 그 당시 그녀와 함께 녹산 연가에 들어온 사람들. 그리고 녹산연가의 가주가 그녀를 자신의 동생의 양녀로 들이면서까지 보호하려 했던 것들을 볼 때… 그녀는 분명 천록의 왕국과 연관이 있을 것 같습니다. 특히… 연가주조차도 그녀를 어려워한다고 하더군요. 그렇다면 더더욱……."

마골이 말꼬리를 흐렸다.

"가능성이 있군요. 한 가지 사실을 제외하면. 만약 그녀가 정말 천록의 왕국의 혈통을 가진 사람이라면 왜 왕국이 멸망할 때 나타나지 않았을까요? 나이가 어려도 혈통이 인정되면 당연히 왕국의 후계자가 될 수 있었을 텐데요. 그 정도 정통성은 없는 걸까요?"

무한의 물음에 마골이 선뜻 대답을 하지 못했다.

천록의 왕국이 왕의 혈통을 찾지 못해 멸망한 것은 세상이 다 아는 일이었다.

마골이 무한이 제기한 의문에 잠시 침묵을 지키다가 조금 늦게 입을 열었다.

"두 가지 가능성이 있지요. 하나는 소주의 말씀처럼 정통성을 주장하기에는 너무 먼 방계의 혈통이거나, 혹은… 당시의 상황에서 그녀가 등장하는 것이 너무 위험했거나. 이왕사후 같은 야심가들은 당시 왕족의 혈통이 등장하는 것을 원치 않았으니까요."

"음… 그럴 수도 있겠군요. 그래서 녹산연가로 피했을 수도 있고. 아무튼 그녀가 옛 왕국의 성터에 있다는 것이죠?"

무한이 되물었다.

"그렇습니다. 그리고 신무종의 고수들이 세상에 나왔고… 솔직히 말하면 전 소주께서 제 일을 조금 더 도와주셨으면 하는 생각입니다."

마골이 무한에게 말했다.

그러자 무한이 잠시 생각에 잠겼다가 이공을 보며 물었다.

"천록의 왕국 옛 성터 구경 한번 하지 않으실래요?"

제2장

갑작스러운 여행

　다른 일행에게는 생각지 않았던 뜻밖의 일이었다.

　하지만 그렇다고 그들이 불만을 가진 것은 아니었다. 육주 내
륙으로의 여행은 기회가 닿지 않아서 그렇지 이공이든 용노든
누구나 한 번쯤은 해보고 싶은 일이기 때문이었다.

　육주로 건너온 이후 무한 일행이 머문 곳은 거의 대부분 송강
하구와 천록항 일대였다.

　그러나 이 두 곳이 육주에서 가장 번성한 곳이기는 해도, 육
주 전부를 보여주는 것은 아니었다.

　진정한 육주 여행은 그런 항구보다는 내륙으로 들어가야 한
다는 것을 모두가 알고 있었다.

　그래서 파나류로 돌아가는 대신 대하강 중상류로 올라가 옛
천록의 왕국 성터를 구경하자는 무한의 제안은 놀랍기는 해도

반가운 일이었다.

그렇게 부랴부랴 준비해 육주 내륙 여행을 떠난 지 삼 일이
지났다.

말을 타고 대하강 변을 따라 오르는 여행길의 흥분도 서서히
가라앉을 무렵, 그들은 강을 따라 올라가는 녹산연가의 상선을
볼 수 있었다.

쿠우우!

강변에서도 배가 물길을 가르는 소리가 크게 들렸다.

대하강은 육주에서는 가장 큰 강이다. 천록의 왕국이 몰락한
이후 육주의 중심이 송강 유역으로 옮겨졌지만, 사실 강의 크기
로는 여전히 대하강이 육주 제일의 강이었다.

너른 곳은 강변 양쪽을 마주 볼 수 없을 만큼 넓은 폭을 자
랑한다.

당연히 유속도 느렸다. 흐르는 강물을 거대한 상선들이 거슬
러 올라갈 정도로.

그런 강의 특징이 과거 천록의 왕국이 강 중상류 내륙에 있으
면서도 육주 제일의 왕국으로 발전하게 된 한 이유였다.

대하강을 이용해 마치 바닷가 항구에 위치한 것처럼 세상의
모든 물자를 어려움 없이 받아들일 수 있었기 때문이었다.

그 거대한 강을 따라 녹산연가의 상선이 도도하게 올라가고
있었다.

"정말 뭔가를 하려는 모양이군요."

이공이 말했다.

빠르게 달려온 말들에게 휴식을 주기 위해 강변에서 잠시 말을 멈춘 일행이었다.

"그러게 말이네. 배에 실린 것들이 대부분 질 좋은 목재들이야. 건물을 짓는 데 사용하는 것들이지."

무한 대신 용노가 대답했다.

마곧, 타무즈의 말대로 녹산연가가 천록의 왕국 옛 성터에서 무엇인가를 하려는 것은 분명해 보였다.

그렇지 않다면 저렇게 많은 목재들이 필요할 일이 없었다.

"그런데 목재만로는 성을 복구할 수 없잖습니까? 천록의 왕국의 옛 성은 석성(石城)으로 유명하다고 하던데……."

이맥이 물었다.

그러자 이공이 어이없는 표정을 지으며 이맥을 바라봤다.

"왜요?"

이공이 뭔가 다시 트집을 잡으려는 것을 눈치챈 이맥이 퉁명스럽게 물었다.

"돌이 썩냐?"

"예?"

"돌이 썩냐고, 이 멍청한 놈아! 성이 무너져도 성을 쌓았던 석재들은 그대로 남아 있을 것 아냐? 썩어 없어지는 것은 목재들뿐이지. 그러니까 목재만 가져가면 되는 거야. 다시 말해 석재들은 옛 성터 근방에서 충분히 구할 수 있다는 거다. 알았냐? 더군다나 천록의 옛 성이 석성이라는 것은 그 근방에 석재들을 공급할 수 있는 석산이 존재한다는 뜻이고!"

"아! 그게… 그렇군요, 흐흐"

이맥이 이번에는 정말 자신이 미처 생각지 못했다는 듯 머리를 긁적이며 흐흐거렸다.

그러자 이공이 혀를 차며 중얼거렸다.

"너의 그 돌머리도 천록의 옛 성처럼 아주 오랫동안 변하지 않고 남아 있을 것 같구나, 쯔쯔……."

"아니, 무슨 그런 악담을……!"

이맥이 화를 내려는데 용노가 두 사람의 말을 막았다.

"그만들 하고, 그런데 천록의 성에 가서는 어쩌실 생각이십니까?"

용노가 무한에게 물었다.

"글쎄요……."

무한이 말꼬리를 흐렸다.

"달리 계획을 가지고 가시는 것이 아니란 뜻이군요?"

"사실, 그래요."

무한이 용노의 말에 고개를 끄떡였다.

그러자 용노가 고개를 갸웃했다.

"다른 때와 다른 모습이시군요."

질책하는 것은 아니었다. 다만 용노는 무한이 평소 타인의 일에 관여하기를 꺼려한다는 것, 그리고 보기와 달리 모든 일을 계획적으로 행한다는 것을 알고 있기에 하는 말이었다.

이렇게 즉흥적인 결정과 움직임은 무한에게는 무척 특별한 경우였다.

"저도 이상하게 생각하고 있습니다. 제 스스로도요. 그런데 이상하게 그곳에 가봐야 할 것 같은 생각이 들더군요."

"그렇군요. 뭐, 이런 여행도 나쁘지는 않지요. 그리고 예전에 이런 말을 들은 적이 있습니다. 빛의 술사는 영감으로 자신이 있어야 할 자리를 찾는다고……."

"누가 그런 말을 했습니까?"

무한이 물었다.

"저를 황벽 안에 가둔 양반이 그랬지요."

"아! 전대의……?"

"예. 빛의 술사가 얼마나 대단한 존재인지 설명하면서 그런 말을 했지요. 아우님도 들었나?"

용노가 이공에게 물었다.

그러자 이공이 고개를 끄떡였다.

"그런 말을 들었었지요. 빛의 술사는 영적 감응에 의해 움직인다는… 그게 정말인지는 잘 모르겠습니다만."

이공이 무한을 보며 말했다. 무한에게 사실을 확인하고 싶은 표정이다.

그러자 무한이 고개를 저었다.

"그럴 리가 있나요. 빛의 술사가 신도 아니고. 그렇다고 점을 치는 무당은 더더욱 아니고요. 빛의 술사에게 전해지는 능력들은 모두 오랜 세월 경험을 통해 쌓인 지식에 기반한 것입니다. 허황된 술법 같은 것이 아니죠."

무한이 단호하게 말했다.

"그… 런가요?"

무한의 말에 말을 꺼낸 용노가 머쓱해진 표정으로 되물었다.

"하지만 다른 사람들이 보기에는 그렇게 느낄 수도 있었을 겁니다. 오랜 지식과 경험을 바탕으로 놀라운 발전을 거듭한 천년 밀교의 무공이나 법술이 타인에게는 마술처럼 느껴지기도 할 테니까요."

"그럴 수도 있겠군요. 아무튼 그럼 이번에 천록의 옛 성터에 가는 것은 정말 순전히 술사님의 육감 때문이겠군요?"

"그렇죠, 뭐. 그러니까 심각하게 생각하실 필요 없어요. 정말 말 그대로 옛 성터 여행을 간다고 생각하시면 되죠."

"하하, 그렇게 말씀하시니까 부담이 조금 줄어들기는 하군요."

용노가 웃음을 터뜨렸다.

"자, 그럼 이제 다시 가볼까요? 저 배를 따라가다가는 닷새는 더 걸리겠어요."

무한이 말했다.

"그렇긴 하지요. 특히 상류로 갈수록 배의 속도가 느려질 겁니다. 앞서가는 게 좋겠지요."

용노가 대답했다.

"가시죠!"

무한이 훌쩍 말에 올랐다. 강변 초원을 따라 달리기 시작했다.

"거참, 경주하기 좋은 장소군. 소의, 해볼까?"

이맥이 말에 오르며 소의에게 물었다.

"좋아!"

소의가 말에 올라 소리쳤다.

"늦는 사람이 오늘 저녁 식사 책임지는 거다?"

이맥이 다시 물었다.

"좋을 대로! 가자!"

소의가 힘차게 말의 엉덩이를 쳤다. 그러자 소의를 태운 말이 바람처럼 땅을 박차고 달려 나가기 시작했다.

"어어? 먼저 출발하는 게 어디 있냐? 거기 서!"

소의가 먼저 출발하자 당황한 이맥이 소리치며 소의를 추격하기 시작했다.

두두두!

소의와 이맥을 태운 말들의 말발굽 소리가 초원을 뒤흔들었다. 그들은 금세 앞서가던 무한을 지나쳤다. 그러자 무한 역시 두 사람을 따라 속도를 높이기 시작했다.

"후우, 젊긴 젊은 건가?"

무서운 속도로 강변을 질주하는 세 사람을 보며 용노가 탄식하듯 말했다.

"그런 것 같군요. 저런 패기들이라니… 부럽군요."

이공이 대답했다.

"우리도 경주나 해볼까?"

용노가 물었다.

그러자 이공이 피식 웃으며 고개를 저었다.

"경주는요. 우리 나이는 뼈를 조심해야 하는 나이입니다. 자칫 말에서 떨어지면 몇 달은 누워 있어야 하니까요. 젊은 놈들처럼 뼈가 쉽게 붙지도 않고……."

이공의 말에 용노가 눈살을 찌푸렸다.

"아니, 뭘 그렇게까지 말하나. 늙은 것도 서러운데."

"천천히 가시지요. 우리 나이에는 느긋하게 풍경을 구경하며 가는 것이 어울립니다."

"그런가? 그럼 그러세."

용노가 이내 이공의 말에 동의하고 말을 몰기 시작했다.

그러자 이공이 용노를 따라가며 물었다.

"그런데 술사님의 말이 사실일까요?"

"무슨 말 말인가?"

"그저 단순히 술사님의 느낌만으로 천록의 성으로 가려고 한다는 말 말입니다."

이공이 말했다.

"왜 달리 짐작 가는 것이 있나?"

"그것이……."

이공이 말꼬리를 흐렸다.

"말해보게."

용노가 이공의 말을 재촉했다.

"술사님은 천록의 옛 성을 구경하려는 것이 아니라 시간을 벌려는 것 같아서 말입니다."

"시간을 벌어? 왜?"

"녹산연가가 천록의 성을 재건하려 한다는 말을 하기 전에 마대인이 다른 말을 했습니다."

"무슨?"

용노가 심각한 이공의 표정에 놀라 급히 되물었다.

"십이신무종의 고수들이 움직였다는 것 말입니다."

"음, 그건 이미 말하지 않았나."

용노가 이미 들은 말을 왜 다시 하냐는 표정을 지었다.

"술사님은 어쩌면 그들의 행보를 시간을 두고 지켜보려 하시는 건지도 모른다는 생각이 들어서 말입니다."

"……."

이공의 말에 용노가 문득 침묵에 빠졌다. 그러다가 갑자기 이공을 보며 물었다.

"그럼 설마 제대로 된 빛의 술사의 업을 행하시려고 하시는 건가?"

"그게 참… 그러지 않겠다고 분명히 말씀하셨으니 그렇다고 보기 어려우면서도. 빛의 술사란 운명은 어쩔 수 없나 하는 생각이 들기도 하는군요."

"음… 어쩌면 술사님의 느낌이란 것이 그거일지도 모르겠군. 본능적으로 그런 마음이 드신 것 아닐까?"

"…그럼 어떻게 합니까?"

이공이 물었다.

"뭘 말인가?"

"정말 술사께서 예전의 빛의 술사님들처럼 신무종의 일에 관여를 하시겠다면……?"

이공이 걱정스럽게 물었다.

"뭐… 하면 하는 거지."

용노가 투박하게 대답했다.

"가능할까요? 과거와 같은 영향력을 만들어내는 것이?"

묻고 있었지만 이공의 질문에는 이미 불가능하지 않느냐는 의미가 내포되어 있었다.

그러자 용노가 이공을 보며 말했다.

"아우님, 술사님의 능력을 보이는 대로 가늠하지 마시게. 사실… 난 가끔 우리가 어쩌면 진정한 술사님의 능력을 모르고 있는 것이 아닐까 하는 생각이 들 때가 있네."

"설마 그렇게까지 강하다고 생각하시는 겁니까? 빛의 술사가 되신 지 갓 일 년이 넘었는데……."

이공이 동의하기 어렵다는 듯 말했다.

그러자 용노가 진지하게 대답했다.

"강하다는 것을 어떤 면에서 보느냐에 따라 다르겠지. 무공으로 보자면 강하시지만 여전히 발전해야 할 구석이 있지. 그런데… 자네도 알다시피 빛의 술사에게 무공은 가지고 있는 여러 도구 중 하나에 지나지 않네. 사실 술사께서 빛의 정원에서 어떤 능력들을 전수받았는지 우린 제대로 알지 못하네."

"무공 이상의 그 무엇인가가 있을 수도 있다는 말씀이군요?"

이공이 물었다.

"조금 전에 말씀하셨듯이 천년밀교의 힘은 오랜 세월 축적된 지식으로부터 나온다고 했네. 무공과 법술 모두… 그런데 우린 그중 무공에만 초점을 맞춰서 술사님을 보았지. 하지만 술사님은 가끔 이해할 수 없는 일을 예상하거나 결과를 낼 때가 있었지 않은가. 혹은 뭔가 우리가 이해하지 못하는 생각을 하실 때도 있었지. 그런 것들도 모두 능력의 범주에 넣으면 이야기가 달라지지 않겠나?"

"…그렇기는 하지요."

이공이 애매한 반응을 보였다.

"후후, 아우님은 그래도 결국은 무공이 본질적인 문제라 생각하나 보군."

"그렇습니다. 십이신무종을 상대하려면 결국 강력한 무공을 바탕으로 해야지요. 그들이 감히 술사님의 말을 거부하지 못할 만큼 강력한……."

"난 그렇게 생각하지 않네. 난 솔직히 과거의 술사님들도 그런 압도적인 무공을 가졌었다고는 생각하지 않아."

"그렇게 생각하십니까?"

이공이 놀란 표정으로 되물었다.

"어떻게 한 사람의 힘으로 십이신무종 전체를 상대할 수 있었겠나?"

"그건… 그렇지요."

이공이 고개를 끄떡였다.

"그래서 그런 생각을 하는 거네. 역대의 술사님들께는 무공 이외의 능력이 있고, 그 힘이 빛의 역사를 만들었을 거라고."

용노가 이맥과 소의와 함께 신나게 말을 달리는 무한을 보며 말했다.

*   *   *

강 상류를 따라 올라갈수록 강폭이 좁아졌다. 유속도 빨라져 보통 배라면 쉽게 상류로 올라갈 수 없어 보였다.

주위 풍경도 변했다.

중류까지 초원 지대를 이루던 풍경이 어느 순간부터 하나둘

크고 작은 산들이 보이기 시작했다.

그리고 급기야 아주 먼 곳에 거대한 산봉우리가 모습을 드러냈다.

한두 개가 아니었다. 하늘 높이 솟은 산봉우리들이 까마득하게 이어져 있었다. 개중에는 만년설을 머리에 얹고 있는 봉우리도 있었다.

"천왕산인가요?"

무한이 잠시 말을 세우고 산봉우리들 사이에 우뚝 솟은 만년설봉을 보며 입을 열었다.

"그런 것 같습니다. 뭐, 저희도 처음이라… 하지만 지도상으로 보면 천왕산이 맞는 듯합니다."

일행 중 누구도 육주 내륙을 여행해 본 사람이 없었다. 그래서 그들은 그들이 만나는 지형들의 정체를 지도를 통해 확인할 수밖에 없었다.

"이름처럼 대단한 위압감을 주는데요? 육주 중심부를 가르는 신화산맥 중에 가장 높은 산봉우리라더니 정말 대단하군요."

소의가 압도적은 산의 크기에 놀란 듯 입을 열었다.

"열화산과는 조금 다른 느낌이군. 열화산도 높기는 하지만 화산이라 황량한 느낌이 드는데……."

열화산 황벽의 지하 동굴에 살던 용노가 천왕산을 보고 놀란 듯 말했다.

"아무튼 천왕산이 보이니 다 온 것 같군요."

무한이 시선을 돌려 강 주변의 지형을 살피며 말했다.

"저 굽이를 돌아가면 천록의 성이 보일 것 같습니다."

이공이 침착하게 지도와 주변 지형을 비교한 후에 손을 들어 대하강이 크게 남쪽으로 휘감아 도는 곳을 가리켰다. 구부러진 강 북쪽으로 제법 높은 산이 가로막고 있어, 그 뒤쪽 풍경은 보이지 않았다.

하지만 보지 않아도 그 뒤에 천록의 왕국 옛 성터가 있다는 것은 능히 짐작할 수 있었다.

강을 따라 크고 작은 배들이 적지 않게 움직이는 것만 봐도 알 수 있었다.

천록의 옛 성터를 구경하기 위해 온 여행객을 실은 유람선에 섞인 녹산연가의 배들도 보였다.

"일단 산으로 오르죠."

무한이 말했다.

그는 바로 천록의 성으로 가서 연이설을 만나고 싶지는 않았다. 아니, 어쩌면 녹산연가의 행보를 보기 위해 왔지만, 그녀를 만나는 것은 꺼려지는 느낌이었다.

이상하게 그녀를 만나면 그녀의 의도에 휘말려 들어갈 것 같은 생각이 들었기 때문이었다.

"특별한 이유라도……?"

이공이 물었다.

"일단 그들이 하고 있는 것이 뭔지 알고 싶어서요. 바로 천록의 성으로 가면 사람들의 이목을 끌 수도 있고……."

무한이 말했다.

"…조심해서 나쁠 것은 없지요."

이공이 대답은 그렇게 했지만, 지나친 걱정이라는 듯한 표정을 지으며 대답했다.

삐익!

무한이 갑자기 손을 입에 대고 하늘을 향해 날카로운 소리를 흘려보냈다.

그러자 먼 하늘에서 검은 점 하나가 나타나더니, 기이한 소리로 무한의 소리에 응답했다.

그러자 무한이 조금 더 복잡한 소리를 흘려보냈다.

그 소리를 들은 검은 점이 그들의 머리 위에서 길게 선회한 후 무한이 가고자 하는 산으로 향했다.

"볼수록 신기합니다."

이맥이 산 쪽으로 멀어지는 검은 점을 보며 놀란 표정으로 말했다.

"괜히 빛의 술사가 전설이겠느냐?"

이공이 말했다.

"그런데 정말 저 녀석의 말을 정확하게 알아들으실 수 있는 겁니까?"

이맥이 여전히 믿기 힘들다는 듯 물었다.

무한과 소리로 대화를 한 검은 점, 풍룡에 대해 하는 말이었다.

"가능하니까 제 말을 듣고 산으로 간 거겠죠?"

무한이 미소를 지으며 말했다.

"어떻게 그게 가능합니까?"

이맥이 다시 물었다.

그러자 무한이 잠시 생각에 잠겼다가 말했다.

"저도 빛의 정원에서 들은 말인데 불가에, 참, 밀교가 불가의 한 분파인 것은 다들 아시죠?"

"그야 물론입니다. 불경도 꽤나 읽었는데요."

이맥이 고개를 끄떡였다.

"그 불가에 이런 말이 있답니다. 이신전심이라고… 말로써 전하는 것이 아니라 마음과 마음으로 법을 전한다는 뜻이라는데… 뭐, 자세한 것은 모르겠고. 저와 풍룡의 대화는 소리 반 마음 반, 그런 식으로 이뤄지는 겁니다."

"마음으로 전한다라… 거참……."

"풍룡이 천년밀교의 법술을 통해 태어난 놈이라 가능한 거죠."

"그건 들어서 알고 있지만……."

이맥은 설명을 들어도 믿을 수 없다는 듯 말꼬리를 흐렸다.

그때 용노가 입을 열었다.

"녀석이 돌아옵니다."

무한은 풍룡으로부터 산 위에 어떤 위험도 없다는 것을 확인한 이후, 일행을 이끌고 천록의 성 서쪽을 가로막고 있는 산을 오르기 시작했다.

산은 생각보다 가팔라서 무공을 모르는 사람이 오르려면 땀 좀 흘려야 오를 수 있었다.

그렇게 반 시진 정도 이동을 한 일행이 드디어 산 능선에 올라섰다.

"오……!"

"대단한데!"

산 능선에 올라선 이맥과 소의가 동시에 탄성을 흘렸다.

그들의 눈 아래 펼쳐진 천록의 성의 규모가 그들이 생각했던 것보다 훨씬 장대했기 때문이었다.

천록의 성이 과거 육주를 지배한 제국의 중심이었다고 해도 사람이 떠난 지 수십 년이 된 성이었다.

그럼 자연스레 낡고 허물어져, 아무리 대단한 규모였더라도 초라해 보일 수밖에 없었다.

그런데 일행의 눈에 비친 천록의 왕국 고성은 결코 초라하지 않았다.

물론 낡고 허물어지기는 했지만, 그 속에 과거의 위대한 왕국의 힘이 남아 있는 것처럼 느껴지는 무엇인가가 있었다.

그래서인지 고성(古城)이 실제보다도 더 크게 느껴졌다.

사람도 적지 않았다.

육주 각지에서 모여든 여행객들이 고성 근처에 가득했다. 육주가 새로운 세력 다툼의 각축장이 되어 있는 위험한 시국임이 무색할 정도였다,

개중 일부는 아직은 좀 이른 시간이지만, 하룻밤 노숙을 위해 고성 근처에 천막을 치고 노숙을 할 준비를 하기도 했다.

사실 천록의 옛 성을 자세히 둘러보려면 하루로는 부족한 면이 있었다.

그래서 사람들 중에는 하루 이틀이 아니라 오랫동안 천록의 성 주변에 머물러 있는 사람들도 있었다.

그중 가장 대표적인 사람들이 녹산연가의 사람들이었다.

"대체… 무슨 생각을 하는 걸까요?"

천록의 성이 만들어내는 정취에 깊이 빠져 있던 일행이 문득 무한의 말에 정신을 차렸다.

"누구… 말입니까?"

이맥이 무한의 질문을 제대로 알아듣지 못했는지 무한을 보며 무한에게 되물었다.

"녹산연가 말입니다. 고성을 수리하는 줄 알았는데, 아예 성을 다시 지으려는 걸까요?"

무한의 시선은 천록의 옛 성에서 백여 장 정도 떨어진 숲에 세워지고 있는 거대한 건물에 닿아 있었다.

누가 봐도 녹산연가에서 짓고 있는 건물이 분명했다.

건물 근처에는 천록의 성으로 들어가는 포구와 별개로 여러 척의 배들이 정박할 수 있는 새로운 포구조차 만들어지고 있었다.

"알 수 없군요. 천록의 성을 재건하는 게 아니라 근처에 새로운 건물을 세우고 있었다니."

용노도 뜻밖이라는 듯 중얼거렸다.

"여행객들을 위한 객관을 세우는 걸까요? 그렇다면 상가의 성격에 맞는 것일 수도 있는데요. 그래서 여타 육주의 강자들이 이의를 제기하지 않은 것일 수도 있겠고 말입니다."

이공이 말했다.

"그럴지도 모르겠군요. 보아하니 사람들이 제법 드나드는 것 같기도 하군요."

무한의 말처럼, 숲에 지어지고 있는 녹산연가의 건물과 천록의 성터 사이의 숲을 따라 반듯한 길이 만들어져 있었고, 그 길 위로 적지 않은 사람들이 두 장소를 오가고 있었다.

오가는 사람들 대부분이 여행객들이었으므로, 녹산연가가 숲에 짓는 건물이 여행객들을 불러들이고 있는 것은 분명해 보였다.

"그럼 저희들 예상과 달리 녹산연가는 단순히 천록의 성을 여행하는 사람들을 대상으로 장사를 하려는 것이었을까요?"

이맥이 이공에게 물었다.

"그야… 겉으로는 어떤 모습이든 상관없으니까. 그녀가 정말 천록의 왕국 후손이라 해도 지금 상황에서는 그 사실을 드러내 왕국을 재건하겠다고 하기에는 좀 이르지."

이공이 대답했다.

"그런가요?"

"그럼, 천록의 왕국 후예라는 사실이 알려지면… 목숨이 위험할 수도 있다."

"이왕사후가 몰락했는데요?"

"천록의 왕국이 몰락한 후에 독립한 세력이 어디 이왕사후뿐이더냐? 더군다나 지금 각지에서 육주의 패권을 노리는 야심가들이 살벌한 경쟁을 하는 상황인데… 이럴 때 천록의 왕국의 후예가 등장하면 위험한 경쟁 상대가 되는 거지. 아마 수없이 많은 살수들이 그녀를 찾아올 거다."

"…그렇다면 굳이 저런 객관까지 세우며 이곳에 머물 이유가……?"

"나도 그 사정을 가늠하기는 힘들구나. 어쩌면 정말 단순히 녹산연가가 이 근방의 상권을 차지하기 위해서 만든 건물들인지도 모르겠다. 천록의 왕국과 아무런 관련이 없이……."

"그렇지는 않을 겁니다."

문득 무한이 이공과 이맥의 대화에 끼어들었다.

"달리 생각하십니까?"

이공이 물었다.

"완공된 세 채의 건물 중 가장 뒤쪽의 건물을 보세요. 뭔가 좀 다르지 않습니까?"

무한의 말에 사람들이 무한이 지목한 건물로 시선을 돌렸다.

녹산연가는 숲에 다섯 채의 건물을 짓고 있었다. 그중 세 채는 완공이 된 상태로 보였고, 나머지 두 채는 여전히 공사 중이었다.

그런데 일행이 올라 있는 산과 녹산연가 건물들의 거리가 너무 멀어서 그 건물들의 상태를 자세히 살필 수는 없었다.

"제 눈에는 별다른 점이 보이지 않는데요?"

이맥이 손을 들어 지는 해를 가리면서까지 자세히 건물들을 비교해 본 후 말했다.

"저도 마찬가지입니다."

소의도 이맥의 말에 동조했다,

그러자 무한이 이공과 용노에게 물었다.

"두 분은 어떠세요?"

"음… 글쎄요. 크기가 조금 작고, 화려함이 떨어지는 것 같기는 한데… 거리가 멀어서 자세히 비교하기는 어렵군요."

이공이 대답했다.

"저 역시… 뭔가 조금 다른 것 같기는 한데."

용노도 말꼬리를 흐렸다.

그러자 무한이 다시 입을 열었다.

"저 건물은 사당입니다."

"사당… 요? 죽은 자들을 기리는 그 사당 말입니까?"

이맥이 되물었다.

"그렇습니다."

무한이 대답했다.

"그걸 어떻게……?"

이맥이 물었다.

"사당은 특별한 설명 없어도 다른 건물과는 다른 구조를 갖지 않습니까?"

무한이 되물었다.

"그렇긴 하지만 이렇게 먼 곳에서… 설마 저 건물이 그렇게까지 자세히 보이시는 겁니까?"

이맥이 화들짝 놀라 다시 물었다.

"사당임을 알 수는 있을 정도는요. 아무튼… 그들이 이곳에 사당을 지었다는 것은. 누가 봐도 천록의 왕국의 옛 사람들을 기리는 것 아니겠습니까?"

"그렇다고 봐야지요. 이곳에 녹산연가 선조들을 위한 사당을 지을 리는 없으니까요."

이공이 고개를 끄떡였다.

"사당을 지었다는 것은 그들이 이곳에서 하는 일이 결국 천록의 왕국과 연결되어 있다는 의미지요."

"그럼 정말 그녀가……?"

이공이 굳은 표정으로 무한을 바라봤다.

"오늘은 쉬고, 내일 옛 성 구경도 하고, 또 녹산연가가 세우고 있는 건물들도 자세히 둘러보도록 하죠."

무한이 녹산연가의 건물들에서 시선을 떼지 않으며 말했다.

석교를 올라 과거 천록의 수뇌부들이 왕국의 일을 논의하던 대전에 이르자 주변 풍경이 한눈에 들어왔다.

누구나 감탄하지 않을 수 없는 풍경이다.

"이런 곳에서 살면 정말 세상 위의 존재가 된 것처럼 느껴질 것 같아요."

소의가 진심을 담아 말했다.

그의 말처럼 세상을 발아래 두고 사는 사람들을 위해 만들어진 건물이 천록의 성이었다.

성의 가장 높은 곳조차 오십여 장에 육박하는 너른 공간을 자랑하는 성, 비록 산비탈의 기울기를 이용해 그 경사면을 의지해 높이를 높인 것이긴 해도 놀라운 건축술이 아닐 수 없었다.

"하루아침에 만들어진 성이 아니다. 수백 년간 끊임없이 만들어낸 성이지. 사람의 역사는 그런 것이다. 무엇이든, 조금씩 해나가다 보면 나중에는 믿을 수 없는 성과를 내지. 무공도 마찬가지다. 그러니 하루하루 수련을 게을리하지 마라."

이공이 오랜만에 스승으로서의 가르침을 내렸다.

"명심하겠습니다!"

이맥과 소의가 다른 때와 달리 공손하게 대답했다.

"생각보다 권력욕이 강했던 사람들인 것 같군요."

무한이 말했다. 그는 이 거대한 성에서 웅장함 말고도 이곳에 살았던 사람들의 성정을 읽은 모양이었다.

"그런 것 같습니다. 이렇게 압도적인 성을 세웠다는 것은… 비록 천록의 왕국이 육주의 역사에서 존경받은 역사로 남아 있기는 하지만 그건 아무래도 그들의 뒤를 이은 이왕사후가 워낙 악명이 높았기 때문인 탓도 있지요. 그들도 이 땅의 절대자로 군림할 때는 자신들을 특별했던 존재라고 생각했을 겁니다. 그래서 이런 건물을 세웠겠지요. 세상을 눈 아래 두는 성을……."

용노가 고개를 끄떡이며 말했다.

본래 빛의 술사를 따르는 사람들은 도도한 면은 있어도 권력에 대한 욕망은 거의 없는 편이었다.

그래서 이렇게 강한 과시욕의 산물이 그리 달갑지 않아 보였다.

물론 인간이 만든 하나의 구조물로서는 감탄하지 않을 수 없었지만.

"이 건물을 보니 그녀가 이 전설의 왕국과 연관이 있을 거란 생각이 더 강하게 드는군요."

무한이 말했다. 그가 말하는 여인은 연이설이었다.

"그렇습니까?"

이공이 되물었다.

"닮았어요. 그녀의 분위기가 이 건물하고 비슷합니다. 숨기려 해도 숨길 수 없는 강렬한 위압감과 도도함이 있지요. 권력욕도……"

"위험한 사람이군요."

이공이 말했다.

"그렇긴 한데, 그래도 역사라는 게 있으니까요. 역대 천록의 왕국 지배자들이 정의의 사도는 아니었지만, 적어도 일정한 선은 지켰다고 알고 있습니다. 그래서 그녀 역시 스스로 자신을 통제할 수 있기를 기대하는 거지요."

"후후, 술사께서는 마치 그녀가 벌써 새로운 육주의 지배자가 된 것처럼 말씀하시는군요. 아직은 겨우 한 상가의 양녀일 뿐인데……"

"하하! 제가 그랬나요? 맞습니다. 아무래도 그녀에게 특별한 인상을 받은 것 같네요. 그래서 이곳까지 왔겠지요?"

무한이 연이설에 대한 관심을 부인하지 않았다.

"그럼 생각을 바꿔서 그녀를 만나실 생각이십니까?"

이공이 물었다.

그러자 무한이 고개를 저었다.

"아직은 아닙니다. 여전히 그녀를 만나면 곤란한 일이 생길 수 있다는 느낌이 드니까요. 다만 느낌일 뿐이지만. 또 여러분의 존재를 이렇게 쉽게 드러내는 것도 좋은 일은 아니지요. 그래서 말인데, 녹산연가의 건물들을 돌아볼 때는 저와 거리를 좀 두시죠?"

"…알아보는 사람이 있을까요?"

이공이 지나친 걱정이 아니냐는 표정으로 물었다.

"제가 녹산연가의 배를 타고 오지 않았습니까? 개중에 그 배에 탔던 사람이 있을 수도 있지요. 물론 어두울 때 가면 제 얼굴이 드러나지 않겠지만."

"그렇군요. 하긴… 그녀가 이곳에 있으니 배에 탔던 사람들도 있을 수 있겠지요."

이공이 고개를 끄떡였다.

그러자 그 옆에서 용노가 털털한 목소리로 입을 열었다.

"자, 이제 말들은 그만하고 석양을 즐깁시다. 해가 지면 그때 녹산연가가 숲에 세운 건물들을 구경하러 가고."

용노의 말처럼 어느새 붉은 석양이 천록의 옛 성을 물들이고 있었다.

노을빛은 받은 천록의 옛 성이 그 어느 때보다도 아름답게 빛나기 시작했다.

*　　　　*　　　　*

완성된 세 채의 건물 중 북쪽, 숲 근처에 위치한 작은 건물은 무한의 생각대로 죽은 자를 기리는 사당이었다. 하지만 사당 문이 닫혀 있어 그 사당이 정확하게 누굴 기리기 위해 만든 사당인지는 알 수 없었다.

두 명의 무사가 사당 정문을 지키고 있기 때문이었다. 담을 넘어 안으로 들어가는 것 역시 무리였다.

다른 두 개의 건물 중 하나는 녹산연가 사람들이 머무는 숙소였고, 다른 하나는 짐작대로 여행객들을 위한 객관과 그들에게 간단한 음식과 술을 파는 곳이었다.

새로 지어지는 건물들의 용도는 정확하게 알 수 없었다. 하지만 이미 세워진 세 채의 건물보다 그 규모가 커서 그 건물들이 완성되면 숲 위에서 천록의 옛 성을 지켜볼 수 있을 정도였다.

"옛 성을 발아래 두고 보겠다는 것이군."

무한이 어두운 밤하늘을 향해 올라가고 있는 건물 두 채를 보며 중얼거렸다.

그리고 다시 천천히 걸음을 옮겨 객관 건물 쪽으로 향했다.

그러자 무한과 적당한 거리를 두고 있던 이공 일행도 느긋하게 객관을 향해 이동하기 시작했다.

"어서 오세요!"

친절하지만 비굴하지 않다.

웃는 얼굴로 맞이하는 객관에서 일하는 젊은 여인에게서 무한이 받은 느낌이었다.

녹산연가가 상가와 무가를 섞어놓은 가문이라는 것을 말해주듯 일하는 여인에게서조차 무공을 수련한 사람의 단호함 같은 것이 느껴졌다.

그러면서도 어색하지 않은 친절이라는 것은 이 여인이 객관에서 일하기 위해 제법 오랫동안 훈련을 받았다는 의미일 것이다.

"술은 말고 식사를 할 수 있을까요?"

무한이 물었다.

"물론이죠, 젊은 무사님! 들어오세요."

여인이 역시 과하지 않은 친절을 보이며 무한을 주점 안으로 안내했다.

무한이 여인을 따라 안으로 들어가자 조금 뒤에 그의 뒤쪽에서 이번에는 젊은 사내 점원의 절도 있는 목소리가 들렸다.

"어서 오십시오, 무사님들!"

"술과 음식을 같이하고 싶소만!"

이맥의 목소리가 들린다.

"물론 얼마든지 드릴 수 있지요. 이쪽으로!"

등 뒤에서 들리는 이공 일행의 목소리를 들으며 무한이 가볍게 미소를 지었다.

"혼자 오신 것 같아서 조용한 곳으로 모셨습니다. 괜찮으신가요?"

여인이 부드럽게 물었다.

여인이 무한을 안내한 곳은 대하강이 보이는 장소로, 작은 식탁들이 놓여 있는 한두 사람의 여행객을 위한 자리였다.

"좋습니다."

무한이 가볍게 고개를 숙여 보이며 대답했다.

"다른 일행이 없으신지요?"

여인이 확인하듯 물었다.

"예, 혼자입니다."

"알겠습니다. 음식은……?"

"권하시는 대로 먹지요."

무한이 빙그레 미소를 지으며 대답했다.

"알겠습니다. 그럼 잠시만 기다리세요."

여인이 가볍게 고개를 숙여 보인 후 주방으로 물러갔다.

여인이 물러나자 무한이 슬쩍 고개를 돌려 다른 일행을 찾았다.

그러자 제법 떨어진 곳에 자리를 잡고 앉은 일행이 이것저것 음식을 주문하는 모습이 보였다.

무한은 그중 이공과 잠깐 시선을 교환한 후, 고개를 돌려 어둠이 드리운 대하강을 바라봤다.

밤이 되어서인지 접안대가 세워지고 있는 포구는 한산했다.

간간이 배를 타고 올라온 여행객들이 쉬어갈 곳을 찾아 내리기는 했지만, 그것도 어쩌다 한 번 정도였다.

"아직 오지 않은 건가?"

문득 무한이 혼잣말을 중얼거렸다.

포구에 큰 상선이 없어서 하는 말이었다.

천록항을 떠나 대하강을 따라 올라올 때 보았던, 목재를 가득 실은 녹산연가의 배는 아직 도착하지 않은 듯싶었다.

하긴 이 지역은 유속이 제법 빠른 대하강 중상류 지역이라 목재를 실은 대상선들이 빠르게 이동할 수 없는 지역이었다.

"이곳에 터전을 잡으려면 묵룡이선 같은 배들이 필요하겠군."

독안룡 탑살이 만든 세척의 묵룡대선들 중 묵룡이선은 전선에 가깝게 만들어져서 날렵한 선체를 자랑한다.

그래서 격한 해류를 타거나, 혹은 이렇게 큰 강을 거슬러 오를 때도 빠른 속도를 낼 수 있었다.

그런데 그때 아직 음식이 나오지 않았음에도 불구하고 앞서 무한을 안내했던 여인이 갑자기 모습을 나타냈다.

"손님……"

여인의 말투와 표정이 이전과 달리 무척 조심스럽다. 물론 처음부터 정중하기는 했지만, 그래도 그 정중함 속에 당당함이 있었다.

그러나 지금은 그렇지 않았다. 여인은 무한에게 마치 큰 잘못을 저지른 사람처럼 행동했다.

"무슨 일입니까?"

"그것이……"

여인이 말꼬리를 흐렸다.

"음식을 먹을 수 없나요?"

무한이 최대한 담담하게 물었다.

그러자 여인이 고개를 저었다.

"그런 것은 아닙니다. 다만… 자리를 좀 옮겨주실 수 있나 여쭤보라고 해서……."

여인이 조심스레 말했다.

"그게 뭐 그리 어렵다고 힘들게 말씀하세요? 어디로 옮길까요?"

무한이 별일 아니라는 듯 자리를 털고 일어나려 했다. 그러자 여인이 얼른 고개를 저었다.

"다른 자리로 옮기는 것이 아니라… 아가씨께서 손님을 아가씨의 거처로 모셔 오라고 말씀하셔서……."

"…아가씨라면?"

"이설 아가씨… 아, 모르실 수도 있겠군요. 본가의 총관이신 연운 총관님의 따님이신데, 지금은 이곳의 책임자로 있으세요."

"음……."

무한이 여인의 말을 듣고 나서 나직하게 침음성을 흘렸다. 조심하려고 했지만, 아마도 그녀의 눈에 띈 모양이었다.

'고성에서부터 본 것일까?'

무한이 자신도 모르게 너른 식탁에서 음식을 기다리고 있는 이공 일행을 슬쩍 봤다. 다행히 그들에게는 어떤 변화도 없었다.

"가능하시겠습니까?"

여인이 무한을 꼭 데려가야 하는 사람처럼 조바심을 냈다.

"제가 안 가면 곤란해지시나요?"

무한이 여인에게 물었다.

"글쎄요. 꼭 그렇지는 않지만 아가씨께서 특별히 내리신 명이어서, 저로서는 모시고 싶습니다."

"알겠습니다. 이미 날 알아봤다면 피할 일은 아니지요."

무한이 말했다.

그러자 여인이 어리둥절한 표정으로 무한을 바라보다가 물었다.

"아가씨와 안면이 있으셨군요?"

"그럼 설마 그분이 처음 보는 사람을 불러오라고 했겠습니까?"

무한이 미소를 지으며 말했다.

"아, 그렇다면 다행이군요. 그럼 절 따라오세요."

여인이 안도의 한숨을 내쉬고는 서둘러 무한을 안내하기 시
작했다.

무한이 그 틈에 재빨리 고개를 돌려 이공을 봤다. 이공은 이
미 무한에게 무슨 일이 생긴 것을 알고 무한을 주시하고 있었
다.

그런 이공에게 걱정 말라는 눈짓을 보낸 무한이 여인을 따라
주점 안쪽으로 걸음을 옮겼다.

제3장

고귀한 혈통

　사람의 겉과 속이 다르듯, 녹산연가의 건물이 그랬다.

　무한은 안내하는 여인을 따라 객관 건물 깊은 곳으로 들어갔다. 그러자 하나의 문이 나왔는데, 문을 열자 창이 없는 긴 복도가 이어졌다.

　석재로 마감한 복도 중간중간에 박아놓은 야광석에서 뿌리는 희미한 빛이 빛의 전부였다.

　'위치로 보면 지하인 것 같고… 건물과 건물을 이어주는 지하통로가 있었구나.'

　녹산연가가 지은 건물들은 지상뿐 아니라 지하로도 연결되어 있었다.

　그리고 그건 그들이 건물들을 세운 것이 일시적인 목적이 아니라는 것을 말해주고 있었다. 또한 단순이 여행객을 상대로 장사를 하기 위해 건물을 세운 것만도 아닌 것이 분명했다.

무한은 지하도를 걸으면서도 자신이 가는 곳의 위치를 정확하게 추측하게 있었다. 방향으로 보면 그는 녹산연가의 사람들이 거처로 쓰는 건물을 향해 가고 있었다.

'손님을 청하는 방식이 참… 이런 성격의 사람들은 음모를 꾸미기를 좋아하는데. 아니면… 겁이 많은 건가?'

무한이 걸음을 옮기며 문득 자신을 초대한 연이설을 떠올렸다.

다시 생각해도 묘한 기운을 가진 여인이다. 아름다운 만큼 차가웠고, 지혜로운 눈에는 두려움도 있었다.

외모는 청초한 듯하면서도 야망에 불타고 있었고, 강인한 무인의 기운도 가지고 있었다.

이렇게 다양한 성정을 지닌 사람을 무한은 만나보지 못했었다.

한편으로는 걱정스럽기도 하지만, 또 한편으로는 호기심이 생기지 않을 수 없는 여인이었다.

연이설에 대해 이런저런 생각을 하는 사이 다시 하나의 문이 나타났다.

똑똑똑!

무한을 안내한 여인이 문에 붙어 있는 쇠고리를 가볍게 문에 부딪혀 소리를 냈다.

그러자 문이 부드럽게 열리며 한 사내가 모습을 드러냈다.

"아가씨의 손님이세요."

여인이 나직하게 입을 열었다.

"알고 있소. 들어가시오."

사내, 절대 상가의 사람이라고 할 수 없는 자가 고개를 끄떡이며 투박하게 대답했다.

그러자 여인이 가볍게 고개를 숙여 보이고는 무한을 돌아보며 말했다.

"들어가시지요."

그러자 무한이 망설이지 않고 문 안으로 들어갔다.

'성(城)이구나!'

무한이 자신도 모르게 걸음을 멈췄다.

사방에서 밀려드는 날카로운 기운들, 겉은 나무를 주로 사용해 만든 건물로 보이지만, 그 안은 모든 자재가 석조로 이뤄진 건물이다.

그 순간 무한은 깨달았다. 그가 들어온 건물이 단순히 사람이 머물기 위해 지은 건물이 아니라 하나의 견고한 요새, 마치 전쟁을 하기 위해 지어진 작은 성(城)이라는 것을.

"무슨 문제라도……?"

갑자기 무한이 걸음을 멈춘 것을 깨달은 여인이 무한을 돌아보며 의아한 표정으로 물었다.

"아닙니다. 가시죠."

무한이 고개를 저으며 말했다.

그러자 여인이 이상한 시선으로 무한을 본 후 다시 걸음을 옮기기 시작했다.

"무사님!"

건물의 가장 위층으로 이어진 계단을 모두 올랐을 때, 무한에게 익숙한 목소리가 들렸다.

그리고 그 목소리를 듣자 무한의 마음도 편안해졌다.

"소갑 님이시군요?"

무한이 여인을 지나쳐 자신을 마중하는 젊은 상인을 반갑게 맞았다.

사내는 무한이 옛 북창항을 떠나 육주로 건너올 때, 그의 말동무가 되어 주었던 녹산연가의 젊은 상인 소갑이었다.

한 달여 가까이 말동무를 한 사람이기에 그가 반가운 것은 당연한 일이었다.

"이렇게 만나게 될 줄은 몰랐습니다, 무사님!"

소갑이 무한의 손을 잡으며 말했다.

이런 행동은 배에서조차 하지 않았던 행동이다. 그만큼 무한이 반가운 모양이었다.

"아시는 사이셔요?"

두 사람이 반갑게 인사를 하는 것을 본 여인이 의아한 표정으로 소갑에게 물었다.

여인은 소갑과 제법 친분이 있는 듯 질문을 하는 표정과 목소리가 무한을 대할 때와 달리 무척 편해 보였다.

"몰랐어? 아가씨께서 말씀하지 않으셨나 보지?"

소갑이 되물었다.

"말씀 안 하셨어요. 다만… 최대한 정중히 모셔오라고만 하셨는데……."

여인이 대답했다.

"음, 그랬구나. 인사드려. 이분은 독안룡님의 제자분이셔. 지난번에 파나류 인근으로 상행을 나갔을 때, 우리 배를 타고 육주로 오셨지. 옛 북창항에서부터……."

"아!"

여인이 탄성을 흘리며 놀란 눈으로 무한을 바라봤다.

독안룡 탑살은 육주나 파나류, 혹은 무산열도를 통틀어 가장 유명한 인물 중 한명이었다.

특히 이왕사후가 몰락한 이후에는 더더욱 독안룡의 명성을 따라갈 만한 인물이 없는 시대였다.

그런 독안룡의 제자라면 누구라도 특별한 관심을 가질 수밖에 없었다.

"다시 인사를 드려야 할 것 같네요. 전 청수라고 합니다. 오랫동안 아가씨의 일을 도와드리고 있어요. 이곳에서는 주점에 나가 있는 시간이 더 많지만……."

"그렇군요. 만나서 반갑습니다. 칸이라고 합니다."

"칸……? 특이한 이름이네요."

"다들 그렇게 말하지요. 그래도 기억하기는 쉽지요?"

"물론이에요. 아마 영원히 잊지 않을 것 같은데요?"

여인이 조금 더 부드러워진 표정으로 농담을 했다.

"하하, 영원히 기억할 사람은 못 됩니다. 그나저나 어디 계시죠?"

무한이 소갑에게 물었다.

"가시죠. 이제부터는 제가 안내하겠습니다."

소갑이 말을 하고는 몸을 돌려 앞서 걷기 시작했다. 그 뒤를 무한이 따라가자 여인 청수가 이제는 무한의 뒤에서 걸음을 옮겼다.

"어서 오세요."

연이설은 조금 변한 듯 보였다.

상선에서는 어딘지 모르게 그늘진 면이 강했는데, 지금의 그녀는 활력이 넘치고 있었다.

옷차림도 달라져 있었다.

그녀는 남녀의 구분이 모호한 가벼운 무복 차림으로 무한을 맞이했다. 머리는 상투를 틀듯 위로 묶고 있어서 투구만 쓰면 당장에라도 전장으로 뛰어나갈 사람처럼 보였다.

그래서인지 무한은 연이설에게서 약간의 이질감을 느꼈다.

상선에서는 그래도 그녀의 그늘진 모습 때문에 자신과 동류의 사람이라는 동질감을 느끼기도 했었다. 하지만 지금 눈앞에 있는 연이설은 상선에서와는 완전히 다른 사람처럼 느껴졌다.

"이렇게 다시 뵙게 될 줄은 몰랐습니다. 그런데 그동안 많은… 일을 하셨더군요."

무한이 가벼운 미소를 지으며 말했다.

"그런가요? 바쁘게 지내기는 했어요. 일단 앉아서 식사부터 하시죠?"

연이설이 소박하게 차려진 식탁에 앉기를 권했다.

"그럼 그럴까요?"

무한이 거절하지 않고 연이설의 맞은편에 앉았다.

"그럼 전 이만……."

젊은 상인 소갑이 아쉬운 듯한 표정을 지으면서도 자리를 비켜주려 했다.

"그러세요. 무사님과 이야기가 끝나면 곧 부를게요. 멀리 가지 마세요."

연이설이 고개를 끄떡이며 말했다.

"알겠습니다. 가까운 곳에 있겠습니다. 그럼 식사 맛있게 하십시오."

소갑이 무한에게 말을 건네고는 조심스럽게 연이설의 거처를 벗어났다.

"드세요."

"이설 님은?"

무한이 되물었다.

"저도 먹어야죠. 마침 식사 전이었거든요."

연이설이 젓가락을 들며 말했다.

이상한 식사였다.

사실 따지고 보면 두 사람은 서로 마주 앉아서 함께 밥을 먹을 사이는 아니었다. 그런데 그럼에도 불구하고 그들은 마치 오랫동안 함께 식사를 해온 사람들처럼 어색하지 않았다.

대화는 거의 없었지만 그렇다고 먹다가 체할 만큼 딱딱한 분위기도 아니었다.

더군다나 결정적으로 음식의 맛이 뛰어났다.

"대단한 요리사가 있는 모양이군요."

얼추 자신의 음식이 담긴 그릇을 비운 무한이 연이설에게 물었다.

"괜찮은가요? 급하게 준비한 것인데……."

"이런 정갈한 밥상을 만들 수 있는 사람은 흔치 않을 것 같습니다만……."

"하하, 맞아요. 아무래도 여행객을 상대하려면 뛰어난 요리사들이 있어야지요."

연이설이 사내처럼 호탕하게 웃음을 웃었다.

무한은 그런 행동에서도 연이설이 무엇인가에 무척 고무되어 있다는 것을 알 수 있었다.

그런 연이설을 바라보다가 무한이 조심스러운 표정으로 물었다.

"녹산연가가 이곳에 이런 대규모의 건물들을 짓는 이유가 뭡니까? 단지 여행객을 상대로 장사를 하기 위해서라고 보기에는 조금 무리가 있군요."

무한이 물었다.

"그렇게는 설명이 안 되나요?"

연이설이 물었다.

"지나치게 과한 건물들인 것 같군요. 특히 이 건물은……."

무한이 연이설의 거처 내부를 둘러보며 말했다.

그리 넓지 않고 단단한 창문, 누구라도 한 번에 침입이 불가능할 것 같은 창문이다.

실내의 가구 배치나 방의 구조 역시 외부의 침입에 대비한 흔적이 보였다.

더군다난 벽 쪽에는 작은 구멍들이 여러 개 보였는데 그 안에 침입자를 방어하기 위한 비밀 병기들이 숨어 있음을 의심할 만한 구멍들이었다.

"흠. 그렇게 느끼셨군요. 밖에서도 그렇게 보이던가요?"

"그건 아닙니다만. 안에 들어와서는 마치 하나의 작은 성, 난

공불락의 요새에 들어온 것처럼 느껴지더군요."

무한이 대답했다.

그의 말은 담담하지만 꾸밈이 없어서 누구라도 신뢰감을 주는 듯했다.

그래서인지 상대도 그에게 진실을 말하게 하는 드러나지 않는 힘이 있었다. 사실 그 힘은 무한조차도 미처 깨닫지 못하고 있는 힘이었다.

"잘 보셨어요. 이곳은… 적의 침입에 대비해 완벽한 방어망이 구축되어 있어요. 외부에서 볼 때는 그저 평범한 상가의 숙소지만……."

"왜 이렇게까지……?"

무한이 물었다.

"천록회를 알고 계시나요?"

"지금 육주에서 그 이름을 모르는 사람은 없지요."

무한이 대답했다.

"그럼 녹산연가도 그 천록회의 일원이라는 사실을 알고 계시겠군요. 또 천록회의 가장 큰 적이 사해상가라는 사실도 아실 거고요?"

연이설이 물었다.

그러자 무한이 잠시 뜸을 들였다가 말했다.

"그 말씀은… 혹시 있을지도 모르는 사해상가의 공격에 대비해 이렇게 견고한 요새 같은 건물을 세웠다고 말하고 싶으신 겁니까?"

질문을 하면서 무한이 깊은 눈으로 연이설을 바라봤다.

그러자 그렇다고 대답을 하려던 연이설이 한순간 입을 닫았다. 그러고는 살짝 굳은 표정으로 무한을 바라보다 가볍게 한숨을 내쉬었다.

"후… 정말 이상하군요."

"뭐가 말입니까?"

"왜 무사님에게는 다른 사람을 대할 때처럼 자연스럽게 거짓말을 하지 못하는 걸까요?"

지나치게 솔직한 고백이다.

"…말하고 싶지 않은 것이 있다는 뜻이군요."

"그래요… 사실 사해상가의 위협 정도라면 굳이 이렇게까지 견고한 요새를 만들 필요가 없지요. 외람되지만 그들의 공격은 어렵지 않게 막아낼 수 있어요. 하지만……."

연이설이 말꼬리를 흐렸다.

거짓말을 할 수는 없지만 그렇다고 그녀의 생각을 모두 털어놓기는 힘든 모양이었다.

"말할 수 없는 일이라면 굳이 말씀하실 필요는 없습니다. 사실 그런 일을 굳이 제가 들을 이유도 없지요. 다만 이 건물이 너무 인상적이어서 물어봤을 뿐입니다."

무한이 담담하게 말하자 연이설의 표정에 이상하게 조급함이 드러났다.

그러고는 마치 무한이 당장에라도 자리에서 일어나 떠날 것을 두려워하는 사람처럼 급히 입을 열었다.

"무사님, 혹시 제가 독안룡님을 뵐 수 있을까요?"

다시 독안룡이다.

무한은 참 집요한 여인이라고 생각했다. 어떻게든 제자인 무한을 통해 독안룡 탑살의 힘을 끌어 쓰고 싶어 하는 연이설의 욕심은 상선에서부터 이어지고 있었다.

어쩌면 야심가로서는 당연한 일인지도 모른다. 당대 육주와 파나류를 통틀어 독안룡 탑살의 명성에 견줄 수 있는 사람이 없기 때문이었다. 신마성주를 제외하고는.

"파나류로 가시겠습니까?"

무한이 물었다.

이미 연이설이 육주에서 무엇인가를 시작했음이 분명했다. 이런 시기에 족히 몇 달은 걸릴 파나류행, 혹은 무산열도 서쪽의 봄섬까지 여행하는 것은 지극히 위험한 일이었다.

만약 녹산연가가 벌이고 있는 일이 연이설을 중심으로 돌아가고 있는 것이라면 더더욱 그랬다.

"그건……."

예상대로 연이설이 말꼬리를 흐렸다.

"애초에 제가 녹산연가의 상선을 타고 여행할 수 있게 해준 분이 스승님이십니다. 그건 곧 녹산연가와 스승님이 이미 인연이 있다는 이야기지요. 그럼에도 굳이 이설 님이 저를 통해 스승님을 따로 만나려는 이유는 아무래도 녹산연가보다는 이설 님 개인의 문제와 관련이 있겠지요?"

무한이 차분하게 물었다. 그 차분함이 오히려 사람을 더 압박하는 듯한 느낌이 들었다.

"부인하지 않겠어요."

연이설이 순순히 수긍했다.

"그런 이유인데 스승님이 스스로 이설 님을 만나러 이곳까지 와야 하는 겁니까?"

무한이 다시 물었다.

그러자 연이설의 얼굴이 한순간 굳어졌다. 그 굳은 얼굴 뒤에서 당혹감과 모욕감이 동시에 느껴진다.

무한은 그런 연이설을 차분하게 바라봤다.

그러자 연이설이 무한의 시선을 회피하려는 듯 시선을 돌렸다. 그러고는 잠시 후 감정을 추스른 듯 입을 열었다.

"생각해보니 제가 실수를 했군요. 육주 제일의 영웅이신 독안룡께 감히 한낱 상가의 여식인 절 보러 와달라고 부탁을 한 꼴이 되었으니 말이에요. 남들이 들으면… 모두가 절 조롱하고 힐난할 겁니다."

"화를 내는 것은 아닙니다. 다만… 제가 할 수 없는 일이란 뜻으로 드린 말입니다."

무한이 말했다.

"그래요. 그렇군요. 그런데 지금 왕의섬에 와 있는 묵룡대선… 그 배를 어찌 불러야 하나요?"

연이설이 갑자기 물었다.

지금 왕의섬에 와 있는 배가 기존의 묵룡대선이 아니라는 것은 연이설도 알고 있었다.

"우리는 묵룡삼선이라고 부릅니다."

"묵룡삼선… 몇 척이나 만드신 거죠?"

연이설이 물었다. 물론 그녀도 세상에 나온 묵룡대선이 세 척이라는 것을 모를 리 없었다.

하지만 혹시 봄섬에 세상에 내놓지 않은 묵룡대선이 있을지도 모르기에 하는 질문이었다.

"세 척이 전부입니다."

무한이 숨기지 않고 대답했다.

"세 척… 그래도 모든 바다에서는 최고의 전력이죠. 묵룡대선 한 척만 있을 때도 최고였으니까요."

연이설이 부러운 듯 말했다.

"그에 대해서는… 부인하기 힘들군요."

무한이 빙그레 미소를 지으며 대답했다. 아무리 빛의 술사가 되었다고 해도 무한에게는 묵룡대선의 일원이라는 사실에 대한 강한 자부심이 있었다.

그건 그의 가문, 철사자로 대표되는 무극종에 대한 자부심 이상의 것이었다.

"그래요. 무사님이 자부심을 가질 만한 힘이죠. 그래서 더욱 제가 욕심을… 낼 수밖에 없고요. 아무튼, 왕의 섬에 있는 묵룡삼선이 돌아가면 본선이 교대로 왕의 섬으로 오지 않을까요?"

연이설이 물었다.

자신이 독안룡 탑살을 지금 당장 초대하기도 어렵고, 그녀 자신이 육주를 떠날 수도 없으니 가장 좋은 기회는 독안룡 탑살이 상행을 위해 묵룡본선을 타고 육주에 왔을 때 만나는 것이었다.

그렇다면 양쪽 모두 큰 부담이 없는 만남이 될 것이다. 연이설이 기대할 수 있는 가장 좋은 상황이었다.

"글쎄요. 그럴 수도 있겠지요. 하지만 본래 묵룡대선의 상행은 일 년에 한 번이라서… 그리고 사부님께서는 옛 북창항 재건에 전력을 기울이고 계실 겁니다. 아시다시피… 파나류나 육주나 지금은 워낙 혼란한 시절이니까요."

무한이 담담하게 대답했다.

그러자 연이설이 살짝 눈살을 찌푸린 후 고개를 끄떡였다.

"듣고 보니 그것도 그렇군요. 후… 일을 제대로 해보려다 보니 예전 같지 않게 실수가 많네요."

"그래서 묻고 싶군요? 뭘 하시려는 겁니까?"

무한이 정색을 하며 묻자 연이설이 슬쩍 무한을 바라봤다. 마치 당신을 믿어도 좋냐는 듯한 표정이다.

그러자 무한이 이내 고개를 저었다.

"제가 괜한 질문을 했군요. 제가 알아야 할 일이 아닌데. 주제 넘었습니다. 다만 이런 요새를 만드는 이유가 궁금했을 뿐입니다. 자, 그럼 이제 전 돌아가 봐도 될까요? 배도 부르고……."

식사는 이미 오래전에 끝난 상태였다.

그리고 대화 역시 끝난 것이나 마찬가지였다. 서로가 서로에게 숨기는 것이 있는 대화는 길게 해봐야 득이 될 것이 없었다.

연이설은 독안룡 탑살의 힘을 욕심낼 뿐, 그녀의 진심을 털어놓지 않고 있었다. 무한 역시 그 자신이 빛의 술사라는 사실을 말할 수 없었다.

그러니 더 이상의 대화는 의미가 없었다.

그런데 연이설은 쉽게 무한을 보내줄 생각이 없는 모양이었다.

그녀가 갑자기 벼락처럼 선언해 버린 것이다.

"전, 천록의 왕국을 재건할 겁니다!"

침묵이 두 사람 사이를 가로막았다.

마치 무한이 어떤 말을 해도 연이설에게 들리지 않을 것 같은 침묵의 벽이었다.

애초에 의심을 하고 있던 일이기는 했다.

녹산연가에서 연이설이 받는 조심스러운 대접이나, 그녀가 녹산연가에 들어온 시기, 그리고 천록의 왕국 옛 성터 주변에 이런 강고한 거점을 구축하고 있는 것 등을 생각하면 그녀는 어떤 식으로든 천록의 왕국과 연결되어 있을 수밖에 없었다.

하지만 이런 식의 직설적인 선언은 무한에게도 너무 급작스러운 것이었다.

"무모해 보이나요?"

연이설이 먼저 입을 열었다.

그리고 그 말을 시작으로 침묵의 벽에 금이 갔다.

"후우……."

무한이 깊게 한숨을 내쉬었다.

그러자 연이설이 씁쓸한 표정으로 말했다.

"무모하다고 보시는군요."

"꼭 그렇게 생각지는 않습니다. 지금은 누구나 야망을 품을 시기니까요. 하지만 천록의 왕국이 재건되려면 적어도 한 가지 조건은 분명히 갖춰야 하지요."

"…그게 뭔가요?"

"혈통, 천록의 왕국 왕족들의 혈통을 이은 후계자가 있어야 그나마 가능성을 점칠 수 있을 겁니다."

"왕족의 혈통을 계승한 후계자가… 있다면요?"

연이설이 공격적으로 물었다.

그러자 무한도 지지 않고 되물었다.

"이설 님이 바로 그 사람입니까?"

"…놀라지 않고 묻는 것을 보니 짐작하고 있으셨던 모양이군요?"

연이설이 침착하게 다시 물어오는 무한을 보며 말했다. 역시 비상한 머리를 가지고 있어서 무한의 행동을 보고 그가 하는 생각을 추측하는 연이설이었다.

"그런 의심을 하기는 했죠. 이설 님이 하시는 행동이나 이곳에 녹산연가의 거점을 구축하는 것을 보고… 그런데 정말 천록의 왕국의 후예십니까?"

무한이 다시 물었다. 짐작하고 있는 것과 확답을 듣는 것은 다른 문제였다.

무한의 질문에 연이설이 잠시 무한을 바라보다 고개를 끄떡였다.

"짐작하신 대로예요."

"어느 정도의……?"

무한이 다시 물었다.

단지 먼 방계의 혈육은 굳이 찾고자 하면 찾지 못할 바도 없었다.

그렇기 때문에 천록의 왕국이 재건되려면 적어도 마지막 왕, 사람들이 슬픔의 왕이라 부르는 애왕 환인과 그리 멀지 않은 혈연관계여야 가능했다.

물론 그래도 문제는 남는다. 연이설이 여인이란 것, 그것은 그녀와 애왕 환인의 관계가 더 가까워야 하는 이유였다.

대체적으로 육주의 성들은 여인에게 성주의 위를 물려주는 경우가 거의 없기 때문이었다.

"제가 저의 이야기를 하게 되면 무사님은 적어도 제 일을 방해하지는 말아주셔야 하는데… 약속하실 수 있나요?"

연이설이 경계심을 드러냈다.

"굳이 알 필요는 없는 일이지만 호기심은 어쩔 수 없군요. 약속드리지요. 도와드리지는 못해도 방해가 되는 일은 없을 겁니다. 전 육주의 운명에는 별로 관심이 없는 사람이라……."

무한이 대답했다.

"이상하군요. 삶에 대한 의욕이 없는 분 같지는 않은데……?"

"아, 삶에는 욕심이 많습니다. 하고 싶은 것도 많고. 다만 권력은 아닙니다. 다른 형태의 삶을 원한다는 거죠. 오해 마십시오."

무한이 미소를 지으며 대답했다.

"…그런가요? 간혹 그런 부류의 사람들이 있죠. 만금과 만인지상의 권력에도 초연한. 그런 사람들은 대체로 다른 것에 의미를 두는 사람들이고요. 물론 전 그런 사람은 아니에요."

"하하, 알고 있습니다."

무한이 가볍게 웃음을 웃었다. 그러자 실내 분위기가 한결 밝아졌다.

연이설 역시 긴장이 풀린 듯 보였다. 그녀의 얼굴에 보기 드문 미소까지 떠올랐다.

그러다가 연이설이 자신의 변화를 눈치채고는 고개를 갸웃하며 말했다.

"정말 칸 무사께선 이상한 분이시군요. 자신의 기분에 따라 주변의 분위기를 바꾸시는……."

"좋은 의미로 받아들이겠습니다."

무한이 여전히 미소를 지으며 말했다.

"칭송이기는 한데… 두렵기도 하군요. 사람의 마음을 움직일 수 있는 사람이 세상에서 가장 무서운 사람이니까요."

"정말 그런 재주가 있다면 좋겠군요, 하하하."

무한이 다시 웃음을 터뜨렸다. 그런 무한을 지켜보던 연이설이 침착함을 되찾고 입을 열었다.

"전대, 그러니까 천록의 왕국의 마지막 왕이 어떤 분인지 아시나요?"

"음… 애왕… 슬픔의 왕이라 불리는 분이라는 것은 알고 있습니다. 물론 그분이 돌아가신 후에 붙은 별호이지만. 천년왕국의 마지막 왕이셨으니까."

"환인이라는 이름을 가지셨었죠."

"알고 있습니다."

무한이 대답했다.

슬픔의 왕 환인을 모르는 사람은 육주에 없다. 비록 그가 죽은 지 수십 년이 되었지만, 그래도 그는 진정한 육주의 마지막 제왕이었다.

그 이후에 이왕사후가 나타나 엄청난 권력을 누렸지만, 그 누구도 그들을 천록의 왕국의 왕들과 같은 존재로 보지는 않았다.

그래서 애왕(哀王) 환인을 모를 사람은 육주에 없었다.

"그분에게 딸이 한 분 계셨어요."

"알고 있습니다. 제국의 몰락이 시작될 즈음 요절하셨다고 들었습니다만, 평생 홀로 사셨고. 사람들이 그걸 아쉬워하더군요. 그분이 혼인을 하셨다면 그 후손들이 애왕의 뒤를 이었을 거라면서. 모계의 혈통이기는 하지만……."

"그렇죠. 비록 모계의 혈통이지만. 애왕의 따님이신 환온. 그분에게 자식이 있었다면 애왕님의 적통 후계자가 되는 것이니까요."

"애석한 일입니다. 왜 그분이 혼인을 하지 않으셨는지도 모르겠고……."

무한이 우울한 표정으로 말했다.

그러자 연이설이 망설이다가 입을 열었다.

"그분이 혼인을 하지 않으신 것은 아니에요."

"예?"

무한이 놀란 눈으로 연이설을 바라봤다.

애왕 환인의 딸 환온이 혼인을 하지 않고 젊은 나이에 요절한 것은 세상이 다 아는 일이었다.

"그분은 혼인을 하셨어요. 물론 그 아버지이신 애왕님의 허락을 받지 못했고, 그래서 공식적으로 승인된 혼인은 아니지만요."

"그런 일이……?"

"그분의 정인이었던 분이 나약한 학자였기 때문이지요. 애왕께서는 당신의 따님을 든든히 지켜주실 강한 전사를 사윗감으로 원하셨거든요. 하지만 환온 님의 정인이셨던 송량이라는 분은 전사와는 거리가 멀었지요. 천록의 왕국 서고에서 일하던 학사셨으니까요. 그래서 애왕께서는 송량 님을 동해의 먼 곳으로 유배 보내셨어요. 본래 몸이 약하셨던 송량 님은 유배를 가다 병으로 돌아가셨지요."

"음… 아무리 그래도 어떻게 그렇게……."

무한이 애왕 환인을 이해할 수 없다는 듯 고개를 저었다.

"그렇죠? 참 잔인한 분이셨지요. 그런데 사실 천록의 왕국 왕족들은 모두 그런 면이 있어요. 왕국을 지키기 위해서는 잔인한 결정을 망설이지 않는, 그런 성격들이었죠."

"…대부분의 권력자들이 그렇지요."

무한이 대답했다.

"아무튼 애왕께서는 이후 환온 님을 다른 사람과 결혼시키려 했지만 환온 님은 완강히 거절하셨지요. 그때는 이미 환온 님의 태중에 송량 님의 아이가 자리고 있었거든요."

"아……!"

무한이 나직하게 탄성을 흘렸다.

"환온 님은 그 아이를 낳다가 돌아가셨어요. 세상에 알려진 것과 달리. 물론 애왕님은 자신의 딸을 죽이고 태어난 아이를 인정하지 않으셨지요."

"그럼 설마 그 아이가……?"

"그래요. 그 아이가 바로 저예요."

연이설이 어느새 얼음처럼 차갑게 굳은 표정으로 대답했다.

육주로 건너오던 배 위에서 무한은 연이설에게서 알 수 없는 동질감을 느꼈었다.

물론 그녀의 야망에 대한 동질감은 아니었다. 거친 풍랑이 몰아치는 바다를 홀로 바라보고 있던 연이설의 모습에서 느껴지는 외로움 같은 것이었다.

무한이 그랬었다.

과거 사자림에서 아무도 그를 찾지 않는 시절을 보낼 때 무한은 폭풍 치는 바다를 절벽 위에서 바라보곤 했었다.

그때 얼마나 많은 감정들이 파도만큼이나 거세게 그의 심장을 때렸었던가.

외로움과 분노, 좌절과 세상에 대한 적의, 그리고 새로운 삶에 대한 강한 욕망들…….

연이설은 그 모든 것을 갖고 있는 것 같았다. 다만, 그녀가 꿈꾸는 새로운 삶의 형태가 무한과 다를 뿐.

그런 의미에서 무한은 지금의 연이설이 보이는 강한 모습이 그녀의 전부가 아니라는 것을 알고 있었다.

그녀는 매일 밤 두려움에 떨고 있을 것이다. 천년의 제국 천록의 왕국을 다시 재건하려는 그녀의 꿈이 얼마나 위험한지 잘 알고 있을 테니까.

그날, 사자림의 절벽 위에서 바다로 뛰어들 때의 무한이 그랬었다.

체념이나 강한 확신을 가지고 한 일이 아니었다. 가능성이라는 말은, 위험이라는 말을 내포하고 있어서, 그날 무한은 두려움에 후들거리는 다리를 부여잡고 바다에 뛰어들었었다.

아마 연이설의 지금이 그럴 것이다.

매일 밤 잠에 드는 것이 두려울 것이다. 그녀의 정체를 아는 누군가가 그녀의 방에 잔혹한 살수를 보낼 수도 있기 때문이었다.

아니, 어쩌면 이미 몇 명의 살수를 만났을 수도 있었다.

"누가 알고 있습니까?"

무한이 물었다.

무한의 갑작스러운 질문에 자신의 정체를 말한 후 그녀 스스로 상념에 빠져 있던 연이설이 퍼뜩 정신을 차렸다.

"가주님과 아버님, 그리고 얼마간의 사람들이……."

"그럼 더 이상 비밀은 아니군요."

"그분들은 모두 비밀을 지켜주실 분들입니다."

연이설이 단호한 태도로 말했다.

그의 사람들에 대한 그녀의 믿음은 확고해 보였다.

'마치 나에게 묵룡대선 같은 존재인가?'

무한은 묵룡대선의 선장 독안룡이나 그 묵룡대선의 사람들에 대해 확고한 믿음을 가지고 있었다.

그런데 연이설은 그런 믿음을 녹산연가에 가지고 있는 것 같았다.

"하긴 못 믿는 것보단 믿는 편이 낫겠지요. 하지만 언제나 늘 조심해야 할 겁니다."

무한이 진심으로 충고했다.

그러자 연이설의 눈빛이 살짝 변했다.

"지금 절 걱정하시는 건가요?"

"…그렇게 느끼셨다면 그런 거겠지요."

무한이 부인하지 않았다.

"제가 약해 보이나요? 무사님의 동정을 받을 정도로?"

연이설이 물었다. 기분이 상한 것 같지는 않았다. 정말 무한의 마음이 궁금한 듯 보였다.

"그렇지는 않습니다. 이설 님은 제가 만난 그 어떤 사람보다 강해 보이십니다. 하지만… 강한 사람이라고 두려움이 없는 것은 아니지요."

"제가 두려워한다고요? 무엇을요?"

"글쎄요… 뭐가 두려울까요? 숨어 살아야 했던 어린 시절, 자신의 존재를 세상에 숨기고 녹산연가의 사람으로 살아야 했던 소녀의 시절… 그때는 누군가의 검이 두려웠겠지요. 어느 날 밤 갑자기 찾아온 살수가 자신의 목에 검을 들이밀 수도 있다는 두려움, 그런 밤이 매일 반복되는 것은 정말 끔찍한 기억이니까요. 그리고 지금은… 새로 시작한 이 거대한 일이 과연 성공할 수 있을까? 내게 그런 능력이나 운이 있을까 하는 두려움이 있겠지요. 물론… 사람이니까 본능적으로 목숨에 대한 두려움은 당연한 것이고요."

무한이 침착하게 말했다.

그러자 연이설이 이상한 괴물을 보는 것처럼 무한을 바라봤다.

그러다가 불쑥 물었다.

"그런 감정들을 어찌 아시죠? 매일 밤… 누군가 날 찾아올지도 모른다는 그 두려움의 강도는 겪어보지 않은 사람은 알 수 없는 건데?"

"저 역시 그런 시절을 보냈으니까요."

"…궁금하군요. 무사님이 누구인지."

연이설이 추궁하듯 말했다. 자신도 자신의 가장 중요한 비밀을 이야기해 줬으니 무한도 말해줘야 하는 것 아니냐는 말투다.

하지만 무한은 적어도 오늘은 자신의 정체에 대해, 자신이 사자림에서 자살한 철사자 무곤의 아들이라는 사실을 연이설에게 말할 생각이 없었다.

그걸 말하는 순간 연이설은 무한의 신분을 이용하려 할 것이기 때문이었다.

지금은 그냥 묵룡대선의 영웅 독안룡 탑살의 제자인 것 좋았다.

"독안룡 탑살 님의 제자, 그게 지금의 저입니다. 그 이상은 말할 필요가 없지요."

무한이 웃으며 연이설의 질문에 대한 대답을 거절했다.

"이렇게 되면 제가 너무 손해를 보는 것 같은데요?"

연이설이 억울한 표정으로 말했다.

그러자 무한이 담담하게 대답했다.

"이설 님은 이제 녹산연가의 따님이 아닌, 과거 고귀한 왕족의 혈통으로 사시려는 것이니 과거의 신분을 밝히셔야 하지요. 하지만 전… 독안룡 탑살 님의 제자로 살아갈 생각이라 제 과거 이야기를 하지 않아도 되는 겁니다."

"…후훗!"

연이설이 물끄러미 무한을 바라보다 실없는 웃음을 흘렸다.

"제 말이 잘못되었나요?"

"아뇨. 묘한 논리라서요. 궤변 같기도 하고. 그런데 허점이 많아 보이기는 하는데, 막상 반박을 하려니 반박할 수가 없네요. 맞아요. 사람은 자신이 지금 누구로 살고 싶은 것인가가 중요하죠. 전… 천록의 왕국의 사람으로 살기로 결정한 것이고."

연이설이 우울한 표정으로 말했다.

"하고 싶지 않은 일을 하는 얼굴이군요?"

무한이 물었다.

"가끔은요. 하지만 그렇다고 이 일을 싫어하는 것도 아니에요. 제가 욕심 많은 여자라는 건 이미 눈치채셨죠?"

연이설이 슬쩍 웃음을 보이며 말했다.

"…그 때문에 뵙기가 두려웠을 정도입니다."

무한이 대답했다.

"그렇게까지 탐욕스러워 보였나요?"

"강한 열망이라고 해두죠. 그리고 오늘 듣고 보니 그럴 만한 이유가 있기도 하군요. 그런데… 아무리 생각해도 이해되지 않는 일이 있습니다."

무한이 슬쩍 머리를 긁적이며 말했다.

"저에 대해 더 알고 싶은 게 있으신가요? 전 거의 다 말해드렸는데?"

"그게… 제 작은 생각으로는 녹산연가가 아무래 저력 있는 상가라도, 또 천록회의 힘을 빌려 쓸 수 있다고 해도 결국 상가는 상가, 어떻게 육주의 야심가들을 상대하시려는지. 어쩌면 신무종의 견제까지 받을 텐데……?"

무한이 물었다.

"그렇죠. 녹산연가의 힘으로는 역부족이죠. 상계에서라면 모를까."

연이설이 순순히 고개를 수긍했다.

"그 말씀은 다른 힘을 가지고 계시다는 뜻인가요?"

무한이 물었다.

그러자 연이설이 되물었다.

"독안룡님과 절 연결시켜 주시겠어요?"

그 정도 약속은 해야 말할 수 있다는 의미다.

"…말씀은 드려보지요."

무한이 어렵게 대답했다.

"막내 제자님의 말씀이 독안룡님께 얼마나 영향을 미칠까요?"

"절 아주 이뻐해 주십니다. 다른 사형들도 그렇고 말입니다."

무한이 가볍게 대답했다.

"그렇군요. 녹산연가의 가주님이나 양부께서는 제가 지나치게 계산적이라 걱정하시지만, 사실 전 제 감을 많이 믿는 편이에요. 그런 의미에서 이상하게 무사님이 독안룡님을 움직일 수 있을 거란 생각이 들었어요. 상선에서 처음 만났을 때부터요. 그래서 이런 자리가 마련된 거지요. 남들은 이해할 수 없을 테지만."

"…그 직감이 맞기를 바랍니다, 저조차도."

무한이 역시 가볍게 대답했다. 하지만 속으로 그는 연이설에 대해 다시금 놀라지 않을 수 없었다.

직감이라지만 그녀는 독안룡 탑살이 자신을 녹산연가의 상선에 태운 사실과 무한이 흘려내는 기운을 보고 무한의 가치를 직감한 것이 분명했다.

어떤 세력이든 그 우두머리가 되는 사람의 가장 큰 덕목은 자신이 만나는 사람의 숨겨진 능력을 알아보는 것이다.

그런 면에서 연이설의 눈은 충분히 그 자격을 증명하고 있었다.

"좋아요. 그럼 제 이야기를 조금 더 하죠. 제가 가진 힘을 가늠해 보시고, 독안룡님께 절 도와주어도 좋을 것 같다고 말씀해 주시면 좋겠어요."

"…약속은 드릴 수 없지만."

무한이 속마음을 있는 그대로 들어냈다.

"그 대답이 오히려 더 마음에 드네요. 말씀하신 대로 녹산연가의 힘만으로는 절대 육주의 야심가들을 상대할 수 없어요. 하지만 제게는 숨겨진 힘이 하나 있어요. 천록의 왕국이 천년을 이어온 이유, 그 힘이 제게 있지요."

"…그게 어떤 힘입니까?"

무한이 물었다.

"천록의 왕국에는 철저히 왕을 위해 존재하던 백 명의 전사들이 있었어요. 물론 세상 사람들은 모르는 존재들이지만. 왕실 내에서는 그들을 호천백검으로 불렀지요."

"호천백검……."

"그 어떤 공격에서도 왕의 안전을 지킬 수 있는 사람들이죠. 그래서 후계자가 없어 천록의 왕국이 갑작스레 몰락해 가던 시절에도 애왕님은 건재하셨죠. 누구도 호천백검을 뚫을 수 없었으니까요. 그들은 애왕님이 돌아가신 후 뿔뿔이 흩어졌어요. 그들이 지킬 사람이 더 이상 남아 있지 않기 때문이었지요. 그들은 오직 천록의 왕국 왕실에게만 충성을 하는 존재들이었으니까요."

"그들을 되찾으셨습니까?"

무한이 긴장한 표정으로 물었다.

사람들은 늘 궁금해했다.

어떻게 그 막강하던 천록의 왕국이 왕이 죽었다고 하루아침에 와해되었을까 하고. 그런데 그 힘의 일부가 사라지지 않고 세상에 잠들어 있었던 것이다.

"그분들이 제게 오셨기에 제가 이렇게 새로운 시작을 할 수 있게 된 겁니다. 그분들이 아니라면 전 아마도 새로운 시작을 십 년 정도 뒤로 미뤘을 겁니다. 제가 제 자신을 지킬 힘을 만들기 위해서는요."

"음……."

무한이 나직하게 침음성을 흘렸다. 연이설의 말대로라면 정말 연이설이 천록의 왕국을 재건할 수도 있을 것이란 생각이 들었다.

"그 힘이 있는데 왜 굳이 사부님을……?"

무한이 물었다.

호천백검이 있는데 굳이 독안룡 탑살의 힘을 얻기 위해 자신에게 모든 비밀을 털어놓은 연이설을 이해할 수 없는 무한이다.

"제가 원하는 것은… 독안룡님의 힘보다 인정이에요."

"……?"

"천록의 왕국의 왕의 혈통을 이은 후에, 새로운 천록의 왕국의 왕이 될 자격이 있다고 인정해 주시는 것이죠. 현재 육주에서 오직 독안룡님만이 그런 권위를 가지고 계시죠."

"…물론 사부께서 그렇게 하시면 큰 도움이 되긴 하겠지만 그래도… 그것만을 위해서라는 건."

무한이 여전히 이해가 가지 않는 표정으로 말했다.

그러자 연이설이 정색을 하며 말했다.

"무사님께서는 아직 독안룡님의 인정이 제게 얼마나 큰 힘이 되는 것인지 모르실 거예요. 하지만 그건 그 어떤 도움보다도 제게 필요한 겁니다. 독안룡님이 절 인정하면 그들도 함부로 움직일 수 없을 테니까요. 독안룡님의 명성을 생각하면……."

"그들… 이라면 누구?"

무한이 긴장한 표정으로 물었다.

"십이신무종……."

연이설이 굳은 표정으로 중얼거리듯 대답했다.

제4장

낯선 존재들

"후우……."

무한이 길게 한숨을 내쉬었다.

'결국 신무종인 건가?'

빛의 술사가 된 이후, 운명처럼 십이신무종이 불쑥불쑥 자신 앞에 이름을 드러내고 있었다.

물론 직접적인 위협은 아니지만, 느낌으로는 점점 더 십이신무종이 자신을 향해 다가오는 듯했다.

그리고 그럴수록 빛의 술사로서의 업(業) 역시 자신이 벗어날 수 없는 그물처럼 느껴졌다.

"신무종이 무섭긴 하죠?"

무한이 말이 없자 연이설이 씁쓸한 표정으로 물었다. 무한이 보이는 반응이 십이신무종에 대한 두려움 때문이라고 생각하는 모양이었다.

그리고 두려움을 느끼는 무한에게 약간은 실망한 듯도 했다.

하지만 그런 연이설의 생각을 무한이 신경 쓸 일은 아니었다. 다만 그는 신무종과의 자신의 운명적인 조우가 점점 다가오고 있다는 느낌이 껄끄러울 뿐이었다.

"십이신무종! 두려운 존재지요."

무한이 덤덤하게 연이설의 말에 수긍했다.

그런데 그 순간 연이설은 오히려 신무종에 대한 두려움을 인정하는 무한에게서 그가 침묵할 때와는 다른 면을 보았다.

무한의 대답은 의례적인 것이어서 그 말에 진심이 없어 보이기 때문이었다.

그건 곧 무한이 말과는 달리 신무종에 대해 그렇게 대단한 두려움을 느끼지 않는다는 의미일 수도 있었다.

"그들과 맞서려는 제가 무모한 걸까요?"

"…이해할 수 없군요. 왜 이설 님이 그들과 싸웁니까? 설마 그들이 천록의 왕국의 재건을 원치 않는다는 겁니까?"

"분명히 그럴 겁니다."

연이설이 단언했다.

"천록의 왕국이 천 년을 이어왔습니다. 그 오랜 시간 동안 십이신무종과 천록의 왕국은 공존하지 않았습니까? 그들도 천록의 왕국의 권위를 인정했었고……."

"그게 불편했던 모양이죠. 속세의 왕국 중 유일하게 천록의 왕국만이 그들과 대등한 위치에 있었으니까요. 그들은… 이왕사후처럼 자신들의 손에 넣고 움직일 수 있는 자들을 원해요. 그래서 다시 천록의 왕국이 육주에 재건되는 것을 어떻게든 막으려 할 겁니다. 과거 어린 제가 신분을 숨기고 살 수밖에 없었던 이유 중 하나가 바로 신무종 때문이었다면 믿으시겠어요?"

"…그렇게까지 위협을 느꼈던 겁니까? 호천백검이라는 분들이 있는데도 말입니다."

무한이 물었다.

"물론 이제는 그분들이 절 지켜주실 겁니다. 신무종이 모든 전력을 동원해 절 공격하지 않는 이상 전 안전해요. 하지만 제가 어릴 때는 그럴 수 없었죠. 호천백검이 한데 모일 수 없는 사정이기도 했지만, 아무리 호위 무사가 강해도 제 자신이 강하지 않으면 신무종의 힘에서 절 지킬 수 없었을 테니까요. 얼마 전까지는 그런 위험을 감수할 수 없었어요."

"그 말씀대로라면 지금은 호천백검의 도움과 이설 님 자신의 능력으로 충분히 그 위험을 막아낼 수 있다는 뜻인데, 이렇게 절실하게 사부님의 도움을 받으시려는 것은……"

무한이 선뜻 이해가 가지 않는다는 표정으로 물었다.

"말씀드렸듯이 제게 필요한 것은 독안룡님의 힘이 아니라 명성이에요. 독안룡님이 절 인정하시면, 신무종도 절 부인하지는 못할 테니까요. 적어도 천록의 왕국의 마지막 혈통이라는 사실은 말이에요. 제 신분이 인정되는 순간, 천록의 왕국 시절의 평화를 기억하는 많은 사람들이 절 찾아올 겁니다. 이런 난세에는 더더욱……"

"그렇군요."

무한이 자신도 모르게 고개를 끄떡였다.

그가 생각한 것보다 독안룡 탑살의 인정이 연이설에게 줄 수 있는 것이 많다는 것을 깨달은 것이다.

"그래서 이렇게 무례를 무릅쓰고 집요하게 무사님께 부탁을 드리는 겁니다."

연이설이 다시 한번 간절한 표정으로 말했다.

그 간절함이 가식이든 아니든 무한은 그녀에게 독안룡 탑살이 필요한 존재라는 것을 부인할 수 없었다.

"알겠습니다. 일단 연락을 드리든지… 해서 이설 님의 뜻을 전하겠습니다. 다만, 이미 말씀드렸듯이 거기까지만 약속드립니다. 판단은 스승님이 하실 겁니다."

무한이 자신이 할 수 있는 일을 분명하게 말했다.

"그것만으로도 충분해요. 그리고 아마… 독안룡께서도 절 도우실 겁니다."

연이설이 확신하듯 말했다.

"왜 그렇게 생각하시죠?"

무한이 의아한 표정으로 물었다.

"독안룡께서 지금은 육주의 일에서 손을 떼고 계시지만 그분만큼 육주의 평화를 원하시는 사람은 없을 테니까요. 그 육주의 평화를 위해선 역시… 천록의 왕국이 재건되는 것이 이왕사후와 같은 세력들이 다시 나타나는 것보다는 낫지 않겠어요?"

연이설이 되물었다.

간단한 이유지만 무한이 반박하기 어려운 물음이었다.

"그럴 수도 있겠군요. 그럼 오늘 만남은 이쯤에서 정리하죠."

무한이 밤이 깊었음을 깨닫고 자리를 정리하려 했다.

그런데 그때 갑자기 문 쪽에서 침착하지만 급한 목소리가 들렸다.

"아가씨!"

소갑은 아니다. 목소리가 굵은 것이 중년의 사내였다.

"무슨 일인가요?"

연이설이 굳은 표정으로 물었다.

"조금 전 이궁 전체에 경계령을 발령했습니다."

"…일단 들어오시죠."

연이설이 말했다.

그러자 문이 열리고 한 명의 중년 사내가 모습을 드러냈다.

무한은 사내에게서 오랜 세월 단련된 강철과 같은 느낌을 받았다.

간단한 경장의 무복차림인 사내는 온몸으로 자신이 전사(戰士)임을 말하고 있었다.

연이설의 처소로 들어온 사내가 빠르면서도 진중한 걸음으로 연이설 앞으로 오더니 입을 열려다 말고 무한에게 시선을 주었다.

"괜찮아요. 믿을 수 있는 분이에요."

연이설이 말했다.

그러자 사내가 고개를 끄떡이고는 입을 열었다.

"특이한 자들이 옛 성터에 나타났습니다. 유람객은 아니고, 이궁을 살피러 온 것 같습니다."

"그런 자들이야 최근 들어 하나둘이 아니잖아요?"

"다른 자들과 조금 다른 자들입니다."

"어떤 면에서요?"

"저조차도 감히 근접하기 어려운 기운을 지닌 자들입니다."

"나반 님께서도요?"

연이설이 놀란 표정으로 되물었다.

"그렇습니다."

"대체 어떤 자들이기에……."

"곧 이궁으로 올 것 같습니다만, 어찌할지……."

"적의를 가진 것 같던가요?"

"딱히 그런 것은 아니지만, 그렇다고 호의를 가지고 오는 자들도 아닌 것 같습니다."

사내가 대답했다.

"단순히 쉬어 갈 가능성도 있나요?"

연이설이 다시 물었다.

"그럴 가능성도 있지만, 이궁에 대해 큰 관심을 가지고 있는 것은 분명합니다. 이궁의 위치와 형태에 대해 이야기들을 나누고 있다고 합니다."

"이 늦은 시간에……."

연이설이 눈살을 찌푸렸다.

그러자 사내가 말했다.

"그저 묵어갈 방을 내달라면 그럴 생각입니다만 혹, 아가씨를 만나겠다고 하면 어찌해야 할지……."

"…그들의 신분에 따라 다르겠지요."

연이설이 말했다.

"알겠습니다."

사내가 고개를 숙이며 대답했다.

"그것도 자정이 넘으면 어려운 일이고요."

"예, 아가씨."

"특별한 자들이라고 하니 이궁의 경내로 그들이 들어오는 순간 경계를 한 단계 올리세요."

"예."

사내가 다시 대답을 하고는 빠르게 자리에서 물러났다.

사내가 물러가자 무한이 연이설에게 물었다.

"저분도 호천백검의 일원이신가요?"

"눈치채셨군요."

"저런… 기도를 가진 사람이라면 천하의 전장을 누비고 다녔겠군요."

무한이 고개를 끄떡이며 말했다.

"역시 그것까지 알아보시는군요. 호천백검은 천록의 왕국이 멸망한 이후에 각자 자신의 후인을 길러냈지요. 그들이 후인을 기르는 방법은 혹독해요. 어려서부터 전장에 데려다 놓죠. 방금전 나가신 나반 검사님도 마찬가지고요. 그런데 나반 검사님의 무공이 전장에서 길러진 것이란 건 어떻게 알아보셨지요?"

연이설이 궁금한 표정으로 물었다.

그러자 무한이 빙그레 미소를 지으며 대답했다.

"묵룡대선에도 그런 분들이 계시거든요. 물론 그분들은 나반 검사님과 달리 애초에 무공이란 걸 모르시는 분들이셨죠. 그런 상태로 전장에 들어가 살기 위해 스스로 자신들만의 검법을 만드신 분들이에요. 나반 검사께서는 그분들과 비슷한 느낌을 가지고 계시더군요."

"그런가요? 어떤 분들이신데… 그분들과 특별한 관계이신가 보죠? 말씀하시면서 웃음이 떠나지 않으시는 걸 보면……."

"그중 한 분은 제 양부십니다."

"양부! 양부가 계셨군요?"

"우린 비슷한 점이 많지요?"

무한이 되물었다.

"그런가요? 무사님도… 친부모님을 어려서 잃으셨나 보죠?"

"바다에서 묵룡대선에 구조되었지요."

"아!"

연이설이 나직하게 탄성을 흘렸다.

"그 이후에는 좋았습니다. 독안룡님의 제자도 되었고, 세상에서 가장 절 아끼는 양부님도 만났고……."

"그렇군요. 저와 비슷하시군요. 다만 다른 것은… 삶의 목표군요."

연이설이 조금 아쉬운 표정으로 말했다.

"모든 게 같을 수는 없지요."

무한이 미소를 지었다.

"같았다면 좋았을 텐데요. 그랬다면 같은 길을 가는 동료가 될 수도 있었을 테니까요. 왠지… 무사님과 함께라면 뭐든 할 수 있을 것 같다는 생각이 들더군요."

"그렇게 대단한 사람이 아닙니다. 그저 스승님의 막내 제자일 뿐인걸요."

무한이 손사래를 쳤다.

"그러게요. 그럼에도 불구하고 제 느낌에는… 무사님이 마치 세상의 어려운 일을 모두 해결할 수 있을 것 같은 사람으로 느껴지는 건 왜일까요?"

연이설의 말에 무한이 다시금 그녀에 대한 경계심이 일어났다.

어쩌면 연이설은 빛의 술사로서의 무한의 능력을 본능적으로 알아보고 있을 수도 있었다.

"사람을 난감하게 만드시는 재주도 있으시군요."

무한이 짐짓 당황한 표정을 지으며 말했다.

"그런가요? 그랬다면 죄송하고요."

연이설이 미소를 지으며 대답했다.

그러자 무한이 가만히 자리에서 일어났다.

"아무튼 저녁 맛있게 먹었습니다. 재미있는 이야기도 즐겁게 들었고요. 또… 무거운 짐도 받아 가는군요."

무한의 인사에 연이설도 자리에서 일어나며 입을 열었다.

"오늘은 저희 객관에서 쉬어 가시지요? 일행분들과 함께……."

순간 무한의 움직임이 멈췄다.

감추려 했지만 연이설은 이미 무한에게 일행이 있음을 알고 있었던 것이다.

"언제부터 알고 계셨습니까?"

무한이 물었다.

"방금 전에도 보셨지만, 천록의 왕국 옛 성터를 찾는 사람들은 모두 저희들의 손안에 있지요. 무사님께서 옛 성터에 오시는 순간부터 제 눈은 무사님을 보고 있었습니다."

"흠, 그럼 괜한 짓을 했군요. 어차피 드러날 일인데."

용노 일행과 따로 이동한 것을 두고 하는 말이다.

"그래도 덕분에 무사님만 이렇게 따로 뵐 수 있었으니 다행이지요. 저로서는……."

"그렇기도 하군요."

무한이 고개를 끄떡였다.

그러자 연이설이 물었다.

"그분들은… 묵룡대선의 사람들인가요? 육주로 오실 때는 동행이 없으셨잖아요?"

"묵룡대선의 사람들은 아닙니다. 제가 여행을 하면서 사귀게 된 분들이지요."

무한이 대답했다.

"보통 분들이 아닌 것 같던데… 특히 그 노인분들은……."

연이설의 눈에도 용노와 이공은 특별해 보였던 모양이었다.

"대단한 분들이지요. 하지만 세상에 알려진 분들은 아닙니다. 한 분은 외진 곳에서 산장을 하시는 분이고, 다른 한 분은… 험한 산에서 평생 수련만 하시다가 처음으로 세상 여행을 나오신 분이지요."

"역시… 기인들이셨군요."

연이설이 고개를 끄떡였다.

"아무튼 이렇게 되었으니 그럼 오늘 밤 우리 일행이 쉴 곳을 좀 내어주시겠습니까?"

무한이 물었다.

"당연하죠. 귀빈들을 위해 준비된 숙소가 따로 있습니다. 그곳을 내어드리지요."

"무척 비싸겠지요?"

무한이 다시 물었다.

"하하, 물론 무척 비싸지요. 하지만 그 비용은 제가 대신 내드릴게요."

"…사양치 않겠습니다."

무한은 굳이 연이설의 호의를 거절하지 않았다.

본래는 녹산연가의 객관에서 잘 생각이 없었지만, 연이설의 이궁을 찾아온 불청객들, 그들의 정체가 궁금했기에 하룻밤 신세를 지기로 결심한 것이다.

용노와 이공은 불편한 표정이었고, 이맥과 소의는 신이 나 있었다.

연이설이 제공한 침실은 녹산연가가 운영하는 객실 중에서도 가장 화려하고 좋은 곳이었다.

천록의 옛 성과 남쪽 강을 한 번에 조망할 수 있고, 다섯 개의 건물이 들어서는 이궁의 한가운데 위치한 너른 정원을 볼 수도 있었다.

밤이 깊어 사람의 인적이 거의 없었지만, 이궁의 중앙 정원은 여전히 몇 개의 등을 밝히고 있어 그 아름다움을 은은하게 뽐내고 있었다.

"그녀가 눈치채지 않을까요?"

질 좋은 천으로 만든 침구가 깔린 침상에 불편한 얼굴로 앉아 있던 용노가 물었다.

"이상하게 생각할 수도 있을 겁니다. 그냥 여행 중에 절친한 사이가 된 여행 동료들이라고 했지만, 누가 봐도 네 분은 평범한 여행 동료는 아니니까요."

"그런데 왜 굳이……."

"이미 그녀의 눈에 들어갔는데 여러분을 숨길 이유가 없죠. 그리고… 그녀도 설마 우리가 빛의 술사와 관련된 사람들이라고는 생각지 못할 겁니다. 아마도 그녀는 여러분을 스승님이 은밀하게 육주에 머물게 한 묵룡대선의 사람들이라고 생각할 겁니다."

"하긴 그런 추론이 그녀로서는 타당하지요."

옆에서 이공이 고개를 끄떡였다.

"그렇긴 한데… 그래도 이런 식으로 자꾸 사람들의 눈에 띄는 것은 조금 껄끄럽군요."

용노가 걱정스러운 표정으로 말했다.

이미 마골, 즉 타무즈도 이공의 존재를 알고 있었고, 이제 다시 연이설도 무한 일행의 존재를 알게 된 것이다.

진실한 정체는 모르더라도 무한 곁에 자신들이 있다는 것이 알려지는 것이 걱정이 되는 것은 어쩔 수 없는 모양이었다.

"만약 술사께서 세상일에 관여하시게 되면 우리의 존재는 자연히 알려지게 될 겁니다. 물론 몇몇 사람들에 한하겠지만 말입니다."

이공이 용노에게 말했다.

"그렇긴 하지. 그런데 술사님! 정말 그녀의 일에 관여하실 겁니까?"

용노가 무한에게 물었다.

"일단 사부님께 그녀의 말을 전하기는 할 생각입니다."

무한이 대답했다.

"독안룡 말고 술사님 개인의 생각은 어떠십니까? 빛의 술사로서 말입니다."

"…글쎄요. 그건 아직 결정할 수 없군요. 다만… 묘하게 엉켜 들어가는 느낌은 있어요."

"흠, 느낌이라. 가끔은 느낌만큼 정확한 것도 없지요. 결국 이런 식으로 인연과 운명이 얽히는 법이고 말입니다."

용노가 굳은 표정으로 말했다.

그런데 그때 화려한 침실 창을 통해 이궁의 밤 풍경을 구경하고 있던 이맥이 나직하게 소리쳤다.

"그들인가 봅니다."

이맥의 말에 무한 등이 이야기를 멈추고 창가 쪽으로 다가섰다.

*   *   *

"녹산연가의 연이설 님이 이곳에 계시오?"

초로의 노인이 자신들을 막아서는 사내에게 물었다.

사내는 연이설이 무한에게 소개했던 중년 검사 나반이었다.

그의 뒤쪽으로 십여 명의 무사들이 특이한 진영을 갖추고 서 있었다.

나반에게 질문을 던지는 노인은 그런 녹산연가 무사들의 모습을 나반의 어깨너머로 유심히 살피고 있었다.

"어디서 오신 분들이신지……?"

나반이 노인의 질문에 대답하지 않고 되물었다.

"천록의 옛 성터를 둘러보러 왔다가 녹산연가의 연 아가씨가 이곳에 있다는 소리를 듣고 인사나 하러 찾아왔소."

노인이 녹산연가의 이궁을 주욱 둘러보며 말했다. 손님이 아니라 마치 이곳을 조사하러 나온 사람 같다.

"아가씨가 계시기는 하지만 밤이 깊었고, 또한 아가씨가 뵙고 싶다는 사람 모두를 만날 수는 없소. 그러니 신분을 밝히고 만나기를 청하면 내일 아침 아가씨를 뵐 수 있을지 답을 드리겠소."

"음… 우린 오늘 밤 떠날 예정이어서……."

노인이 고집을 부리듯 말했다.

"그럼 죄송하지만 아가씨를 뵐 수는 없을 것 같소."

나반이 단호하게 말했다.

그러자 노인이 잠시 망설이는 듯하다가 고개를 돌려 자신의 일행들에게 물었다.

"어찌하면 좋겠소?"

노인의 물음에 어둠에 가려져 제대로 얼굴이 드러나지 않는 자가 대답했다.

"이곳에 온 이상 그녀를 만나지 않을 수 없소. 확인해야 할 것이 있으니……."

"그렇다고 소란을 피울 수는 없는 일 아니오?"

노인이 다시 물었다.

"우리의 신분을 밝히는 것이 좋겠소."

"하지만……."

"그녀에게만 우리의 신분을 전하면 될 것이오. 그럼 다른 소란은 없을 것이오."

"음… 그렇긴 하겠구려."

노인이 고개를 끄떡이고는 다시 나반에게 돌아섰다.

"이걸… 연이설 님께 보여주시겠소? 아마도… 알아보실 것 같소만. 그리고 이걸 알아본다면 우릴 만나겠다고 할 것이오."

노인이 나반에게 작은 옥패를 건넸다. 그러자 나반이 망설이는 듯하다가 옥패를 받아 들며 대답했다.

"잠시 기다려 주시오."

옥패를 받아 든 나반이 빠르게 뒤로 물러나 연이설의 숙소가 있는 곳을 달려갔다.

"정체가 뭘까요?"

창문을 통해 불청객들과 검사 나반의 대화를 지켜보던 이맥이 물었다.

"좋지 않구나."

이공이 고개를 저으며 말했다.

"누군지 아신다는 건가요?"

이번에는 소의가 조용히 물었다.

그러자 이공이 손으로 턱을 괴며 말했다.

"정확하다고 할 수 없지만 저들의 모습을 보건대……."

"역시 신무종의 사람들이라 생각하는 건가?"

이공이 말꼬리를 흐리자 용노가 물었다.

"이형님도 그리 생각하셨군요?"

"저 복장들 중 일부는 우리가 사막에서 만난 자들과 흡사해서 말이야. 그리고 그 외의 사람들도 신무종의 사람들의 특징이 보이는 것 같군."

용노가 대답했다.

"정말 십이신무종이라는 겁니까?"

이맥이 놀란 눈으로 되물었다.

"아무래도 그런 것 같구나."

"그들이 왜……?"

이맥이 갑작스레 한밤중에 나타나 연이설을 만나려는 십이신무종 사람들이 이해가 되지 않는다는 듯 중얼거렸다.

"이미 신무종이 일부의 고수들을 세상에 내보냈다는 것은 알고 있던 사실 아니냐. 그들로서는 갑자기 천록의 왕국 옛 성터에 지어지는 녹산연가의 이궁에 대해 관심을 가질 수밖에 없겠지. 연이설 님의 정체를 모른다면 정말 뜬금없는 일이거든. 특히 천록의 왕국은 십이신무종으로서는 절대 무시할 수 없는 곳이고."

"…이설 님이 그들을 상대하실 수 있을까요?"

이맥이 걱정스러운 표정으로 물었다.

그러자 이공에 무한에게 질문을 돌렸다.

"괜찮을까요?"

"괜찮을 겁니다. 그녀의 말대로라면 그녀 곁에 있는 전사들은 저들로부터 충분히 그녀를 지킬 수 있을 겁니다."

"그럼 굳이 도우러 갈 필요는 없겠군요."

용노가 조금은 아쉬운 듯 말했다. 아마도 그는 신무종의 고수들을 가까이서 보고 싶었던 모양이었다.

"도울 필요는 없는데 어떤 일이 벌어지는지 궁금하기는 하군요."

"가볼까요?"

이맥이 당장에라도 달려 나갈 것처럼 물었다.

그러자 이공이 이맥의 뒤통수를 강하게 후려쳤다.

퍽!

"컥! 아니! 뭐 하는 거예요?"

이맥이 이공에게 부라리며 소리쳤다.

"이놈아, 가긴 어딜 가? 넌 이곳에서 단 십 장도 벗어나기 전에 녹산연가 사람들에게 들킬 거다. 그럼 다시 이 방으로 끌려들어 올 거고, 그런 수모를 당하겠다는 거냐? 감히 이공의 제자가?"

"들키긴 왜 들켜요? 제가 그렇게 허술해 보이세요?"

"이런 멍청한 놈을 봤나. 술사님께 못 들었어? 과거 천록의 왕국의 버팀목이었던 호천백검이라는 사람들이 이 주위에 퍼져 있다고 했잖아. 그런 사람들이 네놈 따위의 움직임을 못 잡아낼 것 같으냐?"

"그건 두고 봐야 알죠."

이맥이 투박하게 대답했다.

"보나마나 수모만 당하고 만다니까. 그러니까 그런 생각은 아예 말아."

"…그럼 뭐 잠이나 자야겠군요."

"그래, 그게 네게는 어울리지."

"그 말은 사부님과 술사님은 아니란 뜻인가요?"

이맥이 눈을 가늘게 뜨며 물었다.

"후후, 우리는 적어도 그들의 눈에 띄지 않게 움직일 수 있지."

곁에서 용노가 웃음을 흘리며 말했다.

"글쎄요. 그건 좀……."

이맥이 믿을 수 없다는 듯 말꼬리를 흐렸다.

"왜, 못 믿겠냐?"

"제 무공이 두 분보다 한참 못 미치는 건 알겠지만 그래도 사부님 말씀대로 그들은 천록의 왕국 최고의 전사들인데요. 사부님 말씀대로 신무종 고수들도 위협이 되지 않을 만큼 강한……."

이맥이 말 끝마다 이공을 언급하며 투정을 부렸다.

"흐흐… 그래도 우리는 못 잡아내. 사실 빛의 무공 중에서 가장 중요한 것이 속도거든. 그렇지 않습니까?"

용노가 무한에게 물었다.

"그렇죠. 천년 밀교 최고의 무공은 역시 빠른 보법이죠."

무한이 고개를 끄떡였다.

"그런 의미에서 오늘 그 빛의 무공을 써 볼까요?"

용노가 은근한 목소리로 물었다.

"가보자는 말씀이군요?"

"멀리서 듣고 보는 거야 큰 상관있겠습니까? 또… 혹시 도움을 줄 수도 있고."

용노가 말했다. 그의 얼굴에 호기심이 가득하다.

"정말 저희만 남기고 가신다고요?"

이맥이 따지듯 물었다.

"실력도 실력이지만 누가 오면 둘러댈 사람도 있어야지. 너희들은 이곳에 있어라!"

이공이 매정하게 말했다.

"스승님!"

이맥이 이공에게 따지려는데 이공이 더 할 말 없다는 듯 얼른 말을 돌렸다.

"결정이 났나 보군요. 경호대장 나반이라는 사람이 다시 나왔습니다."

이공의 말에 모든 사람들이 이맥의 반발을 무시하고 창밖으로 시선을 돌렸다.

"아가씨께서 뵙겠답니다."

경호대장 나반이 마당에서 기다리고 있던 노인에게 정중하게 말했다.

"그 옥패를 알아보시더이까?"

노인이 물었다.

"글쎄요… 그건 모르겠습니다."

"옥패를 본 후 결정한 것이 아니란 뜻이오?"

"그렇습니다. 사실 옥패에는 별반 관심을 두지 않는 모습이셨습니다."

"음… 의외구려. 옥패가 아니면 우릴 만나주지 않을 거라 생각했는데……."

노인이 만남을 허락받고도 오히려 의아하다는 듯 중얼거렸다.

그러자 나반이 말했다.

"사실 최근 들어 우리 녹산연가에서는 육주의 숨은 고수 분들을 초대하려 애를 쓰고 있습니다. 찾아오신 분들이 뛰어난 고수분들인 것 같다고 말씀드렸더니 관심을 가지셨습니다."

"그러니까 우릴 녹산연가에 초대하려 한다는 것이오?"

"아마도……."

"허허, 어쩌다가 우리가 용병 취급을 받고 말았소이다."

노인이 뒤에 서 있는 동행자들을 보며 말했다. 그의 목소리에 허탈한 표정이 역력하다.

"그것도 나쁘지 않지요."

무리 중에서 여인의 목소리가 흘러나왔다.

"아니, 용병 취급을 받아도 괜찮다는 말이오?"

노인이 반발하듯 되물었다.

"그게 아니라. 우릴 필요로 한다는 것 자체는 나쁘지 않다는 거예요. 뭐… 결국 우리가 내놓을 것은 무공밖에 없기도 하고."

여인의 목소리가 차갑고 냉정하다. 노인이 다시 말을 건네기 어려울 정도다.

"하긴… 어찌 되었든 일단 만나는 것이 중요하지. 갑시다."

노인이 나반에게 말했다.

그러자 나반이 대답했다.

"따라오십시오. 번잡한 객관이 아니라 아가씨의 집무실로 모시라는 명이십니다."

"그렇다면 더 고마운 일이고."

노인이 고개를 끄떡였다.

그러자 나반이 몸을 돌려 걸음을 옮기려다 말고 문득 고개를 들어 무한 등이 머물고 있는 객방을 바라봤다.

그러고는 이내 시선을 거두고 불청객들을 데리고 안쪽으로 사라졌다.

"무슨 의미일까요, 그 눈빛은?"

이공이 중얼거렸다.

마지막에 나반의 시선은 마치 무한 일행이 자신을 보고 있다는 것을 알고 무엇인가 자신의 의도를 눈빛으로 드러낸 것 같았기 때문이었다.

"지켜봐 달라는 뜻인 것 같군요."

무한이 대답했다.

"정말입니까?"

용노가 놀란 표정으로 다시 물었다.

"그렇지 않다면 굳이 우리 쪽을 볼 필요가 없었겠지요. 그리고 역시 제 느낌이……."

"그러니까 그의 눈빛을 읽으실 수 있단 뜻이지요? 빛의 술사의 능력으로……."

이공이 두 사람의 대화에 끼어들었다.

"뭐, 그런 것도 있죠."

무한이 말을 흐리듯 대답했다.

"그럼… 걱정할 필요가 없겠군요."

용노가 한결 편해진 표정으로 말했다.

"물론 저희도 가도 되고요. 허락을 받은 것이나 마찬가지니까."

이맥이 말했다.

"아니, 그건 여전히 안 된다."

이공이 다시 이맥의 동행을 허락지 않았다.

"아니, 또 왜요?"

"그들이 원하는 것은 조용한 참관이니까. 우리 다섯이 우르르 몰려가는 걸 원하겠느냐? 역시 너희들은 이곳에 있는 것이 좋겠다."

정색을 한 이공의 말에 이맥이 불평 가득한 표정을 지으면서도 반발을 하지 못했다.

"가시지요."

이맥과 소의의 동행을 막은 이공이 무한에게 말했다.

그러자 무한이 고개를 끄떡이고는 갑자기 창으로 다가가더니 훌쩍 창밖으로 몸을 날렸다.

"엇?"

갑작스러운 무한의 행동에 이맥과 소의가 놀라는 사이 용노와 이공 역시 무한을 따라 창밖으로 몸을 날렸다.

이맥과 소의가 재빨리 세 사람이 사라진 창으로 달려와 고개를 내밀었으나 그 어디에서도 세 사람의 모습을 발견할 수 없었다.

"제길… 기분 상하지만 사부님의 말씀을 부인할 수가 없군, 저렇게 움직이는 양반들을 어떻게 따라다녀."

이맥이 투덜거렸다.

"그러게 말이다. 이럴 때 보면 우리 실력이 정말 사부님 말씀처럼 턱없이 부족하다는 것을 실감하게 돼. 안 되겠다. 여행 중이라도 수련에 신경 써야지."

"후우… 그러게. 우리 또래의 무인들이라면 누구와 겨뤄도 자신이 있지만, 우리가 앞으로 상대할 자들이 나이를 가려서 오는 것도 아니고."

"그런 면에서 보면 술사님이 참……."

소의가 고개를 저으며 중얼거렸다.

나이가 자신들보다 어림에도 이공이나 용노의 움직임보다 더 뛰어난 움직임을 보이는 무한의 무공에 의욕이 상실되는 모양이었다.

"뭐, 그런 특별한 사람들은 어쩔 수 없는 거고. 빛의 술사님 아니냐. 풍룡이 선택한……."

"맞아! 빛의 정원에서 전수받은 천년밀교의 비법들도 한몫했을 것이고… 어쩔 수 없다. 우린 그냥 평범한 사람들 중에 뛰어난 사람이 되는 수밖에."

"한 수 겨뤄볼까? 수련 삼아."

"시끄럽게 비무는 무슨……."

"비무가 아니라 조용히 합이나 맞춰보자는 거지. 술사님의 돌아오실 때까지 깨어 있어야 하잖아?"

"…그런가? 그럼 그러지 뭐."

소의가 고개를 끄떡였다.

*　　　*　　　*

"무사님!"

소갑이 나타나자 무한은 놀라서 그를 바라봤다.

용노, 이공과 함께 숙소를 벗어난 채 이십여 장을 움직이기도 전이었다.

그들이 묵는 숙소 지붕을 빠르게 이동하던 세 사람의 걸음도 자연스럽게 멈췄다.

"소갑 님!"

무한이 의외라는 듯 소갑을 바라봤다.

"제가 안내하겠습니다."

"…무슨 의미입니까?"

무한이 되물었다.

생각하기에 따라서는 다시 숙도로 데려가겠다는 의미일 수도 있었다.

하지만 그렇다면 무한이 앞서 경비대장 나반의 시선에 담긴 의미를 잘못 해석했다는 의미, 무한으로서는 인정하고 싶지 않은 일이었다.

"아가씨께서 무사님이 계실 곳을 마련해 두셨습니다. 굳이… 지붕 위나 처마 밑에 머무실 필요는 없습니다."

"…이설 아가씨께서요?"

"그렇습니다. 나오시지 않았다면 제가 모시러 갔을 겁니다."

"조금… 당황스럽군요."

"아가씨께서 말씀하시길, 그들이 평범한 방문자라면 굳이 무사님을 모실 필요가 없겠지만, 그들은 무사님께서도 아셔야 할 사람들이라고 하셨습니다."

소갑이 침착하게 말했다.

"아가씨께서 그들의 정체를 알고 계시나 보군요."

"그들이 나반 경비대장님을 통해 보낸 물건을 보고 확신하신 듯합니다. 그때 무사님을 모셔 오라 명을 하셨으니까요."

"알겠습니다. 그럼 부탁드립니다."

"따라 오시지요."

소갑이 고개를 숙여 보이고는 가볍게 몸을 날려 지붕 아래로 내려갔다.

"이것 참, 한순간에 밤도둑에서 밤손님이 된 건가?"

용노가 겸연쩍은 표정을 중얼거렸다.

"그게 그거 아닙니까? 밤손님이나 밤도둑이나……."

이공이 실소를 흘리고는 이미 제법 멀리 이동하고 있는 무한을 따라 움직였다.

"흐흐, 말하고 보니 정말 그렇군. 아무튼 흥미진진한 밤이구나."

용노가 호기심 가득한 미소를 지으며 몸을 날렸다.

소갑이 무한 일행을 안내한 곳은 녹산연가 사람들이 머무는 건물이었다.

그런데 그는 무한 일행을 데리고 연이설의 숙소가 있는 삼 층이 아니라 그 위로 이어진 숨겨진 계단을 따라 이동했다.

'이 위층도 있었던 건가?'

무한은 내심 놀랐다.

겉에서 보기에 녹산연가 사람들이 머무는 건물은 삼 층으로 이뤄져 있었다.

물론 남쪽과 북쪽에 망루로 쓰일 법한 작은 공간들이 지붕 위로 장식처럼 올라와 있었지만, 그곳은 사방으로 뚫려 있어서 하나의 층으로 보기는 어려웠다.

그런데 소갑은 삼 층을 넘어 지붕과 삼 층 사이에 위치한 비밀스러운 공간으로 무한 일행을 안내한 것이다.

"이곳부터는 조심해 주셔야 합니다. 방음을 한다고 했지만 그래도 아래층에 소리가 들릴 수도 있으니까요."

소갑이 지붕 아래 숨겨진 비밀스러운 공간으로 들어서자 무한 등에게 주의를 줬다.

"알겠습니다."

무한이 고개를 끄떡이자 소갑이 허리를 숙인 채 어두운 공간을 조심스럽게 이동하기 시작했다.

숨겨진 공간이었으므로 당연히 이동이 수월치 않았다. 허리와 머리를 들 수 없었고, 빛도 희미해서 소리 내지 않고 이동하는 데는 어려움이 있었다.

그러나 무한과 용노, 그리고 이공은 능숙하게 소갑을 따라 소리 없이 이동했다. 그들의 무공이 그런 조용한 이동을 가능케 하고 있었다.

소갑은 비밀 공간으로 들어선 뒤 십여 장을 이동한 후에 걸음을 멈췄다.

그리고 뒤를 돌아보며 손가락으로 입에 댄 채, 자리에 앉기를 권했다.

무한 등은 소갑의 지신에 따라 조용히 자리를 잡고 앉았다.

소갑이 그들 중앙에 위치한 작은 고리를 잡아 살짝 돌린 후 위로 당겨 올렸다. 그러자 고리를 따라 성인의 다리 굵기만 한 원통형의 나무토막이 길게 뽑혀 올라왔다.

뒤를 이어 나무토막이 있던 자리에서 빛이 솟아올랐다. 소갑이 슬쩍 그 구멍을 통해 아래쪽을 바라보고는 무한에게 원통이 있던 자리를 가리켰다.

소갑의 손짓에 따라 무한이 빛이 올라오는 원통의 공간에 눈을 가져갔다.

연이설의 집무실이 한눈에 들어왔다. 무한이 있는 비밀 공간과 연이설의 집무실 사이는 얇은 유리 막으로 가려져 있었지만, 집무실을 살펴보는 데는 어려움이 없었다. 특히 유리막이 양쪽으로 볼록 튀어나와 있어, 연이설의 집무실 전체를 볼 수 있었다.

무한이 소갑을 바라보며 손으로 아래에서 위를 가리켰다. 아래쪽에서도 위를 볼 수 있느냐는 의미였다.

그러자 소갑이 고개를 저었다.

소갑의 대답을 들은 무한이 이번에는 손가락으로 귀를 가리 켰다. 아래쪽 소리를 들을 수 있냐는 물음이었다.

그러자 소갑이 손가락을 입에 대 다시 한번 주의를 준 후 조심스럽게 바닥의 다른 쪽 고개를 잡아당겼다.

소리 없이 다시 하나의 원통이 바닥에서 빠져나왔다. 그러자 이번에는 검은 천으로 아래쪽이 막힌 구멍이 생겼고, 그 통로를 통해 사람들의 목소리가 들리기 시작했다.

"그걸… 물어보려고 절 만나자고 하신 건가요?"

연이설의 목소리다.

그러자 앞서 경비대장 나반을 상대했던 노인의 목소리가 들렸다.

"그렇소. 대체 녹산연가의 생각이 무엇인지 알고 싶소. 이 건물들이 여행객을 상대로 장사나 하기 위해 만든 것이 아니라는 것은 금세 알 수 있었소."

대답을 추궁하는 말투다.

그래서인지 그 물음에 대한 연이설의 대답도 차가워졌다.

"그걸… 내가 대답할 의무가 있나요? 그리고 단순히 호기심으로 묻는 것치고는 손님의 질문이 너무 거칠군요. 육주에서 녹산연가에 이런 식의 무례를 범할 수 있는 사람들은 많지 않은데……?"

노인 일행이 아직은 자신들의 정체를 밝히지 않은 모양이었다.

연이설의 반박에 노인이 가볍게 웃음을 흘렸다.

"후후, 설마 녹산연가의 지혜 주머니라는 그대가 우리 정체를 짐작하지 못한다는 것이오?"

"그렇다면 더 문제군요. 내가 생각하는 그곳은 세속의 일에 관여치 않을 것을 세상에 약속한 곳인데… 그래서 감히 그 이름조차 입에 올리기가 조심스럽군요."

연이설이 반격을 가했다.

이들이 십이신무종의 사람들임을 모르지 않는 연이설이다.

나반이 가져왔던 물건이 십이신무종의 사람을 증명하는 패이기 때문이었다.

그래서 그녀는 세속의 일에 관여치 않겠다고 선언한 십이신무종 고수들이 일개 상가의 일에 관여하는 것을 문제 삼았던 것이다.

"단순히 상계의 일이라면 우리도 관심을 갖지 않았을 것이오. 하지만… 천록의 왕국이라면 이야기가 달라진다고 할 수 있소."

"…왜죠? 천록의 왕국 역시 세속의 역사일 뿐인데?"

노인의 말에 연이설이 냉정하게 물었다.

흥분을 가라앉힌 그녀의 말투는 검날보다도 날카롭게 들렸다.

"그것은……."

연이설의 물음에 노인이 쉽게 대답하지 못했다. 대답이 곤궁하기보다는 자신들의 정체를 알고 있으면서도 이렇게 당당한 연이설의 태도에 당황한 듯 보였다.

적어도 보통 사람이라면 십이신무종의 고수들을 똑바로 보지도 못한다. 그런데 연이설은 오히려 그들을 추궁하고 있었다.

당황하는 십이신무종의 고수들을 향해 연이설이 더욱 대담한 말을 건넸다.

"노사의 말씀처럼 전 손님들이 십이신무종의 사람들이란 걸 알고 있습니다. 하지만 그렇게 귀한 분들이 왜 절 찾아오셨는지는 모르겠어요. 그래서 미리 음식을 준비시켰어요. 저도 십이신무종의 고수분들께서 관례를 깨고 세속의 상가 일에 관심을 두시는 이유가 궁금하거든요. 드시면서 천천히 서로 궁금한 이야기를 들어보도록 하죠. 상을 들여요!"

연이설이 문 쪽을 보며 담담하게 말했다.

제5장

천년의 저력(底力)

단순한 술상이다.

그 뒤를 이어 한쪽으로 찻상이 들어왔다. 두 개의 상이 앞뒤로 연이설을 방문한 불청객들 앞에 놓였다.

안주나 다과 역시 단순했다. 사람 숫자대로 작은 접시에 놓인 것이 전부다.

하지만 결코 상대를 홀대한다는 느낌은 들지 않았다. 상에 놓인 술잔과 찻잔, 그리고 음식을 담은 접시들이 흔히 볼 수 없는 귀한 것들이기 때문이었다.

더군다나 주향과 차향 모두 최고의 술과 차임을 나타내고 있었다.

그 향이 천장에 뚫린 구멍을 통해 올라오자 용노가 침을 꿀꺽 삼킬 정도였다.

그 소리에 놀란 이공이 얼른 용노의 입을 막았다. 그러자 용노가 이내 고개를 끄떡이고는 이공의 손을 자신의 입에서 떼어냈다.

그러고는 다시 시선을 연이설의 집무실로 돌렸다.

"야밤이라 간소하게 차렸습니다. 혹시 식사를 하실 생각이시면 말씀하세요. 금세 준비할 수 있습니다만."

"아니오. 이것만으로도 무척 귀한 대접인 것 같소. 이런 술과 차라는 것은… 역시 과거 천록의 왕국에 가장 귀한 보물들을 공급하던 녹산연가답구려."

노인이 고개를 끄덕였다.

그러면서 술이 아니라 찻잔에 손을 댔다.

그 뒤를 이어 다른 사람들이 각자 취향에 맞춰 술잔을 들거나 찻잔을 들었다.

차갑게 식어가던 장내의 분위기가 술과 차가 들어오고 나서 조금 누그러졌다.

연이설도 찻잔 하나를 손에 들고 마시면서 불청객들이 술과 차를 음미하는 것을 차분한 시선으로 바라봤다.

그러다가 신무종의 고수들이 하나둘 잔을 내려놓자 조금 부드러워진 음성으로 물었다.

"십이신무종은 육주의 모든 무공뿐 아니라 전사들의 정신세계에도 큰 영향을 끼치는 하늘 위의 하늘 같은 존재들이시지요. 육주의 모든 전사들이 십이신무종을 우러러 보는 것은 아마도 하늘 위의 존재들께서 쉽게 땅의 세계에 내려오지 않기 때문일 겁니다. 그런데 오늘 이렇게 여덟 분이나 되는 신무종의 고수분들을 만나게 되니 저로서는 정신을 차리기 어렵군요."

연이설이 최대한 신무종의 고수들을 존중하면서 말을 했다. 하지만 그 말속에는 세속의 일에 관여치 않는 전통을 어기고 자신을 찾아온 신무종 고수들에 대한 항의의 의미도 담겨 있었다.

그리고 신무종의 고수들이 그런 연이설의 말뜻을 알아듣지 못할 리 없었다.

"음… 연 아가씨의 말에 답을 하기 전에 귀한 대접을 받았으니 나 역시 내 소개를 아니할 수 없구려. 다른 사람은 기회가 되면 나중에라도 소개를 하고, 난 도산선종의 무산자 명확이라고 하오."

"도산선종… 하늘 아래 가장 고귀한 분들이라 일컬어지는 신선 분들 중 한 분이시군요."

연이설이 담담하게 웃으며 말했다.

물론 그녀가 무산자 명확이라는 이름을 알고 있지는 않았다. 예전이나 지금이나 십이신무종 내의 고수들에 대한 정보는 세상에 거의 알려지지 않았기 때문이었다.

그래서 무산자 명확이 어떤 능력을 지니고 있고, 도산 선종에서 어떤 지위에 있는 사람인지는 알 수 없었다.

하지만 적어도 그가 다른 신무종의 고수들과 함께 세상에 나왔다는 것은, 도산 선종에서 손가락에 꼽힐 만큼 중요한 인물이라는 의미일 것이다.

"후후, 세상 사람들은 그렇게 말하지만 사실 우리 신무종의 사람들도 사는 모습은 세상 사람들과 다를 바가 없소. 먹고 자고… 늙고 병들어 죽고… 좋은 일에는 웃고, 슬픈 일에는 눈물을 흘리고, 화가 나는 일에는 분노를 하고. 모두 인간 그 이상도 이하도 아니오."

노인 무산자 명확이 냉기가 서린 말투로 말했다.

특히 그는 화가 나는 일에는 분노한다는 말에 힘을 주어 말했다.

"혹, 저희 녹산연가가 신무종의 고수분들을 화나게 하는 일이 있었나요?"

연이설이 여전히 차분한 목소리로 물었다.

"그건 아니지만… 호기심이 생기는 일을 하고 있는 것은 맞소. 그래서 아가씨를 찾아온 것이오."

"어떤 일에 관심이 생기신 건가요?"

연이설이 다시 물었다.

"첫 번째는 천록회의 실체, 두 번째는 대체 이곳에서 뭘 하려는 것인지… 그리고 세 번째는 연 아가씨의 정체가 뭔지 궁금하오."

무산자 명확이 말을 돌리지 않고 직설적으로 물었다. 말을 둘러대거나, 혹은 거짓 대답을 하는 것을 용납하지 않겠다는 의도다.

그러나 그럼에도 불구하고 연이설은 전혀 흔들리지 않았다. 오히려 알겠다는 듯 차분하고 고개를 끄떡이며 차를 한 모금 마시기까지 했다.

그 침착함이 무산자 명확을 불편하게 했는지 그의 이마에 작은 주름들이 생겼다.

하지만 그 역시 연이설의 대답을 재촉하지 않고 침착하게 그녀의 대답을 기다렸다.

"제가 말씀드릴 수 있는 것이 있고, 없는 것이 있습니다."

찻잔을 내려놓은 연이설이 말했다.

"말해 주실 수 있는 것을 먼저 들어봅시다."

무산자 명확이 연이설의 대답을 재촉했다.

"그러죠. 먼저 천록회의 실체는 달리 숨길 게 없군요. 이미 세상에 천록회의 구성원들이 모두 드러나 있으니까요. 목적이 뭐냐고 물으셨지만 그 목적 역시 이미 알려져 있습니다. 천록회는 그간 사해상가가 육주의 상가들을 억압해 온 것에 반발해 생겨난 상인들의 연합체입니다. 그들이 원하는 것은 자유로운 경쟁이지요. 물론 그 경쟁을 통해 사해상가를 넘어 육주 최고의 상회가 되는 것. 그것이 천록회의 목표지요."

연이설이 서슴없이 사해상가에 대한 천록회의 도전을 말했다.

그러나 사실 그녀의 말대로 그것들은 숨기고 말고 할 것 없는 비밀이었다. 이미 육주의 모든 사람들이 천록회가 사해상가에 대항하기 위해 만들어진 상회라는 것을 알고 있었다.

"천록회에 다른 목적은 없소?"

무산자 명확이 물었다.

"제가 알기로는 없습니다. 그리고 만약 제가 모르는 다른 목적이 있다면 그건 제가 말씀드린 대로 제가 대답할 수 없는 영역이군요."

"음… 알겠소. 그건 나중에 천록회를 방문해 그곳에서 질문을 하는 것으로 하겠소. 솔직히 말해 이곳에 들린 것은 천록회에 대해 묻고자 함은 아니었소. 우리가 하산한 목적이 천록회이긴 하지만……."

"대하강 하구, 천록항으로 가시는 길에 들렀다는 말이시군요."

"그렇소. 대체 녹산연가는 이곳에서 뭘 하고 있고, 연 아가씨의 진실한 정체가 뭔지 알고 싶어서 천록항으로 가기 전에 들려본 것이오. 대답해 줄 수 있소?"

무산자 명확이 반드시 대답을 들어야 한다는 단호한 표정을 지으며 물었다.

"그 전에 저도 질문 하나 해도 될까요?"

"…말씀하시오."

자신의 질문에 대답하는 대신 질문을 던지려는 연이설을 조금은 불쾌한 시선으로 바라보면서 명확이 대답했다.

"이렇게 신무종의 고수분들이 세상에 나오고, 천록회나 본 상가의 일을 직접적으로 묻는 것은 이제 신무종이 과거의 관례를 깨고 세상일에 본격적으로 관여하기로 결정했다는 뜻인가요? 그렇게… 해석해도 되는 겁니까?"

연이설의 질문은 지나치게 직설적이고 노골적이었다. 신무종이 그간 은밀하게 세상일에 관여해 온 것은 공공연한 비밀이고, 오늘 그녀를 찾아온 행동 또한 과거에 없었던 일도 아니었다.

그런데 연이설은 그런 신무종의 은밀한 행동에 대해 새삼스럽게 항의의 의사를 내비친 것이다.

당연히 연이설의 질문을 받은 무산자 명확의 표정이 차갑게 굳었다. 그는 마치 모욕을 당한 사람처럼 노한 시선으로 연이설을 응시했다.

그런데 연이설은 그런 명확의 시선을 너끈히 받아냈다. 오히려 찻잔을 들어 차를 마시는 여유까지 보였다.

그러자 명확의 옆에 있던 승려 모습의 노인이 명확의 분노를 제지하려는 듯 먼저 입을 열었다.

"우리의 행동이 신무종의 전통에서 벗어났다는 것은 인정하오. 그런데… 본래 지난 세월 우리 신무종의 사람들이 약간의 일탈을 해도 그걸 지적하는 사람은 육주에 거의 없었소. 이왕사 후조차도 말이오. 그래서 조금 당황스럽구려. 연 아가씨께서 이렇게 당돌하게 우리의 잘못을 추궁할 것이라고는 생각지 못했기에……."

"오해를 하셨군요. 전 여러분께서 신무종의 전통을 깨신 것을 탓하는 것이 아니라 신무종의 뜻을 물어본 것뿐이에요. 신무종이 본격적으로 세속의 일에 관여하기로 했다면… 본 가 역시 그에 맞게 대응을 해야 하니까요."

그러자 잠시 말을 멈췄던 명확이 도발적으로 물었다.

"만약 그렇다면 어쩌시겠소? 녹산연가는 신무종의 행보에 동의하고 도움을 주겠소? 아니면… 신무종이 세상일에 관여하는 것에 반대하겠소?"

"그 또한 너무 간단한 질문이군요. 감히 일개 상가가 어찌 신무종의 행보를 반대할 수 있겠어요. 다만……."

"다만 무엇이오?"

명확이 계속해서 연이설을 밀어붙였다.

"다만… 과연 육주의 다른 성주들은 어찌 생각할지, 혹은 신무종의 사람들을 속세의 욕망에서 벗어난 특별한 존재로 생각하고 있는 육주의 보통 사람들은 어찌 받아들일지는 저도 잘 모르겠군요. 만약 신무종이 세상의 욕망에서 벗어난 특별한 분들이 아니라 세상의 권력을 추구하는 보통 사람들이라는 것을 스스로 인정했을 때도 과연 신무종이 지금과 같은 권위를 가지게 될까요. 고귀한 권위가 사라진 십이신무종은 결국 육주 야심가들의 경쟁가가 될 것이고, 아마도 큰 전쟁을 치러야 할 수도 있습니다. 그리고 그 전쟁은… 참 독한 것이겠지요. 어린애까지도 검을 들게 만드는 잔혹한 현실이고 말입니다."

연이설이 차갑고 냉정하게 대답했다.

그 말이 경고라는 것은 신무종의 고수들도 모두 알고 있었다.

십이신무종이 세상의 권력을 탐하는 순간 그들은 육주의 다른 야심가들과 경쟁해야 한다. 육주의 권력을 노리는 야심가들이 순순히 십이신무종에게 자신들의 권력을 내놓을 리 없기 때문이었다.

그리고 그 싸움의 승패는 결코 가늠할 수 없었다.

개개인의 무공을 보면 당연히 십이신무종의 고수들이 육주의 다른 전사들에 비해 월등한 능력을 가지고 있지만, 전쟁은 다른 문제였다.

수만 명의 전사들이 동원되는 것이 세속의 전쟁이다.

반면 십이신무종이 동원할 수 있는 고수들의 숫자는 각 종파

별로 일백여 명 전후라는 것이 중론이었다.

그런 숫자로는 절대 세속의 싸움을 승리로 이끌 수 없었다.

특히 고귀함이 사라진 신무종의 고수들은 그저 사나운 적일 뿐, 육주의 전사들은 그들을 공격하는 데 어떤 거리낌도 없을 것이다.

연이설은 바로 그 점을 지적하고 있었다.

"후우… 그대는 참 대범한 여인이구려."

무산자 명확이 가볍게 한숨을 쉬며 말했다. 연이설의 말이 사실이라 해도, 감히 그런 말을 입 밖으로 낼 수 있는 사람은 흔치 않기 때문이었다.

"신무종에 대한 존경심에서 드리는 충고입니다."

"음… 존경심으로 하는 충고라. 그런 의미라면 고맙소. 하지만 전쟁에 대한 걱정은 하지 않아도 될 것이오. 왜냐하면 전쟁이 일어나기 전에 신무종의 고수들이 그 전쟁을 일으키려는 상대의 우두머리 목을 벨 것이니까 말이오."

무산자 명확이 십이신무종은 십이신무종만의 방법이 있다는 듯 말했다.

명백한 협박이기도 했다. 당장 이 자리에서 연이설의 목을 칠 수도 있다는 말이기도 한 것이다.

하지만 연이설은 여전히 끄떡도 하지 않았다. 그녀가 담담한 얼굴로 물었다.

"욕망이란 것이 하루아침에 생겨나는 것은 아니죠. 십이신무종이 정말 세속에 대한 욕망이 있다면, 그 욕망이 이 시대에 갑자기 생긴 것이 아닐 거란 뜻입니다. 과거에도 그런 욕망이 있었을 겁니다. 그런데 왜 과거의 십이신무종은 그 방법을 쓰지 않았을까요?"

연이설의 질문에 무산자 명확의 말문이 막혔다.

정말 육주 각 성의 우두머리들을 전쟁 전에 완벽하게 제압할 수 있었다면, 이미 육주는 십이신무종의 손에 들어갔어야 하기 때문이었다.

명확의 답이 없자 연이설이 다시 입을 열었다.

"십이신무종 고수분들의 능력이 보통 전사들을 훨씬 뛰어넘는다는 것은 잘 알고 있어요. 하지만 육주의 성주들 중에는 자신을 지켜줄 능력을 스스로 가지고 있거나, 혹은 그런 수하들을 데리고 있는 사람들도 적지 않지요. 예를 들면, 독안룡님 같은··· 혹은 위대하신 철사자님이나 또는··· 저기 천록의 옛 성의 주인들이었던 사람들 말입니다. 그런 사람이 이 시대에는 없을 거라 생각하시는 건가요? 독안룡께서도 건재하신데······?"

말을 하면서 연이설이 일부러인지는 모르겠지만 고개를 들어 슬쩍 천정을 바라봤다.

그녀만큼은 그곳에서 무한 일행이 자신들을 바라보고 있다는 것을 알고 있었다.

하지만 무산자 명확과 십이신무종의 고수들은 그런 연이설의 행동이 특별한 의미를 지니고 있다고 생각하지 않았다.

그들은 감히 자신들 앞에서 이런 말을 할 수 있는 사람이 있다는 것에 놀라서 연이성의 행동을 살펴볼 여유조차 없었던 것이다.

"그대는 어떻소? 우리의 검을 막아낼 수 있소?"

궁지에 몰리면 누구나 무리한 행동과 말을 하게 된다. 무산자 명확이 그랬다. 그가 분노를 참지 못하고 연이설을 협박했다.

그런데 그의 협박에 대한 연이설의 반응이 십이신무종의 고수들을 이전보다 더 큰 충격에 빠뜨렸다.

"믿으실지 모르겠지만… 그래요! 전 오늘 그 누구에게도 죽지 않습니다. 반면 그 누구도 이 자리에서 제 허락 없이 살아 나갈 수는 없지요."

*　　　　*　　　　*

스르륵!

북쪽 벽이 조용히 열렸다. 그러자 그 뒤쪽에 서 있는 십여 명의 사람들이 보였다.

각기 다른 듯하지만 결국에는 검(劍)이라는 병기로 대변되는 자들이었다. 차림새도 각양각색, 나이도 다양했다. 그중 두 명의 여인도 섞여 있었다.

그러나 그럼에도 불구하고 그들에게서 동질적인 분위기가 풍기는 것은 그들이 들고 있는 검 때문이었다.

투박하게 보이는 검은색 검집에 들어 있는 검들, 허리에 매단 사람도 있고, 등에 지고 있는 사람도 있었으며, 손에 들고 있는 사람도 있었다.

자세히 보면 크기와 모양도 조금씩 달랐다. 그럼에도 불구하고 검이 들어 있는 그 투박한 검은빛의 검집이 비슷해서인지 모두 같은 모양의 검을 들고 있는 것처럼 보였다.

"…무슨 의미요?"

무산자 명확이 차갑게 얼어붙은 표정으로 물었다.

"제 목숨을 지킬 수 있다는 걸 보여드리는 겁니다. 그리고 이곳이 저의 거처라는 사실을 보여드리는 거고요."

연이설이 대답했다.

"협박이오?"

명확이 다시 물었다.

"아니죠. 노사의 무례에 대한 최소한의 반발이지요."

"반발… 설마 십이신무종과 맞서겠다는 거요?"

명확이 살기까지 드러나는 목소리로 물었다.

"전 해야 할 일과 지켜야 할 것들이 있어요. 그런데 만약 십이신무종이 오늘처럼 무례하게 제 일을 방해한다면, 그리고 나와 내 사람들을 해하려 한다면 그때는 싸워야겠지요."

연이설이 망설이지 않고 대답했다.

"그게… 얼마나 무모한 일인지 아시는 거요?"

명확이 어이가 없다는 듯 물었다.

"힘든 일이라는 것은 알아요. 하지만… 불가능한 일도 아니지요. 저분들과 함께라면……."

연이설이 손을 들어 열린 벽 뒤쪽에서 나타난 검사들을 가리키며 말했다.

"저들이 대체 누구기에 감히 십이신무종에 대적할 수 있다고 말하는 것이오? 녹산연가에서 아무리 막대한 재물을 써서 무인을 불러 모은들 결코 할 수 없는 일이오."

명확이 이해할 수 없다는 듯 말했다.

"걱정 마세요. 저분들은 금은보화로 움직이는 분들이 아니세요. 저분들은 오직 당신들의 명예를 위해서만 움직이시죠."

"…그래서 저들이 대체 누구요?"

명확이 다시 물었다. 끝없는 수수께끼 놀음은 더 이상 하고 싶지 않은 듯 보였다.

그러나 연이설도 검객들의 정체를 순순히 말해주지 않았다.

"저분들을 알아볼 수 없다면, 그들의 정체를 물을 자격이 없다고 말씀드리지요. 아마… 십이신무종에는 분명 저분들의 정체를 알아볼 수 있는 분들이 있을 겁니다. 그런 의미에서 조금 실망이군요. 여러분 중에 그런 분이 없다는 것이. 절 찾아오실 정도면 그런 분이 있을 거라 생각했는데……."

연이설이 진심으로 실망한 표정을 지으며 말했다.

그녀의 말에 얼음처럼 차갑던 명확의 얼굴에 붉은빛이 돌기 시작했다. 분노로 인해 흥분하기 시작한 것이다. 연이설이 대놓고 자신들을 모욕하고 있었다.

그런데 오늘 연이설을 찾아온 모든 사람들이 연이설을 실망시키지는 않았다.

"천년의 세월을 군림해 온 한 왕국을 떠받쳤던 일백 명의 검사들에 대한 이야기를 들은 적이 있소만……."

침묵 속에서 묵묵히 술잔을 기울이고 있던 한 초로의 노인이 분노로 흥분한 명확에 앞서 입을 열었다.

나이에 어울리지 않게 강한 근육을 옷으로도 감출 수 없는 인물이다.

등에 매고 있는 장검은 그가 평생 검술을 연마한 검객임을 말해준다. 모든 무인이 기본적으로 검을 지니고 있지만, 검객이라 불리는 사람만이 노인처럼 장검을 사용할 수 있다.

"대검종의 고수분이신가 보군요?"

연이설이 노인의 얼굴과 그의 목덜미 쪽으로 올라온 장검의 손잡이를 보며 물었다.

"그렇소. 검산파의 대산검 정휘라 하오."

순간 연이설의 눈빛이 살짝 변했다.

"대산검… 바로 그분이셨군요."

"날 아시오?"

"들은 적이 있어요. 대검종 검산파의 전설적인 검객 중 한 분이시라는……."

"그렇소? 이상한 일이군. 난 세상에 나와 누굴 사귄 적이 없는 사람인데… 오직 한 번, 아주 오래전 젊은 시절 수련 여행을 위해 세상에 내려왔을 때, 검을 사랑하는 젊은 검객 몇 명과 잠시 인연을 맺은 것 말고는."

대산검 정휘가 연이설을 보며 말하다가 슬쩍 고개를 돌려 열린 벽 속에서 나타난 검객들을 바라봤다.

그러자 그중 한 명이 한 걸음 앞으로 나서며 대산검 정휘에게 가볍게 고개를 숙여 보였다.

"형님! 많이 늙으셨군요. 절 알아보시겠습니까?"

순간 장내의 모든 사람이 놀랐다.

천장에서 연이설의 집무실을 내려다보고 있던 무한 일행 역시 놀라기는 마찬가지였다.

무한 일행은 벽 속에서 나타난 검객들이 호천백검이라는 사실은 짐작하고 있었다. 그러나 그들 중 신무종의 고수와 인연이 있는 사람이 있을 거라고는 생각지 못했었다.

호천백검이 세상에서 사라진 것이 수십 년 전의 일이기 때문이었다. 더군다나 신무종의 고수들은 설혹 천록의 왕국이 건재하더라도 호천백검과 인연을 맺기 힘든 사람들이었다.

"음… 역시 단 동생이었군."

"그렇습니다. 단허입니다."

대산검 정휘에게 알은척을 한 호천백검의 일인, 단허라고 이름을 밝힌 자가 가볍게 미소를 지으며 대답했다.

"어디 숨어 있다가 이제야 이렇게 나타난 것인가? 그동안 자네의 소식을 듣기 위해 몇 번 하산하는 사람들에게 부탁을 했었는데……."

"아시지 않습니까? 제가 어떤 신분을 가지고 있는지."

단허가 말했다.

"그래… 천록의 왕국이 문을 닫으면서 호천백검 역시 사라졌지. 그러나 죽었다고는 생각지 않았네. 그래서 분명 어딘가에서 살아 있을 거라 생각했네. 사실… 천록의 왕국이 전쟁이나 누군가의 공격으로 문을 닫은 것은 아니니까."

"호천백검!"

"아!"

대산검 정휘의 말에 그의 곁에 있던 신무종의 사람들이 화들짝 놀랐다. 개중 몇몇은 자리에서 일어날 정도였다.

사람들을 놀라게 만든 호천백검 단허는 장내의 소란에도 전혀 동요하지 않았다.

"주군을 잃은 가신은 세상에서 사라지는 것이 옳지요."

단허가 약간의 시간을 두고 사람들의 소란이 가라앉자 말했다.

"보통은 그렇지만… 호천백검 개개인의 능력을 봤을 때, 자립을 하거나, 혹은 다른 왕들의 초대를 받을 수도 있었을 텐데? 이왕사후 같은… 어느 성에 가든 최고의 대접을 받고 부귀영화를 누릴 수 있었을 텐데?"

"겨우… 이왕사후 따위에게 말입니까?"

단허가 도도하게 물었다.

순간 정휘가 손을 들어 자신의 실수를 인정했다.

"그렇군. 내가 실수했네. 위대한 천록의 제국의 왕에 비하면 이왕사후는 가소로운 자들이지."

"그런 자들을 따르는 것은 호천백검의 명예를 더럽히는 일이지요. 사실… 그들을 죽이지 않은 것만도 저희로서는 무척 인내심을 발휘한 것입니다."

"…그렇군. 그런데 아쉬운 것도 있네."

정휘가 진지하게 말했다.

"……?"

"흑라의 시대 말일세. 호천백검이라면 적어도 흑라와는 맞서 싸워줬어야 하는 것 아닌가?"

"흑라… 라. 그렇게 물으시니 저도 한 가지 묻고 싶은 것이 있군요."

"무엇인가?"

"위대한 십이신무종은 왜 흑라의 시대에 침묵하셨는지요? 특히… 사대휴무종이 흑라의 마세에 밀려 봉문에 가까운 위기에 처했을 때도 말입니다."

단허가 따지는 것보다는 정말 궁금하다는 듯 물었다.

"음… 그건, 말 못 할 사정이 있었네."

정휘의 대답이 곤궁하다.

그러자 단허가 가볍게 미소를 지었다.

"마찬가지입니다. 저희 호천백검도 세상에 나오지 못할 말 못할 사정이 있었습니다."

서로의 비밀은 더 이상 묻지 말자는 말이다.

그러자 정휘가 결국 고개를 끄떡이다가 다시 물었다.

"혹시 그 사정이라는 것이 연 아가씨와 관련이 있나?"

정휘의 물음에 단허가 대답을 하는 대신 연이설을 바라봤다. 그러자 연이설이 가볍게 고개를 끄떡였다.

허락을 받은 단허가 정휘의 물음에 뒤늦게 대답했다.

"맞습니다. 아가씨… 를 위해 우리 스스로를 아껴야 하는 시기였지요. 나이 든 검객들은 후예를 길러야 했고, 젊은 검객들은 아가씨를 지켜야 하는 시간이었으니까요."

단허가 말했다.

"누구로부터 말인가?"

"세상의 모든 야심가들로부터라고 해야겠지요."

"세상의 모든 야심가라… 그렇다면 자네 말은 여기 연 아가씨가 그만큼 중요한 사람이라는 뜻인데… 육주의 안위와 바꿀 만큼……."

"저희들에게는 그렇습니다."

단허가 망설이지 않고 대답했다.

그러자 정휘 역시 확신을 갖고 말했다.

"결국 고귀한 혈통을 이으신 것인가?"

정휘의 물음이 한순간에 장내를 차갑게 식게 만들었다.

정휘가 말하는 고귀한 혈통이 뭘 의미하는지 모르는 사람은 없었다.

호천백검을 아는 사람들은 그들이 무엇을 위해, 누구를 위해 존재했는지 알고 있다. 위대한 천년왕국, 천록의 왕국을 떠받친 일백 개의 검, 명예로운 그 이름은 대를 이어 후대까지 이어왔다.

그리고 천년의 왕국이 멸망한 지금까지도 그 명맥이 이어진 것이다.

그런 그들이 세상의 안위에 앞서서 지켜야 하는 사람이라면 당연히 천록의 왕국의 고귀할 혈통밖에 없다. 그것도 왕국을 재건할 만한 직계의 혈통.

정휘의 질문에 단허가 다시 연이설을 바라봤다.

그러자 연이설이 역시 망설이지 않고 고개를 끄떡여 대답하는 것을 허락했다.

"짐작하신 대로입니다. 아가씨는… 애왕님의 손녀이십니다."

"아……!"

"음……."

단허의 대답을 들은 십이신무종의 고수들이 나직하게 탄식을 흘렸다.

놀란 것도 있지만, 난감한 마음이 묻어나기도 했다.

그 와중에도 정휘의 질문은 이어졌다.

"애왕께는 오직 한 분의 혈육만 계셨는데… 그럼……?"

"맞아요. 그분의 따님이신 환온 님이 제 친모세요."

단허에 앞서 연이설이 대답했다.

"음… 그렇군요. 연 아가씨의 나이로 보면 아마도 애왕님께서 돌아가실 즈음 태어나셨겠군요. 어린 시절은 당연히 세상의 야심가들의 눈을 피해 숨어 사셔야 했을 테고. 그래서 녹산연가에 의탁하신 것이군요."

정휘가 앞뒤 사정을 짐작하고 말했다.

그리고 벌써 그의 말투는 변해 있었다. 그가 아무리 나이가 많고 위대한 십이신무종의 고수라 해도 천록의 왕국의 혈통을 이은 연이설에게는 감히 평대를 할 수 없었다.

"말씀하신 대로예요. 제 스스로 제 목숨을 지킬 수 있을 때까지는 숨어 살아야 했지요."

연이설도 거침없이 대답했다.

"그럼 이제는 아가씨, 아니, 공주님은 스스로의 목숨을 지키시는 것을 넘어 천록의 왕국을 재건할 수 있는 능력을 갖추신 겁니까?"

마지막 질문에는 의구심이 담겨 있다. 목숨을 지키는 것과 왕국을 재건하는 것은 다른 문제기 때문이었다.

"글쎄요. 능력을 갖췄다기보다는 더 이상 늦출 수 없게 되었다고 해야겠지요. 육주가 주인 없는 땅이 되었으니까요."

연이설이 담담하게 대답했다.

그러자 정휘가 고개를 끄떡였다.

"그렇군요. 좋은 기회지요. 아무튼… 그럼 천록회 역시 천록의 왕국 재건을 위해 존재하는 것이겠군요?"

"아뇨. 그건 아니에요. 천록회의 상인들은 제가 천록의 왕국의 후손이란 것을 몰라요. 저 역시 그들을 이용할 생각이 없고요. 다만 그들은… 사해상가만 견제해 주면 저로서는 만족이죠. 물론 솔직히 말해 그들을 이용하고 싶은 마음이 없는 것은 아니지만… 저도 염치가 있어요. 그 정도로 간교하지는 않군요."

연이설이 담담하게 대답했다.

"…하지만 그들을 제외하면 무슨 힘으로… 단 동생과 호천백검 전사들의 능력이 대단하다는 것은 알지만 왕국을 재건하려면 세력이 필요할 텐데요?"

정휘가 천록회의 힘을 이용하지 않겠다는 연이설의 말을 믿을 수 없다는 듯 물었다.

"앞서 무산자께서 하신 말씀으로 답을 드리고 싶군요. 우두머니를 벤다, 라는. 이제 곧 세상에 제 이름이 알려질 겁니다. 제가 뭘 하려는지도 알려지겠지요. 그럼 수많은 적이 생길 겁니다. 절 죽이려고 살수를 보내는 자들도 있을 것이고… 전 그중 가장 먼저 절 찾아오는 자와 그 배후를 전멸시킬 생각이에요. 그 정도 힘은 이미 축적해 두었지요. 그렇게 천록의 왕국의 저력이 살아 있음을 증명해 보이겠어요. 그럼… 그 이후는 굳이 제가 힘들이지 않아도 사람들이 제게 모이게 될 겁니다."

한 치의 망설임도 없는 연이설의 단호한 대답이다.

그 기세에 눌린 듯 신무종의 고수들이 잠시 말을 잃었다.

"…그게 가능한 일일까요?"

연이설의 담대함과 단호함에 잠시 침묵하던 무산자 명확이 물었다.

그 물음이 연이설의 계획에 대한 반박은 아닌 듯했다. 그 역시 연이설의 계획이 그럴듯하다고 생각하는 것 같았다.

다만 연이설과의 대화를 유리한 쪽으로 이끌기 위해 버릇처럼 되물은 것이다.

"아시잖아요? 사람들의 잠재의식이란 것이 얼마나 무서운지. 십이신무종 고수 분들은 속세를 떠나 고귀한 삶을 사는 선인(仙人)들이라는 사람들의 수백 년간의 믿음이 지금의 십이신무종을 만들었듯이, 천록의 왕국에 대한 향수도 여전히 육주 사람들에게 뿌리 깊게 남아 있다고 생각하고 있어요. 아닌가요?"

연이설이 무산자 명확에게 물었다.

명확은 연이설의 질문에 쉽게 대답하지 못했다.

사실 연이설의 질문에는 십이신무종이 자신의 일에 관여하는 순간 신무종에 대한 고귀함이나 무의식적인 존경심이 사람들 머릿속에서 사라질 것이라는 경고가 내포되어 있었다.

또한 십이신무종에 맞설 만큼 천록의 왕국의 명성이 저력이 있다는 의미기도 했다.

"후우… 천록의 왕국 역대 왕들은 모두 고집이 세기로 유명하긴 했지요. 그 후예시니 십이신무종에서 천록의 왕국의 재건을 만류해도 공주께서는 그 충고를 듣지 않으시겠지요?"

명확이 물었다.

"어떤 육주를 원하시는 것이죠?"

명확의 물음에 연이설이 다른 질문으로 대답했다.

"……"

너무 직설적인 질문이어서인지 명확이 다시 한번 답을 미뤘다.

그러자 연이설이 다시 물었다.

"설마 이왕사후 같은 꼭두각시를 원하시는 건가요? 그들이 육주를 지배할 때 육주가 평화로웠던가요? 육주의 사람들이 천록의 왕국이 건재할 때보다 행복했나요?"

연이설의 계속되는 질문에 명확뿐 아니라 신무종의 고수들 누구도 입을 열지 못했다.

이왕사후의 탐욕이 육주의 사람들을 얼마나 가혹한 상황으로 내몰았는지 모르지 않기 때문이었다.

오직 하나, 이왕사후의 시대가 과거보다 나았던 것은 십이신무종이 그들을 통제할 수 있었던 것뿐이었다.

"한 가지 부탁을 드리려 합니다. 사실은 그래서 여러분의 방문을 허락한 것이에요."

대답 없는 신무종의 고수들을 보며 연이설이 말했다.

"무엇을 원하십니까?"

무산자 명확이 굳은 표정으로 물었다.

"각 종파로 돌아가서서 천록의 왕국이 다시 시작되었다고 알려주세요. 그럼 각 종파에서 제게 원하는 것들이 있겠지요. 그 제안을 가지고 다시 절 방문해 주세요. 물론 그때까지 다른 곳에는 제 존재를 알리지 말아주셨으면 좋겠고요. 사실 저로서도 십이신무종과의 관계를 먼저 정립하고 왕국의 재건을 선언하는 것이 좋으니까요."

"음… 신무종에 먼저 제안하고 싶은 것이 있소?"

"당연히 과거 신무종과 천록의 왕국 사이 정도의 관계가 되길 원합니다. 물론… 시간이 흘렀고, 상황도 변했으니 어떻게 될지 모르지만."

"그건 무리한 요구일 수 있소. 신무종 제 종파의 수장들께서는 이왕사후와의 관계를 기준으로 생각하실 것이오."

명확이 단호하게 말했다.

"그럴 수도 있겠지요. 하지만 일단은 돌아가서서 각 종파의 입장을 확인해 주셨으면 합니다."

"후우… 어쩌면 좋겠소?"

무산자 명확이 신무종의 다른 고수들을 보며 물었다.

그들 각자는 이미 각 종파에서 받은 명이 있었다. 천록회를 방문하는 것은 그중 하나에 지나지 않았다.

그래서 그 모든 임무를 미루고 각 종파로 돌아가는 일은 그리 간단한 일이 아니었다.

하지만 천록의 왕국의 정통성을 지닌 사람이 나타났고, 다시 천년 왕국을 재건하려 하는 일만큼 중요한 일도 없었다.

"일이란 급한 것을 먼저 해야 하는 법이지요. 일단 돌아갑시다."

대산검 정휘가 말했다.

"그게 좋겠군요."

부드러운 인상의 중년 여인이 정휘의 의견에 동조했다.

그러자 무산자 명확이 고개를 끄떡였다.

"해검화께서도 동의하셨고… 다른 분들 중 다른 의견이 있으신 분이 있으시오?"

명확이 묻자 신무종의 고수들이 저마다 고개를 저어 동의의 뜻을 드러냈다.

"그럼 좋습니다. 모두 동의한 것으로 알지요. 공주께서 말씀하신 대로 하겠습니다. 하지만 공주님이 원하는 대로 신무종이 움직일지는 모르겠군요. 과거로 돌아간다는 것은 누구에게나 힘든 결정이니 말입니다."

명확의 말에 연이설이 고개를 끄떡였다.

"알고 있습니다. 과거는 과거일 뿐이라는 것을. 그래서 일단 제안을 드리는 겁니다. 이후의 일은 좀 더 논의를 해봐야겠지요."

연이설이 말했다.

그러자 명확이 잠시 망설이다 물었다.

"그런데, 혹, 호천백검 말고도 다른 조력자가 있으십니까?"

무리한 질문이다. 연이설이 가지고 있는 힘을 모두 드러내라는 말과 같기 때문이었다.

"호천백검으로 부족하다는 건가요?"

"그게 아니라. 아무리 상대의 우두머리를 제거한다 해도 공주께서 말씀하셨듯 세속의 전쟁은 사람 한두 명 죽는다고 승패가 결정되는 싸움이 아니라서… 이렇게 왕국의 재건을 자신하시는 것을 보니 다른 힘도 이미 준비되어 있으신 것 같아서 말입니다."

"숨겨놓은 전사들이라도 있냐고 물으신다면… 아주 없지는 않지요. 육주의 어느 세력이라도 성 하나 정도면 충분히 상대할 수 있는 힘은 있습니다만……."

"음… 그렇군요. 역시 준비가 부족한 것은 아니군요. 말씀대로 하나의 성을 무너뜨리면 육주 사람들의 마음이 공주께로 몰려올 테니 말입니다."

명확이 고개를 끄떡였다.

그런데 그런 명확과 신무종의 고수들은 물론 천장 위의 무한까지 놀라게 하는 말을 연이설이 툭 던졌다.

"하지만 제가 진심으로 믿는 것은 전사들의 힘이 아닙니다. 제가 진심으로 의지하는 것은 천록의 왕국, 그 이름이 가지는 힘이지요. 검을 들지 않아도 모두가 육주의 중심으로 인정하는 권위. 그 권위에 의지하는 바가 훨씬 큽니다. 그리고 이미 한 분의 위대한 영웅이 저와 새로운 천록의 왕국의 존재를 인정하셨습니다."

"…그게 누굽니까?"

명확이 물었다.

그러자 연이설이 슬쩍 천장에 시선을 준 후 다시 명확을 바라보며 말했다.

"독안룡님께서도 제 존재를 인정하셨습니다. 묵룡대선의 전사들을 보내주시는 것은 아니지만, 적어도 제가 천록의 왕국의 정통 후예라는 것은 인정하셨지요. 그리고 그분 말씀 한마디는 육주의 사람들에게 큰 울림이 있을 겁니다."

"허!"

용노가 자신도 모르게 나직하게 헛바람을 흘렸다.

물론 그 소리가 워낙 작고, 연이설의 말에 충격은 받은 신무종 고수들이 알아들을 수도 없었다.

이공 역시 이번에는 용노의 입을 막지 않았다. 그 역시 연이설의 태연한 거짓말에 기가 막히는 표정이었다.

무한도 허탈한 표정으로 고개를 저었다.

연이설이 목적을 위해 작은 속임수 따위는 가볍게 생각하는 여인이란 것을 알고 있었지만, 설마 독안룡 탑살까지 끌어들여 거짓말을 할 거라고는 미처 생각지 못했던 것이다.

그리고 그건 아마도 천장에서 자신을 보고 있을 무한에 대한 일종의 압박이기 했다.

이미 신무종에 독안룡 탑살이 자신을 천록의 왕국 후예로 인정했다고 선언했으니 어떻게 하든 독안룡 탑살을 설득하라는.

물론 그녀 역시 이런 행동의 위험성을 충분히 생각하고 있을 것이다.

독안룡 탑살이 그녀의 행동에 분노하는 순간, 그녀의 계획은 한순간에 허물어질 수도 있었다.

독안룡이 적으로 돌아서는 순간 육주에서 천록의 왕국을 부활시키는 것은 거의 불가능하기 때문이었다.

그런 의미에서 보면 연이설의 거짓말을 굉장한 모험이나 마찬가지였다.

'아니면 날 너무 믿고 있는 것인지도……'

무한이 씁쓸하게 미소를 지었다.

그런데 이상하게 그녀의 거짓말에 당황은 했지만 생각보다 크게 화가 나지는 않았다.

그렇게 무한 일행이 당황하고 어이없어 하는 사이 신무종의 방문객들 중에 잠시 입을 열었던 해검화란 여인이 물었다.

"정말 독안룡께서 공주님과 손을 잡으셨나요?"

"아! 오해를 하셨군요. 손을 잡았다는 것이 아니라 제 존재를 인정하셨다는 것인데… 이미 말씀드렸지만 묵룡대선의 전사들이 절 도우러 온다는 말은 아니에요. 물론 전 간절하게 그걸 바라지만… 독안룡께선 흑라의 시대 이후 육주의 권력 다툼에는 신물이 나신 분이라……. 하지만 뭐, 제가 큰 위기에 빠지면 목숨이야 구하러 와주시지 않을까 기대는 하죠."

연이설이 담담하게 말했다.

그런데 독안룡이 무력으로 그녀를 지원하고 있지는 않다는 말이 신무종 고수들에게 더 강한 믿음을 주는듯했다.

"그렇군요. 하긴 독안룡이 쉽게 움직이실 사람은 아니지요. 그래도 그의 인정을 받았다는 것은 공주께 큰 힘이 되겠어요."

해검화란 중년 여인이 말했다.

그러자 연이설이 물었다.

"실례지만 부인께선……?"

물론 이미 그녀가 해검화라는 것을 알고는 있었지만 정식으로 자신을 소개한 것은 아니었다.

"아, 제 소개를 안 했군요. 전 남해 해산종의 해검화 연율이라고 해요. 아마… 모르실 겁니다. 이번이 처음 세상에 나온 것이라……."

"죄송하군요. 제 식견이 짧아서……."

연이설이 살짝 고개를 숙여 보였다.

그러자 해검화 연율이 미소를 지으며 고개를 저었다.

"미안할 일이 아니지요. 오히려… 우리 같은 사람들은 세상에 이름이 알려지지 않은 게 더 칭찬받을 일이거든요. 그만큼 수련에 열중했다는 뜻이니까."

"역시 신무종의 고수분들에게는 무공의 수련이 무엇보다 우선이군요."

"그게 우리가 선택한 업(業)이죠. 아무튼… 이제 우린 그만 돌아가 봐야 하지 않을까요? 밤도 깊었고, 공주께서도 쉬셔야 할 시간이니."

"그렇게 합시다. 이미 너무 늦었소이다. 사람들의 시선을 피하려고 늦게 오긴 했지만……."

무산자 명확이 해검화 연율의 말에 동조하자 사람들이 저마다 자리에서 일어났다.

"그럼 우린 이만 물러가겠습니다. 한 가지 당부를 드리자면… 신무종의 답이 올 때까지 공주께서는 행보를 조금 늦춰주셨으면 합니다."

"…가능한 그렇게 하죠. 하지만 제 신분이 세상에 알려지고 그

래서 누군가 저를 공격한다면 그때는 저도 신무종의 답을 기다
라고 있기는 힘들 겁니다."

연이설이 단호하게 말했다.

"그야 당연한 일입니다. 공주님의 안위를 지키는 일이 무엇 보
다 중요하니까요. 그럼!"

명확이 연이설에게 가볍게 고개를 숙여 보였다.

그러자 다른 신무종의 고수들 역시 일제히 자리에서 일어나
연이설에게 고개를 숙여 예의를 갖춘 후 연이설의 거처를 벗어
났다.

"저들의 배웅을 부탁드려요."

신무종의 고수들이 나가자 연이설이 호천백검의 일인인 단허
에게 말했다.

"알겠습니다. 형님께도 따로 작별 인사는 해야지요."

단허가 대답했다.

"부탁드릴게요."

"형님이라면 충분히 제 말을 이해하실 겁니다. 검산파는 걱정
하지 않아도 될 겁니다."

단허가 대답했다.

"그래요. 그럼 좋겠군요. 하지만… 사람은 각자 처해진 상황이
있는지라 과거의 우정에 기대하기에는… 아무튼 모두들 나가보
세요."

연이설이 말하자 벽 속에서 모습을 드러냈던 호천백검 십여
명이 빠르게 다시 벽 뒤로 사라졌다.

모든 사람이 집무실을 벗어나자 문득 연이설이 고개를 들어 천장을 보며 물었다.

"많이 불쾌하셨나요?"

그러자 천장에서 무한의 목소리가 들렸다.

"공주께서는 뜬금없이 사람을 놀라게 하는 재주가 있으시군요."

"내려오시겠어요? 동료분들과 함께?"

"…그러죠."

무한의 대답이 들리자 집무실 천장 남쪽에 사람이 통과할 만한 작은 출구가 열렸다.

제6장

누군가를 걱정하다

"참 엉뚱한 면이 있으시군요."

무한이 새로 준비된 찻잔에서 모락모락 솟아오르는 차향을 음미하며 말했다.

"원망하시는 것은 아니죠?"

연이설이 미소를 지으며 물었다.

무한의 말투에서 화난 기색이 느껴지지 않아서인지 그녀는 안도하는 듯했다.

"제가 원망할 일은 아니지요. 만약 스승님이 이설 님, 저로서는 이설 님이라는 말이 더 익숙하니 계속 그리 부르겠습니다. 이설 님의 거짓말에 화를 내시거나 그로 인해 이설 님과의 인연을 부인하게 되면 피해를 보는 쪽은 제가 아니라 이설 님 자신이될 테니까요. 제게는 별로 손해가 없는 일입니다."

"흠… 냉정하시군요."

연이설이 살짝 실망한 표정을 지어보였다.

"모든 것은 씨앗을 뿌린 자의 몫이다……."

무한이 중얼거렸다.

"하하, 그런 말을 하시다니 마치 늙은 사람 같군요? 누가 한 말인가요?"

연이설의 무한의 말에 웃음을 터뜨리며 물었다. 그녀의 말대로 격언을 중얼거리는 무한은 애늙은이 같았다.

"옛 불가의 경전에 있는 말입니다. 모든 것은 씨앗을 뿌린 자의 몫이다. 결국 지금 현재 자신의 행동과 말을 조심하라는 뜻이지요."

무한이 말했다.

"경고인가요?"

"충고입니다. 이설 님의 행동과 말씀이 조금 과격하신 것 같아서……."

무한이 자신의 마음을 숨기지 않고 말했다.

"아무래도 그런 면이 있죠. 야망을 가진 사람들의 공통점이기도 하고… 조급들 하죠. 지금 당장 무엇인가를 하지 않으면 큰일이 날 것 같은 느낌으로 평생을 살았어요."

"그래도 녹산연가의 딸로 지금까지 잘 참고 살아오지 않았습니까? 그 인내심을 좀 더 발휘해 보시죠?"

무한이 진지하게 충고했다.

"그렇게 참다가는 가슴이 터져 죽을 것 같았죠. 그래서 양부님과 가주님의 만류에도 불구하고 서둘러 이렇게 일을 벌이기 시작한 겁니다."

연이설이 손을 들어 자신의 거처와 창밖으로 보이는 녹산연가의 건물들을 가리키며 말했다.

"어차피 시작한 일이니 뒤로 돌릴 수는 없고, 다만 조금 속도를 늦춰 이설 님이 진정으로 원하시는 바를 성취하시길 바라는 겁니다."

"고맙군요. 절 걱정해 주시니……."

"이런 생각은 있습니다. 적어도 이설 님은 이왕사후와 같은 권력자가 되지는 않을 것 같다는……."

"그럼 절 도와주세요. 약속드리죠. 이왕사후의 시대보다는 훨씬 평온한 육주가 될 겁니다. 천록의 왕국이 재건된 육주는."

연이설이 자신 있게 말했다.

"하하하, 그 말씀 기대하겠습니다. 하지만 전 이설 님 곁에 머물 수는 없는 사람입니다. 죄송하게도……."

무한이 웃음을 터뜨리며 찻잔을 들어 올렸다.

그러자 연이설이 실망스러운 표정을 짓다가 문득 용노와 이공 두 사람에게 시선을 주었다.

"두 분의 성함은 어찌 되시나요? 칸 무사님과는 여행 중에 만나 사귀셨다고 들었는데……?"

멀뚱하게 앉아서 무한과 연이설의 대화를 듣고 있던 용노와 이공이 갑자기 연이설이 자신들에게 관심을 보이자 일순간 당황했다.

더군다나 그들은 열화산과 청류산에서 평생 빛의 문지기로 지내다 보니 이렇게 젊고 아름다운 여인과 대화를 나눠본 경험도 별로 없었다.

그것이 노련한 그들을 당황시켰다.

"어, 그, 그게⋯⋯."

갑작스러운 연이설의 질문에 대답을 하지 못하고 용노가 당황한 표정으로 무한을 바라봤다.

용노는 자신들의 이름을 있는 그래도 밝혀도 되는지도 언뜻 판단이 서지 않았다.

그러자 무한이 자연스럽게 입을 열었다.

"그러고 보니 두 분을 정식으로 소개해 드리지 않았군요. 이쪽 분은 용 노사시고 이분은 이 노사세요. 이름은 제가 말씀드리면 실례인 것 같고⋯⋯."

"그렇군요. 그런데 두 분은 무슨 일을 하시는 분이신가요?"

연이설이 계속해서 두 사람에게 관심을 보였다.

그러자 이번에는 이공이 침착함을 회복하고 대답했다.

"여행을 떠나기 전 저는 외진 산속에서 작은 객관을 운영했고, 여기 용 형님은 그 근처에서 가축을 기르고 사냥을 했지요. 그러다가 어느 날 갑자기 우리가 많이 늙었다는 것을 깨닫게 되었습니다. 그래서 죽기 전에 세상 구경 한번 하자고 의기투합하여 이렇게 여행을 다니게 된 겁니다. 그러다가 칸 무사님을 만나 동행하게 되었지요."

이공이 능숙하게 말을 늘어놓았다.

사실 빛의 술사와 문지기란 관계만 제외하면 그의 말이 그리 틀린 말은 아니었다. 무한이 한열지의 사막으로 가던 중 만난 것은 사실이기 때문이었다.

하지만 이공의 대답이 전부가 아니라는 것을 연이설이 모를리 없었다. 그녀의 비상한 머리는 녹산연가의 딸로 살아갈 때도 심심찮게 화제가 되었었다.

주머니 속에 감춰진 송곳처럼 천록의 왕가 혈통을 이은 그녀는 사람의 심리를 읽는 데 천부적인 재능을 가지고 있었다.

하지만 그녀는 더 이상 무한과 두 사람의 관계에 대해 묻지 않았다. 굳이 말하고 싶지 않은 것을 파고들어 무한의 마음을 불편하게 만들고 싶지 않기 때문이었다.

그런 그녀를 보며 내심 안도의 한숨을 내쉰 이공이 이번에는 자신이 먼저 질문을 던졌다.

"그런데 이설 님! 정말 신무종과 맞서실 겁니까?"

이공의 질문에 무한과 용노도 연이설을 바라봤다.

그녀가 담대하게 십이신무종의 고수들을 상대할 때는 감탄과 통쾌함도 느꼈지만, 시간이 지나고 보니 그녀의 행동은 무척 위험한 일이기 때문이었다.

"그들이 어떻게 나오느냐에 따라 다르겠지요."

연이설은 무한등의 걱정과 달리 담담하게 대답했다.

"그들을 정말 상대하실 수 있습니까?"

이번에는 용노가 물었다.

"싸움은 꼭 무력으로만 하는 것은 아니죠. 그리고 전 호천백검에 대한 믿음이 있어요. 과거 선대의 왕들 시기에도 간혹 십이신무종은 무리한 요구를 해왔었다고 해요. 그럴 때마다 그 요구를 거절할 수 있었던 것은 호천백검의 존재 때문이었지요."

연이설이 호천백검에 대한 강한 믿음을 드러냈다.

전혀 과장되지 않은 순수한 믿음이 그녀의 말 속에서 느껴졌다.

"물론 호천백검이 십이신무종의 고수들 모두와 싸워 이긴다는 말은 아니에요. 다만 왕의 목숨을 그들로부터 지켜낼 수는 있다는 뜻이죠. 그리고 왕의 생존이 확실하다면 천록의 왕국의 왕은 많을 것을 할 수 있지요. 그중 하나가 수만의 전사들을 일으켜 십이신무종 본거지를 공격하는 일일 겁니다. 그 싸움의 결과에 대해서는 신무종이 더 잘 알고 있을 것이고요. 죽는 자의 숫자는 당연히 왕국의 전사들이 수십 배 많을 수도 있지만, 싸움의 끝은 결국 십이신무종의 전멸, 뿌리 한 올까지 멸절되는 것일 테니까요."

연이설이 무서운 말을 담담하게 했다. 만약 이곳에 신무종의 고수들이 있었다면 그들은 연이설의 말에 큰 충격을 받았을 것이다.

연이설은 하늘 위의 하늘이라는 십이신무종을 어떻게 공략해야 하는지, 그들의 약점이 무엇인지 정확하게 알고 있었던 것이다.

'그런 방식으로 어떤 황제가 이 땅으로 무종의 시조들을 몰아냈지⋯⋯.'

무한이 문득 빛의 정원에서 전해 받은 이 세계의 무종의 시원을 떠올렸다.

정확하게 연이설이 말한 방식으로 누군가가 이 땅으로 무종의 원조가 되는 고수들을 몰아냈었다.

'역사는 반복된다고 했는데… 어쩌면 정말 그렇게 될지도……'

무한은 갑자기 서늘한 생각이 들었다.

연이설의 말을 듣고 있다 보면 그녀는 결코 십이신무종에 대해 좋은 감정을 갖고 있지 않았다. 오히려 간혹 강렬한 적의를 보이기도 했다.

그 이유는 정확히 알 수 없지만, 그 적의가 나중에 큰 혈풍을 불러올지도 모른다는 생각이 드는 무한이었다.

'하지만 그렇다고 해도 그 또한 운명… 어쩌면 십이신무종 스스로 그런 결과를 불러온 것일지도 모르지. 역대 빛의 술사가 그토록 조심시키고, 맹약까지 맺은 약속을 어긴 대가로……'

갑자기 십이신무종의 운명이야 자신이 신경 쓸 바가 아니라는 생각이 들자 무한의 마음이 조금 편해졌다.

그런 무한의 표정 변화를 지켜보던 연이설이 무한의 얼굴에 평온이 찾아오자 뒤늦게 물었다.

"제 생각이 불편하신가요?"

"…피를 부르는 전쟁을 말하는 것이 좋을 리는 없지요."

무한이 대답했다.

"저도 그런 전쟁을 원하지는 않아요. 하지만 걸어온 싸움을 마다할 생각도 없죠. 세상의 권력이란 쟁취하고 지켜지는 것이니까요."

연이설이 변명하듯 말했다.

그러자 무한도 담담하게 대답했다.

"각자의 생각이 있고, 각자 삶이 있는 법이니까 모두 자신이 원하는 대로 살면 되겠지요. 다만 이설 님의 원하는 것을 이루는 길에 가급적 피가 흐르지 않기를 바랄 뿐입니다. 강자는 언제나 약자에 대한 동정심을 가져야 하지요. 특히 천록의 왕국 같은 곳이라면……."

무한이 충고했다. 그가 전해 받은 밀교의 법에 윤회의 업에 대한 말도 있었다.

오늘 상대가 흘린 피는, 내일 내가 흘릴 피라는… 무한은 연이설이 그런 피의 굴레에 빠지는 것을 원치 않았다.

연이설도 그런 무한의 진심을 느낀 모양이었다. 그녀가 신중한 표정으로 고개를 끄떡였다.

"세상에 전쟁을 좋아하는 사람은 없어요. 저 역시……."

"항상 그런 마음이시길 바랍니다."

무한이 말했다.

그러자 연이설이 무한을 이상한 시선을 바라봤다.

"왜……?"

자신을 빤히 바라보는 연이설을 보며 조금 당황한 무한이 물었다.

"칸 무사님은 이상한 사람인 것 같아요."

"제가요?"

"분명 독안룡님의 막내 제자신데… 이런 충고를 할 때 보면 아주 오래 세상을 산 노인 같아요. 깊은 산속에 은거해 세상의 이치를 찾는 현인 같은 모습이기도 하고. 이상하잖아요? 나이도 어리신 분이."

연이설이 어깨를 으쓱했다.

그러자 옆에서 이공이 두 사람의 대화에 끼어들었다.

"하하, 맞는 말입니다. 사실 저희도 칸 무사의 그런 점에 반하게 된 것이지요. 나이는 어리지만 늙은 우리보다 더 현명하실 때가 있으시니까……."

"그러니까 이렇게 같이 다니지."

용노도 고개를 끄떡였다.

그리고 사실 그 말은 그들의 진심이기도 했다.

비록 무한이 빛의 술사라고 해도 용노와 이공이 진심으로 무한을 좋아하는 것은 그의 소탈한 성격과 지혜로운 성격 때문이었다.

물론 그것 역시 빛의 정원에서 전해 받은 천년밀교의 힘 때문일 수도 있지만.

"하하, 그렇군요. 칸 무사님은 나이 많은 분들에게도 노인처럼 보이는군요!"

연이설이 웃음을 터뜨리면 농담을 했다.

"그러게 말입니다. 가끔은 혹시 전설적인 무공의 고수들이 이룬다는 반로환동! 다시 어려지는 경지에 오른 사람인가 할 때도 있으니까요."

용노가 연이설의 농담을 천연덕스럽게 받았다.

"그런 허황된 말씀을 하시는 걸 보니 이제 정말 주무셔야 할 때가 된 것 같군요."

무한이 용노를 보며 말했다.

"흠… 하긴 밤이 너무 깊긴 했군요."

옆에서 이공이 고개를 끄떡였다.

"그래요. 이젠 보내 드려야 할 시간이군요. 그 전에 다시 부탁 드릴게요."

연이설이 무한을 보며 말했다.

"무슨……?"

"칸 무사님이 충고하신 대로 피를 흘리지 않고 제 꿈을 이루려면 독안룡님의 도움이 꼭 필요해요. 독안룡님의 인정을 받으면 아마도 제가 싸워야 할 적의 반은 사라질 겁니다."

연이설이 정색을 하며 말했다.

그녀의 말이 옳을 수도 있었다. 독안룡 탑살이 그녀를 인정하면 육주에서 그녀를 인정하는 성주들이 여럿 나오게 될 것이 분명했다.

어쩌면 그래서 그녀는 묵룡대선의 전사들보다 독안룡의 인정을 원하는 것일 수도 있었다.

"약속드렸으니 사부님께 말씀 전하는 것은 걱정 마십시오."

무한이 말했다.

"단순히 제 말을 전하는 것 말고 그분을 설득해 주시면 더 고맙겠어요."

"그건… 제가 약속할 수 있는 것은 아니지요. 물론 제 의견을 말씀드리기는 할 겁니다만……."

"칸 무사님의 의견은 무엇인가요?"

연이설이 되물었다.

"전… 이설 님이 동정심 많은 좋은 왕이 되길 바랍니다."

무한이 진심으로 말했다.

그리고 그 대답은 어쩌면 연이설이 무한에게서 가장 듣고 싶었던 말이었을 것이다.

"고마워요. 그 답례로 내일 아침 식사는 제가 준비하도록 하겠어요."

"그러실 필요까지는……."

"아니에요. 무리한 부탁을 드렸고, 힘들게 그 부탁을 수락해 주셨으니 밥 한 끼 지어 대접하는 것은 소박한 답례지요. 아침이 준비되면 사람을 보내겠습니다."

"알겠습니다. 그럼……."

무한은 연이설의 호의를 굳이 사양치 않았다. 그녀 역시 진심으로 그를 대하고 있다고 느꼈기 때문이었다.

*   *   *

주방이 음식 냄새로 가득하다.

그러나 이상하게 평소 주방을 책임지던 요리사들 대부분은 팔짱을 끼고 자신들의 자리에서 물러나 있었다.

그들은 대신 호기심 어린 표정으로 한 여인이 밥을 짓고 국을 끓이고, 나물을 무치는 모습을 바라보고 있었다.

그들에게는 신기한 일인 듯 다른 쪽에서 음식을 만드는 요리사들도 흘깃흘깃 여인의 요리를 구경하고 있었다.

여인의 표정을 밝았다. 그녀는 마치 재미있는 놀이를 하는 것처럼 얼굴에 미소를 띤 채 요리를 하고 있었다.

가끔 실수를 할 때도 있었지만, 그렇다고 그녀의 얼굴에서 미소가 떠나지는 않았다.

그건 그녀가 누가 시켜서 주방에 들어온 것이 아니라는 의미였다.

그녀 스스로 새벽에 주방을 찾았고, 요리사들을 물리치고 요리를 하고 있었다.

녹산연가의 여인으로 알려졌지만, 사실은 위대한 왕조, 천록의 제국 왕가의 혈통을 이은 연이설의 오늘 아침은 그렇게 주방에서 시작되고 있었다.

"자! 대충 다 된 것 같은데 누가 맛 좀 봐주세요!"

연이설이 한순간 젖은 손을 흰 앞치마에 닦으며 큰 소리로 외쳤다.

하지만 누구도 그녀가 만든 음식을 맛보기 위해 나서지 않았다.

그러자 연이설이 살짝 아미를 모으다가 한 사람을 지목했다.

"소갑 아저씨가 한번 맛 좀 봐주세요."

"제, 제가요?"

녹산연가의 젊은 상인 소갑이 놀란 표정으로 되물었다.

"그렇게 하세요. 평소 미식가를 자처하시잖아요?"

"그, 그렇긴 하지만 제가 어떻게 감히……."

"감히라뇨? 함께 상행을 나갔을 때는 밥도 나눠 먹은 사인데……."

"그, 그야 배 위에서의 풍습이 그러니까……."

"배에서나 땅에서나 다를 게 뭐 있나요? 그리고 이건 어디까 지나 절 돕는 일이니까 어서 오세요."

연이설이 강하게 손짓을 했다. 더 이상 거절할 수 없는 부름 이다.

소갑이 떨떠름한 표정으로 연이설 옆으로 다가갔다.

"자, 한번 맛을 보시고 냉정하게 판단을 해주세요. 간이 안 맞 으면 손을 봐야 하니까요."

연이설이 작은 종지에 밥 조금과 국, 그리고 나물 반찬들을 덜 어놓으며 말했다.

그러자 소갑이 굳은 표정으로 젓가락을 들었다.

"어떤가요?"

말없이 자신이 한 요리를 먹는 소갑에게 연이설이 급히 물었 다.

"아직 먹고 있습니다."

소갑이 조금 퉁명스럽게 대답했다.

"아! 그렇군요. 미안해요. 마음이 급해서… 천천히 드세요."

연이설이 평소와 달리 당황한 표정으로 말했다.

소갑은 연이설의 말에 충실했다. 그는 연이설이 만든 음식을 천천히 그리고 아주 조금씩 맛을 봤다. 평소 미식가를 자처하는 사람의 모습답게.

그리고 한 번 먹은 음식에는 두 번 다시 손을 대지 않았다.

탁!

한순간 소갑이 젓가락을 도마 위에 내려놓았다.

"어떤가요?"

연이설이 긴장한 표정으로 물었다.

"…솔직히요?"

소갑이 되물었다.

"예."

연이설이 고개를 끄떡였다.

"…그냥 다른 요리사 분들이 준비하는 음식으로 상을 차려 손님들을 대접하시지요."

"…왜요?"

"칸 무사님이 이 음식을 드시는 것은 아무래도 큰 곤욕일 것 같아서……."

"소갑 님!"

"예… 예, 아가씨!"

"제 음식이 그렇게 형편없나요?"

"그게, 밥은 설익었고, 국은 싱겁고, 나물들은 대체로 너무 짜고… 그리고 나물은 너무 많이 익히기까지 해서……."

소갑이 긴장을 하면서도 자신이 맛본 연이설의 음식에 대해 솔직하게 평가를 했다. 미식가의 평은 어떤 상황에서도 양보할 수 없다는 듯이.

그러자 연이설이 잠시 화가 난 듯 입을 꾹 닫고 있다가 갑자기 소매를 걷어붙이면서 말했다.

"다시 하죠!"

＊　　　　＊　　　　＊

고성 쪽에서 들려오던 아침을 알리는 새소리는 그친 지 이미 오래였다.

해는 이미 중천으로 향하고 있었다. 수목에 맺힌 아침 이슬이 마른 지도 오래일 것이다.

그럼에도 불구하고 무한 일행은 숙소 밖으로 나가지 못하고 방 안에 머물러 있었다.

지난밤 연이설로부터 아침 식사를 대접하겠다는 말을 들었으므로 그녀가 사람을 보내길 기다리고 있는 것이다.

하지만 그녀는 좀처럼 사람을 보내지 않았다. 이미 녹산연가의 사람들이 이궁이라 부르는 건물 주변에서 여행객들의 소리가 들려오고 있었다.

고성을 구경하러 가는 사람들과 배를 타고 하류로 가려는 사람들이 분주하게 움직이고 있었다.

물론 그들은 모두 이미 아침 식사를 마쳤을 것이다.

"…우리가 잘못 들은 건가? 아침이 아니라 점심을 대접하겠다고 한 건 아니지?"

용노가 이공에게 물었다.

"분명히 아침 식사라고 들었습니다."

이공이 대답했다.

"허허, 그것참. 그럼 우릴 굶어 죽일 셈인가? 이제 곧 점심 먹을 시간이 될 텐데?"

"무슨 사정이 있겠지요."

"그러게 반드시! 무슨 사정이 있을 거야. 아니면 이렇게 늦을 리가 있나."

용노가 고개를 돌려 문 쪽을 보며 말했다.

그러자 이맥이 물었다.

"제가 가서 한번 물어보고 올까요?"

"아서라. 그건 음식을 준비하는 사람에 대한 예의가 아니다."

이공이 얼른 이맥을 말렸다.

그런데 그때 마침 문을 두드리는 소리가 들렸다.

똑똑!

"누구요?"

문 두드리는 소리에 지루함에 지친 용노가 급히 물었다.

그러자 문이 열리면서 젊은 상인 소갑이 나타났다.

"준비가 되었습니다."

소갑이 뭔가 어색한 표정으로 말했다.

"아, 그렇소? 아침 식사는 간단하게 하면 되는데 뭘 그리 많이 준비하시느라고 이렇게… 부담스럽게! 하하하!"

용노가 짐짓 너털웃음을 터뜨렸다.

"가, 가시지요."

소갑이 불편한 표정으로 권했다.

그러자 무한 등이 자리에서 일어나 문 쪽으로 걸어갔다.

그런데 그때 소갑이 급히 입을 열었다.

"저, 가시기 전에 드릴 말씀이 있습니다."

"…말씀하세요."

아침 식사를 하는 게 대단한 일도 아닌데 무척 조심스러워하는 소갑을 이상하게 생각하며 무한이 물었다.

"그게… 음식에 대해서는 크게 기대를 하지 말아주셨으면 합니다. 아가씨께서 손수 준비를 하셨기 때문에 요리사들이 한 음식보다는 아무래도……."

"그야 당연한 일이지요. 평소에 요리를 자주 하시지도 않을 텐데. 저흰 그저 밥과 국이면 족합니다."

무한이 걱정 말라는 듯 미소를 지으며 대답했다.

"예, 예, 그렇지요. 아가씨가 사실 상가 일에 바빠서 다른 여인들처럼 음식 하는 법을 제대로 배우지 못했습니다. 그래서… 아무튼 제가 미리 양해를 구하는 게 좋을 것 같아서. 혹시 초라하고 입에 맞지 않는 아침상이라 실망하실까 봐……."

"아아, 걱정 마시오. 우린 음식 맛을 가리는 사람들이 아니오. 그저 배만 채우면 되는 사람들이지. 또 시장이 반찬이라고 배가 고프니 밥만 있어도 달게 먹을 거요. 갑시다!"

용노가 정말 배가 고픈지 소갑을 재촉했다.

"그럼… 가시지요."

무한과 용노가 안심을 시켰지만 소갑은 여전히 불안해하며 자신 없는 말투로 대답을 하고는 먼저 문을 나섰다.

무한 일행은 왜 소갑이 그렇게 자신 없어 했는지 두어 번 젓가락질을 한 후에 금세 알 수 있었다.

"음……."

"흠……."

음식을 입에 넣은 무한 일행은 저마다 나직한 소리를 내며 겨우 겨우 음식을 씹었다.

소갑은 그런 일행을 걱정스럽게 바라보고 있었지만, 연이설은 다른 사람들의 반응을 알아채지 못하고 있었다.

그녀의 시선은 천천히 음식을 맛보는 무한에게 고정되어 있었기 때문이었다.

그래서 평소라면 당연히 눈치 빠른 그녀가 자신의 음식에 문제가 있다는 것을 알아봤을 만한 이공 등의 반응에도, 그녀는 무한 외의 사람들 반응을 미처 알아채지 못하고 있었다.

무한은 밥과 반찬을 천천히 꼭꼭 씹어 먹었다. 다른 사람들처럼 탄식을 흘리거나, 혹은 표정이 굳지도 않았다.

평소 그는 음식을 느리게 먹는 편이 아니지만, 연이설이 만든 음식은 천천히 그리고 오래 씹어야만 했다.

그래야 그 음식의 재료가 지닌 본래의 맛이 느껴져 목 안으로 넘길 수 있었다. 그렇지 않고 양념의 맛에 의지한다면 이 음식은 절대로 먹을 수가 없는 음식이었다.

"어떤가요?"

연이설이 음식을 오래 씹는 무한을 바라보며 기대에 찬 표정으로 물었다.

무한이 음식의 맛을 음미하느라 최대한 느리게 식사를 하는 것처럼 보이기도 했기 때문이다.

"나쁘지… 않군요."

무한이 입 안의 음식을 목으로 넘기면서 말했다.

"하하, 다행이네요. 사실 제가 음식 솜씨가 너무 없어서… 솔직히 말하자면 세 번의 실패 후에 마지막 네 번째로 만들어 내놓은 음식이에요. 아무래도 시간이 너무 늦어져서……."

연이설의 말에 용노와 이공들이 작게 고개를 저었다.

네 번째 만든 음식이 이렇다면 첫 번째 만든 음식은 대체 어느 정도였을지 상상이 되지 않았다.

그래도 그나마 다행인 것은 무한처럼 오래 씹으면 목 안으로 넘길 수 있다는 것이었다.

그래서 용노 등 다른 사람들도 결국 무한처럼 연이설이 준비한 음식을 꼭꼭 씹는 방법을 택할 수밖에 없었다.

당연히 식사 시간은 길어질 수밖에 없었다. 그래서 식사가 끝났을 때는 그들이 먹은 것이 아침인지 점심인지 모를 만큼 훌쩍 시간이 지나 있었다.

꿀꺽!

무한이 물 잔을 들어 물을 한 모금 크게 마시는 것으로 식사를 끝냈다.

"다 드셨네요."

연이설이 기쁜 듯 비어 있는 무한의 밥그릇을 바라보며 말했다.

"든든히 잘 먹었습니다."

무한이 가볍게 고개를 숙여보였다.

"하하, 다행입니다. 사실 걱정을 많이 했거든요. 처음 해보는 음식이라…….'"

"처음… 치시고는 훌륭했습니다."

무한이 가볍게 미소를 지으며 말했다.

"그런가요? 음… 앞으로도 가끔 해봐야겠어요."

연이설의 말에 그녀의 뒤에 서 있던 소갑의 표정이 딱딱하게 굳어졌다.

연이설이 음식을 할 때마다, 가장 먼저 맛을 봐야 하는 사람이 자신이라는 것을 알고 있기 때문이었다.

"얼마 지나지 않아 녹산연가에 뛰어난 요리사 한 분이 추가되겠군요."

무한이 연이설을 격려했다.

하지만 그는 알고 있었다. 연이설이 아무리 노력을 해도 결코 뛰어난 요리사가 될 수 없다는 것을.

"하하, 그런가요? 하지만 요리사가 될 정도로 시간을 들일 수는 없을 것 같아요."

"하긴…….'"

무한이 고개를 끄떡였다.

그 역시 연이설의 앞날이 결코 여유 있지 않을 것이란 것을 알고 있었다.

특히 십이신무종과의 관계는 살얼음판 그 자체였다. 만약 십이신무종의 수뇌들이 천록의 왕국이 재건되는 것을 원치 않는다면 연이설은 아마도 자신의 모든 것을 걸고 그들과 싸워야 할 것이다.

그런 생각이 들자 무한은 문득 그녀의 곁에 머물고 싶다는 생각이 들었다.

이상하게 연이설이 자신이 지켜줘야 할 사람처럼 느껴지는 것이었다.

그런 마음이 드는 이유는 그 자신도 알 수 없었다.

하지만 사람의 마음이란 것이 꼭 특별한 이유가 있어서 누군가에게로 향하는 것이 아니라는 것 정도는 무한도 알고 있었다.

'어쩌면 비슷한 어린 시절을 보낸 사람에 대한 동정심일지도……'

무한은 연이설에게 향하는 자신의 마음을 동정심으로 치부하면서 입을 열었다.

"아침도 든든히 먹었으니 저희들은 이만 가봐야 할 것 같습니다."

"어디로 가시나요? 바로 배를 타고 옛 북창항으로 돌아가시나요?"

이궁을 벗어나 강변에 세워진 작은 포구를 향해 걸으며 연이설이 물었다.

연이설은 무한과 수하들의 만류에도 불구하고 직접 무한 일행을 강변 포구까지 배웅하겠다고 나섰다.

그녀의 행동에서 그녀가 독안룡 탑살의 인정을 얼마나 갈구하는지 여실히 드러났다.

천록의 왕국의 후계자로서, 위대한 왕국의 재건을 꿈꾸는 고귀한 신분의 그녀가 독안룡 탑살의 스물여섯 제자 중 가장 어린 막내 제자를 이렇게 융숭하게 전송하는 것은 누가 봐도 독안룡 탑살의 호의를 이끌어내기 위한 것처럼 보였다.

그러나 연이설은 무한과 강변으로 향하면서 한 번도 독안룡 탑살에 대한 이야기를 꺼내지 않았다.

무한에게 부담을 주기 싫어서인지, 혹은 독안룡 탑살을 더 거론하는 것이 일의 성사를 더 어렵게 만들 수도 있다고 생각해서 인지는 알 수 없었다.

대신 그녀는 무한 본인의 향후 일정에 대한 질문에 집중하고 있었다.

"일단 천록항으로 가야겠지요. 이후에는 왕의 섬으로 가서 사부님께 전서를 보낼지 아니면 바다를 건너 사부님을 뵈러 갈지 생각해 봐야 할 것 같습니다. 하지만 어떤 식으로든 사부님께 이설 님의 말씀은 전할 테니 걱정 마세요."

"하하, 제가 그걸 걱정하는 것처럼 보이나요?"

연이설이 되물었다.

"아닙니까?"

"흠… 그 일이 제게 꼭 필요한 일인 것은 분명해요. 하지만 걱정은 안 해요. 칸 무사님은 반드시 약속대로 제 말을 독안룡님께 전할 것이고, 독안룡님은… 설혹 제가 마음에 들지 않아도 육주의 안정을 위해서 제 부탁을 들어주실 테니까요. 그분은 사실 강한 마음을 가지고 계시면서도 동정심이 많은 분이라서 육주가 시산혈해로 변하는 것을 원치 않으실 거예요."

"…그렇긴 하지요."

무한이 새삼스레 연이설의 냉정한 계산에 혀를 내둘렀다. 자신에게는 부담스러울 정도로 친근하고 부드러운 그녀지만, 세상일을 다루는 그녀의 생각과 행동은 냉정하고 과감했다.

한 지역, 혹은 육주의 패자가 되기에 부족함이 없는 냉철함이었다.

"그래서 제가 칸 무사님께 보이는 호의는 독안룡님 때문이 아니라 그냥 무사님께 드리는 호의입니다."

"왜일까요? 전 사부님의 막내 제자일 뿐인데……."

무한이 되물었다.

"그냥 마음에 들어서요."

"예?"

"칸 무사님이 마음에 든다고요. 아! 이유는 묻지 마세요. 사람이 사람에게 호감을 느끼는 데 무슨 특별한 이유가 있는 건 아니니까. 다만… 동질감 같은 것이랄까?"

연이설이 자신도 정확하게 무한에게 느끼는 호감의 이유를 모르겠다는 듯 말꼬리를 흐렸다.

"지난번에 제가 드린 말씀 때문이군요. 제 어린 시절이 이설님과 비슷하다고 했던……."

"맞아요. 아무래도 그럴 거예요. 그것 말고는… 우린 성격도 많이 다르니까요. 세상을 살아가는 목적도 다르고……."

"좀 다르긴 하죠."

무한이 미소를 지으며 머리를 끄떡였다.

"그렇다고 그렇게 바로 동의하실 것까지야… 그런데도 그런 느낌이 있어요. 비슷한 사람인 것 같다는. 아니, 그것보다는 칸 무사님이 저보다 어리긴 하지만 이상하게 칸 무사님께는 제 이야기를 모두 털어놓아도 마음이 편해요. 나와 다른 성격의 사람인데도 불구하고 내 이야기를 모두 이해해 줄 수 있을 것 같은……."

연이설은 정말 자신의 생각을 무한에게 가감 없이 말했다. 이런 말은 보통 친밀한 사이가 아니면 하기 힘든 말들이었다.

무한은 또 그런 연이설의 말을 선선히 받아주었다.

"좋은 칭찬이네요. 뭐… 사실 이쯤 되면 우린 좋은 친구라고도 할 수 있죠. 서로에 대해 꽤 많이 알고 있으니까요."

"좋은 친구! 그렇군요. 정말 제가 좋은 친구를 사귄 것 같아요. 사실… 전 지금까지 친구라고 말할 수 있는 사람이 없었거든요."

연이설이 가볍게 미소를 지으며 고개를 끄떡였다.

"그런가요? 아쉬운 일이군요. 나중에… 제가 제 사형이나 사매님들을 소개해 드릴게요. 스물다섯 명이나 있어서 개중에는 이설 님과 잘 맞는 분도 있을 겁니다. 특히……."

무한이 누굴 지목하려다 말고 말을 흐렸다.

"특히 누구요? 저와 잘 어울릴 수 있는 사람이 있나요?"

"음, 하연 사매님이 이설 님과 성격이 잘 맞을 것 같아요. 아주… 대범한 분이시거든요, 이설 님처럼."

"여자라… 그것도 대범한 여자! 좋죠."

연이설이 눈빛이 잠시 흔들렸지만, 곧 미소를 띠며 말했다.

"뭐 다른 사형들과 사매들도 이설 님이 모두 좋아할 겁니다.

얼추 나이대도 맞고…….”

“묵룡대선의 젊은 전사분들을 사귈 수 있다면 제겐 행운이지요.”

연이설이 담담하게 대답했다.

그러는 사이 일행은 어느새 강변 포구에 도착했다.

정오에 가까운 시간이라 주변에 많은 여행객들이 오가고 있었다. 그들에게 무한과 연이설은 당연히 눈길이 가는 사람들이었다.

“이제 들어가 보세요.”

무한이 자신들이 타고 갈 녹산연가의 상선을 보며 말했다. 마침 녹산연가로 돌아가는 배가 있어서 대하강 중하류까지는 그 배를 빌려 타고 내려갈 예정이었다.

“곧 다시 만날 수 있겠죠?”

“글쎄요. 육주의 바다는 넓으니까 어찌 될지…….”

무한이 말꼬리를 흐렸다.

그의 말대로 육주의 바다를 건너 옛 북창이나, 혹은 봄섬으로 돌아가게 되면 언제 다시 연이설을 만날지는 기약할 수 없었다.

“곧 다시 만날 수 있기를 바랄게요.”

“저 역시 그렇습니다.”

무한이 대답했다.

“이곳에 남아서 절 도와주신다면 더 바랄 것이 없겠지만.”

연이설이 불가능한 바람을 다시 한번 말했다.

“저도 그럴 수 있으면 좋겠지만…….”

"각자 할 일이 있는 것이겠죠?"

연이설이 아쉬운 표정으로 물었다.

그러자 무한이 잠시 생각에 잠겼다가 입을 열었다.

"일 년 안에 다시 뵙죠."

그의 말에 용노와 이공이 놀란 표정으로 무한을 바라봤다.

그리고 더 놀란 사람은 연이설이었다.

육주의 바다가 얼마나 넓은 바다인지 상선을 타고 대해를 여행해 본 그녀 역시 잘 알고 있기 때문이었다.

그래서 그녀는 되물을 수밖에 없었다.

"정말요?"

"아마도 그럴 겁니다."

무한이 대답했다.

"하! 말만 들어도 기쁘군요. 그 약속 꼭 지키시기 바라요."

"노력하죠."

무한이 미소를 지으며 대답했다.

"그 말로 만족해요. 그럼… 이제 배에 오르세요."

"먼저 들어가세요."

"아니요. 어차피 배가 떠나는 걸 볼 생각이었어요."

연이설이 고개를 저으며 말했다.

그러자 무한이 고개를 끄떡이고는 용노와 이공을 보며 말했다.

"갈까요?"

"그러… 십시다!"

용노가 무심코 존대를 하려다 얼른 말투를 바꿔 대답했다.

그러고는 어색한지 자신이 먼저 배에 올랐다.

그 뒤를 이공과 두 제자가 따라갔고, 무한 역시 연이설에게 가볍게 고개를 숙여 보인 후 상선으로 향했다.

"출발!"

배의 출발을 알리는 소리가 들려오고 녹산연가의 상선이 서서히 포구를 벗어났다.

무한 일행은 배의 오른쪽 갑판에 서서 멀어지는 포구를 보고 있었다.

연이설은 그녀의 말대로 배가 떠날 때까지 그 자리에 서 있었다.

그리고 배가 강 중심으로 나아가 서로의 얼굴을 볼 수 없을 때가 돼서야 걸음을 돌려 이궁으로 돌아갔다.

그 모습을 지켜보던 용노가 머리를 긁적이며 무한에게 물었다.

"대체 어찌 된 겁니까?"

"뭐가 말입니까?"

무한이 되물었다.

"두 분 사이 말입니다."

"저와 이설 님요?"

"예."

"그야 보신 대로죠."

"그러니까요. 곁에서 보기에는 마치… 연인 사이 같아 보였습니다만."

용노가 어깨를 으쓱하며 물었다.

"…연인요?"

"아니, 부부라고 해야 할까? 그녀는 마치 먼 길 떠나는 낭군님 배웅하듯 애절한 듯하고, 술사님 역시 집 떠나는 사람처럼 보이기도 하고. 나만 그렇게 느꼈나?"

용노가 이공 등을 보며 물었다.

그러자 이맥이 얼른 대답했다.

"아니요. 저도 사백님과 같은 느낌, 아얏!"

이맥이 한순간 비명을 질렀다.

어느새 이공이 이맥의 뒷머리를 잡아당겼기 때문이었다.

"아! 또 왜요?"

"넌 입 좀 다물고 있어라."

"아니, 난 말도 못 합니까?"

이맥이 정말 억울한 표정으로 말했다.

"쓸데없는 말을 하니까 그렇지."

"쓸데없는 말이라뇨. 분명 사백님이 먼저 하신 말씀인데요."

"후우… 네놈이 형님과 같냐? 형님이야 걱정이 돼서 하시는 말씀이고."

이공이 한숨을 쉬며 말했다.

"걱정이라뇨? 이설 님과 술사님 사이가 가까워지면 안 되는 겁니까?"

"…그냥 입 닥치고 듣기나 해라."

이공이 더 말할 가치가 없다는 듯 손으로 이맥의 입을 막아버리고는 무한을 바라봤다.

"흠… 그렇게들 보였단 말이죠?"

무한이 용노와 이공을 번갈아 보며 물었다.

"뭐… 제 노파심일 수도 있으나……."

용노가 말꼬리를 흐렸다.

그러자 무한이 잠시 생각에 잠겼다. 그 스스로도 자신의 마음을 되짚어 볼 필요가 있다고 느꼈기 때문이었다.

그러다가 가볍게 한숨을 쉬며 말했다.

"그럴지도 모르겠군요. 그냥 좀 편한 느낌이었습니다. 마치 내 머릿속에 있는 모든 생각들을 이해해 줄 수 있을 것 같은 느낌을 받았다고나 할까요. 말한 대로 어린 시절의 비슷한 경험들 때문에 그럴 수도 있고요."

"…그야 당연히 그럴 수도 있지요. 그런데 술사님과 이설 님은 굉장히 다른 성격들이신데… 세상에 대한 야망도 그렇고."

이공이 신중하게 말했다.

"그건 그렇죠. 후우… 잘 모르겠군요, 저도 제 마음을. 그냥 이설 님을 혼자 두고 떠나는 것이 마음에 걸리는군요."

무한이 더 이상 보이지 않는 녹산연가의 이궁을 보며 중얼거렸다.

"사람의 마음이란 참……."

용노가 고개를 저으며 한숨을 내쉬었다.

"제가 이설 님을 좋아하는 걸까요?"

무한이 스스로 확신할 수 없다는 듯 오히려 자신의 마음을 두 사람에게 물었다.

그러자 이공이 대답했다.

"술사님의 행동과 지금 말씀하신 것을 보면 그런 것 같습니다.

그런데… 저로서는 상대가……."

이공이 말꼬리를 흐렸다.

"이설 님이 마음에 들지 않으시나 보군요?"

무한이 물었다.

"마음에 들고 아니고의 문제가 아니고, 무척 위험한 분이라는
뜻입니다. 그분 자체도 위험한 분이고, 또 그분의 적이 될 사람
들도 위험한 사람들일 겁니다. 신무종 같은……."

이공의 걱정에 무한이 말없이 고개를 끄떡였다. 그러다가 혼
잣말처럼 말했다.

"너무 걱정 마세요. 감정이란 것은 순간순간 변하는 날씨와
같은 것이죠. 여행을 하다 보면 이런 감정도 사라지게 될 겁니
다. 설혹 그렇지 않다 해도 술사로서의 본분을 잊는 일을 없을
겁니다."

제7장

왕의 섬으로

"후욱!"

검은 두건을 쓴 노인이 길게 숨을 내쉬었다. 힘이 들어서가 아니라 긴장을 풀기 위함이었다.

어두운 계단이 계속 이어지고 있었다. 계단을 걷는 걸음이 천근의 짐을 짊어진 것만큼 무겁다.

그러나 그것 역시 긴 계단을 오르는 것이 힘겨워서는 아니었다. 그를 짓누르고 있는 것은 그가 걷고 있는 계단을 감싸고 있는 검은 기운과 그가 만날 사람에 대한 두려움 때문이었다.

더군다나 그를 안내하는 자(者) 역시 한마디 말도 하지 않고 있었다. 마치 애초에 말을 하지 못하는 사람처럼.

그 역시 그에게 말을 건넬 수 없었다. 그의 등을 보는 순간 저절로 말문이 막혔기 때문이었다.

다행스럽게 그가 더 이상 이 무거운 기운을 견딜 수 없다고 느끼는 시점에서 계단이 끝났다.

그리고 멀리 검고 어두운 파나류의 중부의 산악 지대가 펼쳐졌다. 아마도 지상에서 오십여 장은 족히 되는 높이일 것이다.

가파른 산비탈에 의지해 세워진 성은 그 규모와 높이, 그리고 절벽을 파고들어 간 땅속 넓이를 가늠할 수조차 없었다.

그 미지의 모습이 그로 하여금 다시 두려움을 느끼게 만들었다.

"이쪽으로 오시오!"

그를 안내한 자가 그의 느낌처럼 애초부터 벙어리인 것은 아니었다.

아무런 감정이 느껴지지 않은 말을 짧게 내뱉고 안내자가 다시 걸음을 옮기기 시작했다.

두건을 쓴 노인이 다시 한번 가볍게 한숨을 내쉬고 안내자를 따라 걷기 시작했다.

그르릉!

문이 사자(獅子)가 우는 소리를 냈다. 거대한 석판을 나무판자에 붙여 만든 문은 그 어떤 병기로도 깰 수 없을 것처럼 단단해 보였다.

열린 문 안쪽에서 다시 어둠이 흘러나왔다. 그런데 이번 어둠은 문밖의 어둠과 조금 달랐다.

문밖의 어둠은 해가 지고 밤이 찾아와 드리워진 어둠이었지만, 문 안쪽에서 흘러나오는 어둠은 한 사람이 흘려내는 전율적인 기운이 만들어내는 것이었다.

문 안쪽 석실의 천장에는 실내를 비추는 야광주가 여러 개 박혀 있었다.

그런데 그 야광주에서 흘러나오는 빛이 문 안쪽 깊은 곳에서 사내가 흘려내는 검은 기운에 막혀 바닥까지 내려오지 못하고 있을 정도였다.

"후우!"

두건을 쓴 노인이 다시 한번 깊게 숨을 들이마셨다.

"들어가시오."

그를 안내해 온 자가 노인에게 말했다.

하지만 노인은 쉽게 걸음을 옮기지 못했다. 안으로 들어가면 사내가 흘려내는 검은 기운에 사로잡혀 다시는 문밖으로 나오지 못할 것처럼 느껴졌기 때문이었다.

"성주님을 뵐 용기가 없다면 지금이라도 발길을 돌려도 좋소."

안내자가 말했다.

그러자 노인이 얼른 고개를 저었다.

"아니오. 뵙겠소."

노인이 다부진 표정을 짓고 성큼 문 안쪽으로 걸어 들어갔다.

사내는 검은 석재로 만든 석좌를 검은 짐승의 모피로 덮은 석좌에 앉아 있었다.

등받이에 등을 기댄 사내의 자세는 세상의 모든 자들을 발아래 둘 것 같은 위압감을 가지고 있었다.

사내의 눈이 자신을 향해 다가오는 노인을 바라봤다. 그 순간 그의 눈에서 나온 날카로운 안광이 노인의 걸음을 멈춰 세웠다.

노인과 사내와의 거리는 오 장여… 대화를 나누기에는 먼 거리다. 그럼에도 노인은 더 이상 사내에게 다가가지 못했다.

무형은 기운이 그의 걸음을 막았기 때문이었다.

"환무종?"

석좌에 앉은 검은 사내의 입에서 땅에 끌리는 듯 낮은 목소리가 흘러나왔다.

"성주께 인사드리오. 환무종의 조대기라 합니다."

환무종, 위대한 십이신무종의 일파이며, 지금은 사대휴무종으로 분류되는 종파다.

사자의 섬 어딘가에 본거지가 있다는 환무종은 천하의 무종 종파 중 가장 기이한 무공을 사용하는 것으로 유명하다. 그래서 그들의 무공을 아는 사람들에게 환무종의 고수들은 유령의 후예라고 불리기도 했다.

그가 신마성의 성주를 찾아온 것이다.

"환무종… 고귀한 자들은 세상의 일에 관여치 않는 법인데 왜 날 찾아왔느냐?"

신마성주 전마 치우… 천하에서 가장 위대한 영웅 철사자 무곤이라는 과거를 지닌 사내가 물었다.

신마성주의 물음에 환무종의 고수가 쉽게 입을 열지 못했다. 그의 얼굴에 수치심과 분노가 슬쩍 지나가기도 했다.

자신은 위대한 십이신무종의 사자다. 그런 자신을 아랫사람 대하듯 하는 신마성주의 태도가 그를 분노하게 만든 것이다.

그러나 그럼에도 불구하고 그는 신마성주에게 감히 반발하지 못했다.

그가 이곳에 온 목적을 위해서 참는 것은 아니었다. 신마성주가 뿜어내는 전율적은 기운, 주변을 온통 어둠에 휩싸이게 만드는 이 기운을 그는 극복할 수가 없었던 것이다.

그래서 그가 할 수 있는 최선은 겨우 입을 열어 자신이 이곳에 온 목적을 말하는 것이 전부였다.

"환무종, 태양종, 사천종, 천무종! 신무종 사대종파의 종주들께서 신마성주께 전하는 말씀을 가지고 왔습니다."

노인이 최대한 정중하게 말했다.

"소위… 사대휴무종이라고 말하는 곳들이군."

신마성주가 중얼거렸다. 한편으로는 봉문에 가까운 행보를 하는 사대휴무종에 대한 멸시의 기운도 보였다.

노인 환무종의 고수 조대기의 눈빛이 다시 반발심으로 흔들렸으나 그의 입은 침묵을 지켰다.

"전하라."

침묵하는 조대기에게 신마성주가 명령을 내리듯 말했다.

그러자 조대기가 마른침을 삼킨 후 입을 열었다.

"사대무종의 종주들께서는 신마성주께 한 가지 제안을 드리고자 하십니다. 성주께서 신마성의 용맹한 전사들을 이끌고 대해를 건너 육주로 향하신다면, 우리 사대무종이 힘을 보태겠다고 하십니다."

조대기가 사대휴무종 종주들의 말을 전하고는 살짝 고개를 들어 신마성주의 표정을 살폈다.

그러나 눈까지 내려오는 두건을 쓰고, 검은 기운에 휘감겨 있는 신마성주의 표정을 읽는 것은 불가능했다.

"육주를 정벌하라……?"

신마성주가 중얼거렸다.

"사대무종이 도와드린다면 불가능한 일이 아닐 것입니다."

노인, 환무종의 고수 조대기가 얼른 말을 붙였다.

"사대무종이 얻는 것은?"

신마성주가 물었다.

이유 없이 이런 제안을 할 사대휴무종이 아니라는 것은 어린 애도 알 수 있는 일이다.

"배신한 자들에 대한 징벌입니다."

조대기가 망설이지 않고 말했다.

"배신자들이라… 팔대활무종?"

"…그렇습니다."

"흑라의 시대, 사대휴무종이 흑라에게 당할 때 활무종은 구원의 손길을 거부했지. 그 일에 대한 늦은 복수의 시작이군……."

"……."

조대기가 침묵으로 신마성주의 말에 수긍했다.

"그런데 그 복수에 나를 이용하고 싶다?"

"…모두에게 이득이 될 것입니다."

조대기가 확신하듯 말했다.

"묻겠다. 내게 육주 정복을 넘어 팔대휴무종과의 싸움까지 기대하는 건가? 아니면 그 일은 그대들의 몫인가?"

신마성주가 가장 중요한 문제를 물었다.

만약 사대휴무종의 요구가 팔대휴무종의 고수들을 상대하는 것까지라면, 이 거래는 신마성주에게 극히 불리한 거래였다.

그렇다면 그 대가 역시 달라져야 한다.

"…배신자들을 상대할 때도 성주님의 도움이 필요합니다."

조대기가 어렵게 말했다. 자신들 힘만으로는 팔대휴무종을 벌할 수 없음에 부끄러움을 느끼는 듯도 했다.

그러자 신마성주가 물끄러미 조대기를 보다가 물었다.

"알고 있는가? 지금이라도 신마성의 힘으로 육주를 정복할 수 있다는 것을."

"물론입니다. 다만 두 가지 전제가 있어야 하지요. 하나는 신마성의 전사들이 바다를 무사히 건널 수 있어야 하고, 두 번째는 팔대활무종이 그 전쟁에 관여치 말아야 한다는……"

"후후, 그 두 가지 모두 내가 해결할 수 있다면?"

신마성주의 물음에 조대기가 잠시 당황한 표정을 지었다. 그러다가 조심스럽게 물었다.

"그럴 수 있다면… 굳이 성주께서 정복지를 놓아두고 다시 이곳으로 돌아오셨을 리 없다고 생각합니다만……"

조대기는 신마성주가 정복지를 버리고 마정으로 돌아온 이유가 육주를 정복할 준비가 안 되었기 때문이라고 생각하는 모양이었다.

그런 조대기의 반문에 신마성주가 실소를 흘렸다.

"흐흐… 나에 대해 아는 게 거의 없군. 내가 이곳으로 돌아온 이유는 준비가 부족해서가 아니다. 다만 내가 육주 정복에 별흥미가 없었기 때문이지. 그건 지금도 마찬가지다."

"…그럼 우리 사대종파의 제안을 거절하시는 겁니까?"

조대기가 조심스럽게 물었다.

그러자 신마성주가 고개를 저었다.

"아니, 육주를 원하지는 않지만 다른 한 가지는 원한다. 그래서 거래를 조금 바꿔서 하고 싶군."

"…어떻게 말입니까?"

조대기가 긴장하며 물었다. 거래가 성사될 수도 있다는 생각에 조금 흥분한 듯도 보였다.

"육주에는 관심이 없지만 팔대휴무종에는 나도 조금 관심이 있다. 그자들을 내 발아래 무릎 꿇리는 것은… 즐거운 상상이지."

"하면……?"

조대기가 두려운 듯하면서도 기대를 갖고 신마성주를 보았다.

"얼마 후 내가 죽은 자들의 섬으로 가겠다. 그곳에서 그대들 사대종파의 종주들을 만나겠다!"

"그, 그건……."

조대기가 당황한 표정을 지었다.

"왜? 아직도 세상일에 관심 없는 고고한 존재들로 남고 싶은 건가? 미안하지만 그들이 나오지 않으면 나 역시 움직이지 않는다. 내가 육주로 가고 안 가고는 오로지 사대종파의 종주들에게 달렸다. 나로선 사자의 섬까지 가는 것만으로도 충분히 성의를 보인 것이다! 선택은 사대종파의 종주들에게 달렸다고 전하라. 그만 물러가라!"

신마성주가 냉정하게 조대기에게 축객령을 내렸다.

그러자 조대기가 무슨 말을 더 하려다가 신마성주의 바다 같은 검은 눈빛에 질려 입을 닫고 서둘러 대전을 벗어났다.

"성주… 어쩌시려고……?"

조대기가 물러나자 어둠속에서 신마후 아불이 모습을 드러내
며 걱정스러운 표정으로 물었다.

"신무종의 종주들이라면… 움직일 가치가 있지."

"그러나……."

"육 개월… 그 정도는 버틸 수 있을 것이네."

"성주……."

"최악의 경우에는… 알고 있겠지?"

신마성주가 아불에게 물었다. 아불이 고개를 저었다.

"그런 일은 없을 겁니다. 어떤 경우에라도 제 손으로 성주님의
목숨을 거두는 일은……."

"천하가 피에 잠겨도?"

신마성주가 물었다.

"그 역시 천하의 운명이라 생각하겠습니다."

아불이 대답했다.

"무슨 중이 그런 소리를……."

"제가 평범한 중은 아니지요."

아불이 무겁게 대답했다.

*   *   *

천록항으로 돌아온 무한은 자연스럽게 다시 마골을 찾게 되

었다. 몇 가지 물어볼 일이 있기 때문이기도 했고, 그간 육주에서 벌어진 일들에 대한 정보도 필요했기 때문이었다.

마골로서는 이젠 한밤중 무한의 방문이 익숙해진 듯했다.

무한이 흐린 달빛을 타고 마골의 창문으로 들어갔을 때, 마골은 조금도 놀라지 않았다.

"이젠 놀라지도 않는 겁니까?"

마골이 덤덤한 표정으로 자신을 맞이하는 것을 보며 무한이 물었다.

"왜요? 실망했습니까? 조금 놀라드릴까요?"

마골은 첫 만남에서의 불편함에서 완전히 벗어난 듯 보였다. 그건 아마도 무한이 마골의 일을 몇 번 도와주었기 때문에 생긴 자연스러운 변화일 것이다.

"됐습니다. 그런데 아직도 밤을 새워 일을 해야 합니까?"

무한이 서탁 위에 수북이 쌓인 종이들을 보며 물었다.

"후우… 그러게 말입니다. 천록회가 안정되면 일이 줄어들 줄 알았는데. 오히려 일이 늘어나는군요."

"천록회가 커지고 있으니까요."

무한이 말했다.

"그렇긴 하지요. 사실 제 예상보다도 훨씬 빨리 성장하고 있습니다. 물론 그게 모두 소주님 덕분이기는 하지만……."

"제가 뭘요?"

"사해상가주의 발목을 묶어놓지 않으셨습니까. 덕분에 천록회의 상가들이 마음 놓고 상권을 넓히고 있지요. 그나저나, 그 일 때문에 오신 겁니까?"

"그 일요?"

"…독안룡님 말입니다."

"사부님이 왜요? 무슨 일이라도 있으신 겁니까?"

무한이 걱정스러운 표정으로 물었다.

"모르고 계셨군요? 그분이 왕의 섬에 오셨다고 하던데… 저도 오늘 낮에 급하게 들은 소식입니다만… 제자이시니 아실 거라 생각했지요."

마골이 독안룡의 소식을 모르는 무한이 오히려 이상하다는 듯 말했다.

그것은 정말 의외의 일이었다.

묵룡삼선이 미처 봄섬에 들어가지도 못했을 시간이었다. 항로를 바꿔 옛 북창항으로 움직였을 수는 있었다. 그러나 그렇다고 해도 묵룡본선이 바로 육주로 오는 것은 불가능한 시간이었다.

묵룡대선은 누가 뭐래도 상선, 대양을 오가는 항해에는 여러 가지 준비가 필요했다.

파나류나 무산열도에서 육주의 시장에 팔 물건을 준비하는 시간만 해도 족히 이삼 개월은 필요하다.

그래서 묵룡대선은 오직 일 년에 한 번만 육주의 바다를 왕래했던 것이다.

만약 정말 독안룡 탑살이 묵룡대선을 타고 왕의 섬에 왔다면 그건 묵룡대선의 창고를 비운 채 왔다는 의미가 된다.

독안룡 탑살을 만나는 것은 기쁜 일이지만, 그래도 그렇게 빈 배를 몰아 육주로 올 만큼 급한 일이 있나 싶은 생각에 걱정이 앞설 수밖에 없었다.

"묵룡대선이 함께 왔나요?"

걱정 끝에 무한이 마골에게 물었다.

"그렇습니다. 다만… 무척 은밀히 움직여서 아직 육주에는 소문이 나지 않은 상태입니다. 그리고… 그 때문인지는 모르겠지만 마침 해신성의 전선 세 척도 왕의 섬 인근까지 올라온 것 같습니다."

"해신성도요?"

"그렇습니다. 그래서 걱정입니다. 현재의 상황으로 보자면 바다에선 두 세력이 가장 강력하니까요. 해신성이 비록 파나류 원정에서 적지 않은 전력 손실을 입었지만, 해신성주가 건재하고 그 전선들은 큰 피해를 입지 않아서… 독안룡님이라도 그들을 상대하는 것은 쉽지 않을 것입니다."

"그건 걱정하실 필요 없습니다."

"독안룡님에 대한 믿음은 알고 있지만……."

"그런 것이 아니라 이미 해신성과 묵룡대선 간에는 특별한 연대가 형성되어 있다는 뜻입니다."

"예? 그게 무슨……?"

"파나류 대원정에서 패한 이후 해신성주가 잠시 독안룡님을 만났습니다. 그곳에서 연대를 약속했지요. 그러니 지금 해신성의 전선들이 왕의 섬 부근으로 왔다면, 그건 묵룡대선에 맞서기 위함이 아니라 마중을 하거나 혹은 돕기 위해서일 겁니다."

"아! 그런 일이 있었나요?"

마골이 놀란 표정으로 되물었다.

"해신성주는 다른 이왕사후와는 조금 다른 듯하더군요. 그래서 사부님도 그에 대해선 불편해하지 않으셨습니다."

무한이 말했다.

"그건… 그렇긴 하지요."

마골이 고개를 끄떡였다.

"아무튼 왜 사부께서 이렇게 급하게 육주에 오셨는지는 만나 뵈어야 알 수 있겠군요."

"당연히 그러셔야지요. 그리고 이번에 독안룡님을 만나시면……."

마골이 무슨 말을 하려다 말고 말꼬리를 흐렸다.

"천록회의 일을 말씀드려 달라는 거지요?"

"저희로서는 묵룡대선과 손을 잡을 수만 있다면 그야말로 굉장한 행운이지요. 바다에서뿐만 아니라 땅 위에서도 독안룡님의 명성은 육주의 어떤 사람도 따라올 수 없으니까요."

마골이 말했다.

"후우… 대단한 줄은 알았지만 정말 사부님이 보통 분이 아니시군요. 사부님의 이름을 빌리고 싶어 하는 사람이 적지 않은 것을 보면."

"또 누가 독안룡님을 원하십니까?"

마골이 물었다.

"제가 어딜 다녀왔는지 아시지 않습니까?"

"그야… 그럼?"

"그녀도 독안룡님의 후원을 원하더군요."

무한의 말에 타무즈가 심각한 표정으로 고개를 끄떡였다.

"역시 그렇군요. 그럼 역시 연 아가씨는……."

"천록의 왕국의 마지막 혈통이라더군요."

"음… 일이 참 곤란하게 되었군요. 자칫하다가는 천록회 전체가 그분의 계획에 이용이 될 수도 있겠군요."

마골이 어두운 표정을 지으며 말했다.

그는 천록회가 순수한 상인들의 연합체로 성장하기를 원하는 모양이었다.

"아마 그러기는 쉽지 않을 겁니다. 그렇다고 녹산연가를 천록회에서 퇴출시킬 수도 없지 않습니까?"

"그야 그렇지요……."

"그리고 일이 생각보다 커졌습니다."

"일이 커지다니요?"

마골이 또 무슨 일이 있냐는 듯 물었다.

"제가 천록의 옛 성에 갔을 때 마침 십이신무종의 고수들이 그녀를 찾아왔더군요."

"음!"

무한의 말에 마골이 나직하게 신음 소리를 냈다.

"그리고 그들도 그녀의 신분을 알게 되었지요. 그래서 이설 님과 신무종 사이에 흥정이 시작되었습니다."

"흥정요?"

마골이 더 큰 충격을 받은 듯 되물었다.

"그렇습니다. 그녀는 신무종이 자신을 천록의 왕국의 후예로 인정해 줄 것을 원하고 있습니다. 그 대가로 십이신무종 종파들이 원하는 것이 무엇인지를 물은 상태입니다."

"후우……."

무한의 말에 마골이 길게 한숨을 내쉬었다. 그가 모르는 사이에 연이설을 중심으로 너무 엄청난 일들이 일어나고 있었던 것이다.

아마도 그 사실이 그를 의기소침하게 만드는 듯했다. 천록회의 중심인물로서 세상의 모든 소식을 알고 있다고 자부하던 마골이기 때문이었다.

"사실은 이 일을 미리 알고 있었는지가 궁금했었지요. 그래서 타무즈 님을 만나러 온 것이고요."

"아닙니다. 그녀가 천록의 왕국과 연관이 있을 거라고는 생각했지만 일이 이렇게까지 급박하게 진행되고 있는 줄은 몰랐습니다."

마골이 고개를 저었다.

"녹산연가에서 정보를 공유하지 않은 것이군요."

무한이 말했다.

"그런 셈이지요. 이건, 천록회의 규칙을 어기는 것인데. 천록회의 안위에 큰 영향을 미칠 정보를……."

마골이 얼굴을 찌푸리며 중얼거렸다.

"어떻게 하실 겁니까?"

무한이 직설적으로 물었다.

"뭘 말입니까?"

"이설 님을 도울 겁니까? 천록회의 이름으로?"

"후… 어려운 문제지요. 지금으로서는. 천록회가 거래하는 성주들 모두 야심을 가지고 있어서 사실 천록회 입장에서는 중립이 제일이죠."

"그럼 녹산연가가 천록회에서 나가야겠군요."

무한이 말했다.

"그렇긴 한데… 누구도 그들에게 천록회에서 나가라는 말은 하지 못할 겁니다. 최선은 그들이 이설 님과의 관계를 공식적으로 정리하는 것인데……."

"불가능한 일이죠."

무한이 말했다.

"복잡하군요. 그런데 독안룡님이 이설 님을 인정하실 것 같습니까? 그렇게만 된다면 우리 천록회의 행보에도 큰 도움이 될 것 같군요."

"일단은 사부님을 만나 봬야 알 수 있겠지요. 천록회로서는 이설 님만을 후원하는 것이 아니고, 모든 성주들과 정상적인 거래를 하겠다고 선언하는 것이 지금으로서는 최선일 겁니다."

"음… 그렇군요. 일단은……."

마골이 고개를 끄떡였다.

"다른 곳의 상황은 어떻습니까?"

무한이 화제를 돌렸다.

애초에 마골을 만나러 온 이유 중 하나기도 했다.

"어지럽지요. 하지만 대체로 다섯 곳이 새로운 육주의 강자로 자리 잡고 있습니다. 소백성과 회성, 그리고 사공성이 주변의 성주들을 제압하고 있고, 아시는 대로 해신성은 여전히 바다의 제왕으로서의 지위를 잃지 않고 있습니다. 그리고… 역시 최고는 비룡성이지요."

마골이 무한의 눈치를 살피며 말했다.

비룡성은 무한의 계모였던 주란의 본가다. 현 비룡성주는 주천, 주란의 동생이다.

오 년 전 전대 비룡성주가 죽은 후 주란의 동의하에 비룡성주가 된 주천은 뛰어난 무공을 지닌 용맹한 전사라고 알려져 있지만, 세간에서는 비룡성의 실질적인 주인은 주란이라는 말이 심심찮게 돌고 있었다.

"역시… 비룡성이군요."

무한이 중얼거렸다.

그도 알고 있었다. 계모 주란에 대한 개인적인 감정을 제외하면 주란이 이왕사후에 못지않은 뛰어난 능력을 지닌 야심가라는 것을.

혼인조차도 철저히 비룡성의 이득을 위해 선택하는 여인이 주란이었다.

그런 그녀에게 지금의 혼란은 더없이 좋은 기회일 것이다.

"비룡성의 성장을 막으시렵니까?"

마골이 물었다.

마골은 무한이 빛의 술사라는 사실은 모르고 있었지만, 이미 그의 무공을 보았고, 그를 돕는 인물들을 보았으므로 무한이 단순히 독안룡 탑살의 제자 이상의 무엇인가를 가지고 있다는 것을 짐작하고 있었다.

그래서 무한이 결심만 한다면 비룡성의 성장에 큰 방해가 될 수도 있다고 생각했다.

"그럴 것까지야……."

"원망치 않으십니까?"

마골이 물었다.

"…원망을 하려면 아버지를 원망해야겠죠. 애초에 그분을 사랑해서 혼인을 한 것이 아니니. 그분에게 사자림에 대한 의리를 기대하는 것은 욕심이지요. 다만… 제게는 좀 심하셨지요."

무한이 덤덤하게 말했다.

겉으로 보아서는 주란과 보낸 어린 시절의 한을 흘려보낸 듯한 모습이다.

"그분에 대한 원망이 없으시다면 다행입니다. 굳이 비룡성의 일에 관여할 필요도 없고, 또 저로서도 천록회의 상인들이 비룡성과 거래를 하는 일을 굳이 막을 필요도 없으니 말입니다."

마골이 다행스럽다는 듯 말했다.

비룡성과의 거래를 끊는 일은 아무리 천록회의 중심인물이라 해도 마골에게는 만만찮은 일이었다.

"또 관심이 가는 곳은 없나요?"

무한이 또 다른 소식을 물었다.

"오족의 배들이 부쩍 육주 인근에 출몰하는 일이 많아졌습니다. 상선을 보내기도 하더군요. 그들이 사들이는 물건들을 봤을 때는 아무래도 오족의 섬에 거대한 성을 짓고 있는 것으로 보입니다."

"애초에 예상했던 일이지요. 사해상가가 그들과 거래하겠군요?"

"그거야 뭐……! 아, 그리고 사해상가를 말씀하시니 생각나는군요. 그들에게도 중요한 일이 있습니다."

"무슨 일입니까?"

무한이 걱정스러운 표정으로 물었다. 사해상가주 노백의 움직임은 언제나 위험하기 때문이었다. 그의 간계는 육주 전체를 위험에 빠뜨릴 수도 있었다.

"노백과 그 첫째 아들 노만이 화해를 한 것 같습니다."

"…그들이요? 역시 위기에는 가족이란 건가요?"

무한이 뜻밖이라는 듯 중얼거렸다.

사해상가주의 큰아들 노만이 이왕사후의 대원정에 종군한 이후, 상가로 돌아오지 않고 금하강 유역에서 자신만의 상권을 일궈 나가고 있다는 것은 육주에서도 적지 않게 화제가 된 일이었다.

그리고 사람들은 그 이유가 사해상가의 후계자 싸움에서 노만이 노백의 신임을 잃었기 때문이라고 생각했다.

노백이 셋째 아들 노룡을 후계자로 점찍고 있다는 사실은 공공연한 비밀이었다.

남보다도 못한 부자 관계, 그것이 이왕사후의 대원정이 실패한 이후 노백과 노만의 관계였다.

그런데 영원히 의절하고 살 것 같던 두 사람의 관계가 복원되었다니 놀라운 일이 아닐 수 없었다.

"아마도 노만이 거금을 들여 금하강 유역에서 잃었던 사해상가의 철광산 중 한두 개를 회복한 모양입니다. 그리고 그곳에서 나는 철들을 사해상가로 실어 보내기로 했다고 하더군요."

"노만이 어느새 그런 재력을……."

무한이 믿을 수 없다는 듯 중얼거렸다.

철광산을 사들이려면 성 하나를 사는 정도의 재력이 필요하기 때문이었다.

노만이 파나류에 남아 자신만의 상권을 확장하기 시작한 것이 겨우 일 년여. 아무리 뛰어난 상인이라도 그 시간에 성을 살 만한 금력을 갖추는 것은 불가능했다.

"그 재원은 결국 노백에게서 나갔을 겁니다. 노만은 다만 거래를 담당했겠지요."

마골이 말했다.

"결국 노백이 먼저 손을 내밀었다는 뜻이군요."

"그렇다고 봐야지요. 그만큼 그가 절박하다는 뜻이고 말입니다."

마골이 가볍게 미소를 지었다.

"그자로서는 큰 위기지요."

"그게 모두 소주님 때문이지요."

마골이 웃음을 흘렸다.

"아무튼 전 얼른 사부님을 만나러 가야겠어요."

무한이 자리를 털고 일어서며 말했다.

"독안룡님을 뵌 후에는 꼭 한 번 다시 들러주십시오. 저 역시 독안룡님의 생각이 궁금하군요."

마골이 얼른 말했다.

"알겠습니다. 그렇게 하죠."

무한이 대답을 하고는 훌쩍 창문 밖으로 사라졌다.

무한은 설렘을 느꼈다.

왕의 섬을 언제나 바라보고 있었지만, 그 섬으로 가는 것은 처음 있는 일이었다.

왕의 섬으로 가는 순간 자신이 빛의 술사가 아니라 묵룡대선의 일원으로서 육주에서 생활해야 한다는 것을 알기 때문이었다.

그래서 그리워하면서도 돌아가지 못하는 고향처럼, 그렇게 무한은 왕의 섬으로 가지 않았었다.

그런데 독안룡 탑살이 왕의 섬에 왔다. 그럼 모든 이야기가 달라질 수 있었다.

아니, 어떤 이유보다도 독안룡 탑살이 왔는데 무한이 가지 않을 수 없었다.

심정적으로는 무한에게 빛의 술사보다는 독안룡 탑살의 제자라는 신분이 더 친밀하게 느껴졌다.

그래서 독안룡이 왔다면 어디에서 무슨 일을 하고 있던 그를 만나야 하는 무한이었다.

삐이꺽, 삐이꺽!

노 젓는 소리가 파도 소리를 이겨냈다. 송강 하구, 만화도 앞바다만큼은 아니어도, 왕의 섬 주변의 바다도 파도가 크게 일지 않았다.

마치 거대한 호수처럼 작은 배를 몰아 천록항에서 섬으로 갈수 있을 만큼 평온한 바다였다.

카릉!

그런데 한순간 그 평온한 고요를 날카로운 소리가 깨뜨렸다.

"조용히 해!"

무한이 뒤를 보며 소리쳤다. 그러자 작은 고양이만 한 크기의 풍룡이 재빨리 그의 등을 타고 올라와 무한의 어깨에 앉았다.

"힘들어. 노를 젓고 있잖아. 내려가 앉아."

무한이 귀찮은 듯 어깨를 들썩여 풍룡을 내려보내려 했다.

"카르르!"

풍룡이 무한의 말에 시무룩한 소리를 내며 그의 어깨에서 날아내려 배의 난간에 앉았다.

"그러게 왜 따라왔어? 어차피 왕의 섬에는 들어가지도 못할 텐데."

무한이 퉁명스럽게 말했다.

"카릉!"

"갈 데가 없기는 뭐가 없어. 육주가 얼마나 넓은데. 아니면 정말 내 말대로 바다 건너 파나류에 한번 다녀오든지. 아무래도 느낌이 이상해."

"카르르!"

무한의 말에 풍룡도 낮고 무거운 소리를 냈다.

"그렇지? 너도 느끼고 있는 거지? 이건 분명 그 힘이 움직이고 있다는 뜻이야. 그러니까 파나류에 한번 다녀와."

"카릉!"

무한의 말에 풍룡이 고개를 끄떡였다.

"좋아. 대신 절대 위험한 짓을 하면 안 돼. 만약 누군가 그 힘을 가지고 있다면 널 알아볼 수 있으니까. 그럼 분명히 널 잡으려 할 거야. 그게 날 찾는 방법이란 걸 알 테니까."

"카르릉!"

무한의 말에 풍룡이 절대 그럴 일 없다는 듯 고개를 저었다.

"그렇게 자신하지 마. 밀교의 법은 그게 검은 힘이든 빛의 힘이든 누구도 상상하지 못하는 것들이 있으니까. 너조차도."

무한의 말에 풍룡이 이번에는 아무런 대답이 없었다.

풍룡이야말로 천년밀교의 힘을 가장 잘 아는 존재기 때문이었다.

"지금 가봐. 그리고 이번에는 어둠의 힘이 어떤 형태로 존재하는지 알아왔으면 좋겠다. 정말… 흑라가 그 힘의 주인이었는지… 신마성과의 관계도……"

"카릉!"

이번에는 풍룡이 다부지게 대답했다

"부탁할게. 아! 혹시 가다가 특별한 일이 생기면 바로 돌아와서 알려줘! 굳이 그 힘을 찾아 헤매지 말고."

"카릉!"

무한의 말에 풍룡이 다시 한번 울음을 울고는 하늘로 솟구쳤다.

그러고는 한 줄기 빛처럼 일직선으로 아득한 창공을 가르며 날아갔다.

다른 사람이 보았다면 용이라고는 전혀 생각지 못할, 아니, 그저 한 줄기 빛이 땅에서 솟구쳐 올랐다고 여길 만큼 빠른 움직임이었다.

"녀석! 무척 심심하긴 했나 보군. 저렇게 온 힘을 다해 날아오르다니. 하긴 그렇게 날아야 파나류에 일찍 도착할 수 있겠지."

무한이 이미 하나의 점이 되어버린 풍룡을 보며 중얼거렸다.

촤아악!

섬으로 다가갈수록 파도의 흐름이 강해지기 시작했다. 잔잔한 호수 같던 해류의 움직임이 급격하게 변하면서 무한이 탄 배가 심하게 흔들리기 시작했다.

무한이 노를 잡은 손에 힘을 줬다. 그러자 흔들리던 배가 중심을 잡더니 한순간 왕의 섬 쪽으로 빠르게 흐르는 해류를 타고 미끄러지듯 질주하기 시작했다.

"멈추시오!"

투박하지만 단단한 모습을 자랑하는 왕의 섬 성벽들 사이로 쑥 들어간 곳에 자리 잡은 포구가 보일 즈음 바다에 두 척의 배가 빠르게 무한이 탄 작은 배 앞을 가로막았다.

배 위에는 얼굴이 검게 탄 굴강한 중년 사내들이 타고 있었다. 왕의 섬에 거주하는 묵룡대선의 식구들이 분명했다.

"안녕하세요!"

무한이 자신을 가로막은 배 위의 사내들을 보며 꾸벅 인사를 했다.

"이곳은 대묵룡대선의 섬이오. 정체를 밝히고 찾아온 이유를 대시오!"

배 위에서 단호한 목소리가 흘러나왔다.

그러자 무한이 손을 흔들며 소리쳤다.

"전 칸이라고 합니다. 소룡오대 출신의 용전사고요. 사부님의 허락을 받아 육주 여행을 왔다가 사부님께서 오셨다는 소식을 듣고 뵈러 왔습니다."

"칸! 형제가 정말 독안룡님의 마지막 제자 칸 형제란 말인가?"

배 위의 사내가 되물었다.

"절 아세요?"

무한이 자신의 이름을 사내가 알고 있다는 것에 놀란 표정을 지으며 물었다.

"정말 칸 형제라면 당연히 알고 있지. 칸 형제의 이름이 최근

일 년 사이 왕의 섬에서 가장 큰 화제였는데."

"제가요? 왜요?"

"왜라니? 가장 늦게 독안룡님의 제자가 되었으면서 가장 뛰어
난 무공을 갖게 된 천재라고들 하던데?"

사내가 되물었다.

"에이, 누가 그런 헛소문을 내요?"

"얼마 전에 이곳을 떠난 묵룡삼선의 사람들, 특히 소룡이대
출신의 용전사들도 그리고, 이번에 독안룡님과 함께 온 소룡 일
대 출신의 용전사들도 다들 그렇게 말하던데. 그들이 모두 거짓
말을 했다는 건가?"

"아이고, 사형들이 막내 사제 기를 살려주려고 엄청 애들 쓰
셨네요. 아무튼 길 좀 열어주세요. 얼른 사부님을 봬야겠어요."

"알겠네. 배를 물려!"

사내가 동료들을 돌아보며 소리쳤다.

그러자 무한을 막아섰던 두 척의 배가 좌우로 움직이면서 무
한에게 뱃길을 열었다.

무한이 열린 뱃길을 따라 다시 노를 젓기 시작했다.

그러자 어느새 기수를 돌려 무한을 따라온 사내가 무한과 뱃
머리를 나란히 하고 왕의 섬을 향해 가면서 다시 소리쳐 물었다.

"그런데 그동안 육주에 와 있으면서 왜 왕의 섬에 들르지 않
은 건가?"

"조용히 혼자 여행하고 싶어서요. 육주 내륙까지요."

"그런 거라면 우리가 도움을 줄 수도 있었을 텐데."

"나름 편하게 다녔습니다."

무한이 웃으며 대답했다.

"하긴, 이 땅에서는 무공과 약간의 금자만 있으면 위험할 일은 없지. 그런데 어디까지 가봤나?"

사내가 쉬지 않고 질문을 던졌다. 아마도 묵룡대선의 식구들 사이에서 화제의 인물이 된 무한에 대해 호기심이 많은 것 같았다.

그런 사내의 질문을 무한은 귀찮아하지 않고 넉넉하게 받아 주었다.

"이번에는 천록의 왕국 옛 성터에 다녀왔어요."

"아! 거기!"

"가보셨어요?"

무한이 물었다.

"그럼, 육주에 뿌리를 둔 사람이라면 누구나 한 번쯤은 다녀오는 곳이지. 굉장하지? 비록 옛 성이 되었지만."

"네. 대단하더군요. 한번 가볼 만했어요."

"그런데 들리는 소문에 의하면 그곳에서 녹산연가가 뭔가를 하고 있다던데 정말 그렇던가?"

"예, 거의 성 같은 건물들을 만들고 있더군요."

"음… 그렇다면 그 소문도 사실일까?"

사내가 고개를 갸웃했다.

"무슨 소문요?"

"녹산연가에서 상가의 신분을 벗고 육주의 지배자가 되려 한다는 소문이 있어서."

"그런 소문이 있었군요."

무한이 고개를 끄떡였다. 아직 연이설이 계획하는 천록의 왕국의 재건은 소문으로도 세상에 알려지지 않은 모양이었다.

"그런 기운이 보이던가?"

사내가 다시 물었다.

"뭐… 아주 없지는 않더군요."

"허허, 녹산연가가 예전부터 상가와 무가의 구분이 모호한 가문이었다고 해도 뿌리는 상가인데 과연 그게 가능할까?"

"뭐, 나름대로 계획이 있겠지요. 녹산연가가 호락호락한 가문은 아니니까요."

"그렇긴 하지만……."

사내가 고개를 갸웃했다.

"그런데 사부님은 어쩐 일로 이렇게 급하게 육주로 오신 건가요? 그에 대해서 들으신 바가 있으세요?"

이번에는 무한이 질문을 던졌다.

그러자 사내가 고개를 저었다.

"그건 나도 알 수 없네. 사실 독안룡께서 이렇게 급하게 묵룡대선을 이끌고 오신 이유를 아는 사람은 총관님들밖에는 없는 것 같아. 그래서 우리 모두 약간 긴장하고 있다네. 묵룡대선에 위협이 되는 일이 생긴 것이 아닌가 하고 말이야."

사내가 정색을 한 표정으로 말했다.

"에이, 누가 감히 묵룡대선을 위협하겠어요. 무산연맹까지 만들어져서 이젠 육주든 파나류든, 혹은 무산해협이든 그 어디서도 우리 묵룡대선을 위협할 세력은 없어요."

"그건 그렇지만……."

사내가 고개를 끄떡였다.

그러는 사이 어느새 무한이 탄 배가 포구로 들어섰다.

"이곳부터는 혼자 가게. 배에서 내리면 아는 사람들이 있을 걸세."

"아는 사람요?"

왕의 섬에서 무한과 안면이 있는 사람은 없었다.

그래서 사내의 말이 의아한 무한이다.

"가보면 알게 될 걸세. 난 다시 바다로 나가야 하니까."

"알겠습니다. 그런데 전사님은 성함이 어떻게 되세요?"

무한이 뒤늦게 사내의 이름을 물었다.

"아! 그러고 보니 내 소개를 안 했군. 난 조창이라 하네. 왕의 섬 외곽 바다의 경계를 맡고 있지."

"조창 님이셨군요! 만나서 반가웠습니다. 나중에 다시 봬요."

"하하하! 나도 즐거웠네. 그 유명한 독안룡님의 막내 제자를 만나 대화를 나눌 수 있어서. 자네 말대로 나중에 꼭 다시 보게. 섬에는 얼마나 머물 건가?"

"글쎄요. 사부님을 만나 봐야 알겠지만 그리 오래 있지는 않을 것 같아요."

"그렇군. 하긴 모두 분주한 시절이지. 아무튼 그래도 조만간 다시 보세."

조창이 무한에게 손을 흔들어 보이고는 뱃머리를 돌리기 시작했다.

제8장

초대

"칸?"

조창의 말대로 미처 배에서 내리기도 전에 무한을 알아보는 사람이 있었다.

무한 역시 단번에 그를 알아봤다. 모를 수가 없었다.

소룡들의 대사형! 소룡 일대 출신의 용전사 전위였기 때문이었다.

"대사형!"

무한이 반가운 얼굴로 소리치며 배가 미처 서기도 전에 훌쩍 날아올라 접안대 위로 올라섰다.

쿵!

뒤를 이어 그가 타고 온 배가 그보다 늦게 접안대에 부딪혔다.

"칸! 조심해! 접안대 부서지겠다!"

전위의 뒤쪽에서 일대 출신 용전사 주르킨이 소리쳤다.

"주르킨 사형! 잘 지내셨죠?"

"잘 지낸 것처럼 보이냐? 급하게 육주를 건너느라 준비도 제대로 못 한 채 그 큰 바다를 보름 만에 주파했는데."

"보름요?"

무한이 놀란 표정으로 되물었다. 당연한 일이었다.

보통 묵룡대선이 상행에 나서면 육주의 바다를 건너는 데 한 달 정도의 시간이 소요된다. 그것도 전 일정이 아니라 왕의 섬에서 무산해협 입구에 있는 수호자들의 섬 인근까지 이동하는 시간이 한 달 정도였다.

그런데 그 거리를 보름에 주파했다면 묵룡대선이 돛을 모두 펼치고도 배에 탄 사람들이 쉬지 않고 노를 저었다는 뜻이 된다.

물론 그런 모든 노력을 다 해도 옛 북창항에서 왕의 섬까지 보름 만에 왔다는 것을 무한은 믿을 수가 없었다.

"그래, 보름! 죽는 줄 알았다. 우리 모두 쉬지 않고 노를 저었으니까."

주르킨이 고개를 절레절레 흔들며 말했다.

그러자 전위가 주르킨을 타박했다.

"불평 그만해! 노를 젓기는 했지만, 보름 만에 올 수 있었던 것은 선장님의 항해술 덕분이니까. 평소에 이용하지 않던 위험한 해류를 타고 왔잖아."

"그러니까 더 힘이 빠지지. 죽음의 바다에서 살아 나온 거니까."

주르킨이 어깨를 으쓱했다.

두 사람의 대화만으로도 무한은 묵룡대선이 어떻게 보름 만에 육주의 바다를 횡단했는지 알 수 있었다.

너무 위험해서 독안룡 탑살도 평소에는 절대 이용하지 않는 험한 해류를 타고 시간을 단축한 것이다.

그리고 그건 그만큼 이곳에 와야 하는 급박한 일이 있었다는 뜻이 된다.

"대체 무슨 일이에요?"

무한이 정색을 하며 전위에게 물었다.

그러자 전위가 고개를 저었다.

"나도 자세한 것은 모르겠구나. 그냥 얼핏 듣기로는 십이신무종 때문이라고 하는 것 같던데……."

"십이신무종요?"

"음."

"그들이 왜요?"

"글쎄. 말했지만 자세한 것은 나도 모르겠다. 그리고 꼭 그들뿐만이 아니라 아무래도 육주의 정세가 급격하게 변하고 있으니까. 특히 새로 떠오르는 천록회와의 관계를 정리할 필요가 있으신 것 같더라."

"그건 그렇지요. 어떤 것 같아요? 천록회에 대한 선장님의 생각이……."

무한이 물었다.

"음, 나쁜 것 같지는 않아. 천록회에 속한 상가들과도 이전부터 제법 오래 인연을 맺어 오신 것 같고."

"그렇군요. 다행이네요."

무한이 자신도 모르게 속마음을 중얼거렸다.

그러나 전위는 무한의 말에 크게 신경 쓰지 않았다. 무한이 천록회와 밀접한 관계가 있다는 것을 알 리 없기 때문이었다.

"이래저래 거래처가 많아지는 것은 나쁜 것이 아니지. 아무튼 사부님을 봬야지?"

"그래야죠."

"따라와라!"

전위가 무한을 데리고 접안대를 벗어나기 시작했다.

그러자 용전사 주르킨이 무한에게 소리쳤다.

"칸! 오늘 저녁에 한잔하자!"

"알았어요."

"네가 사는 거다! 그동안 여행이나 하면서 놀았으니까!"

"예예, 제가 살게요."

"하하하, 좋아. 그럼 얼른 선장님을 뵙고 와!"

주르킨이 호탕하게 웃음을 터뜨리며 소리쳤다.

무한의 얼굴에서 미소가 떠나지 않았다. 왕의 섬으로 들어와 전위 등을 만나고 나니 집으로 돌아온 느낌이 들었다.

왕의 섬은 무산해협 서쪽에 위치한 봄섬보다는 작은 섬이지만, 그래도 건물과 포구의 모양이 봄섬과 비슷한 면이 있었다.

아마도 같은 사람들이 개척한 섬이어서 그런 모양이었다. 그래서 더욱 왕의 섬으로 들어온 무한의 마음이 편했다.

왕의 섬 남쪽 중턱에 위치한 작지만 단단한 성채 안으로 들어간 전위는, 성 앞쪽으로 툭 튀어나와 삼면의 바다를 바라볼 수 있는 곳 상층부로 무한을 데려갔다.

"선장님 전위입니다."

문 앞에서 전위가 조심스럽게 자신이 왔음을 알렸다.

"들어오너라."

독안룡 탑살의 대답이 있자 전위가 조심스럽게 문을 열었다.

그러자 서탁에 앉아 무엇인가를 골똘하게 생각하고 있던 독안룡 탑살이 전위를 보며 물었다.

"무슨 일이냐?"

"막내 사제가 왔습니다."

전위가 웃으며 말했다. 그리고 두어 걸음 옆으로 물러서자 그 뒤를 따라 무한이 독안룡 탑살의 거처로 들어갔다.

"칸!"

독안룡 탑살이 놀란 표정으로 무한을 불렀다.

"여행 무사히 다녀왔습니다, 선장님!"

무한이 독안룡 탑살에게 꾸벅 인사를 했다.

"어떻게 된 일이냐?"

탑살이 인사를 받는 둥 마는 둥 하면서 물었다.

"오셨다는 소식을 듣고 뵈러 왔지요."

"천록항에 있었느냐?"

"예. 저도 마침 육주 내륙으로 여행을 갔다가 어제 막 도착했습니다."

"그랬구나. 들어오너라!"

독안룡 탑살이 자리에서 일어나 무한을 향해 걸어오면서 말했다.

무한이 그런 탑살 앞으로 다가가 다시 한번 꾸벅 인사를 했다.

"여행은 어땠느냐? 고생은 하지 않고?"

탑살이 무한의 모습을 살피며 물었다.

"보다시피 잘 지냈습니다. 뭐… 여행도 나름대로 의미가 있었고요."

"모습을 보니 그런 것 같구나. 자, 일단 앉자!"

독안룡 탑살이 무한과 전위에게 자리를 권했다.

"그래 여행 이야기를 좀 자세히 해 보거라. 어딜 다녔느냐?"

무한이 자리에 앉아 독안룡 탑살이 물었다.

"이곳저곳 여행을 좀 했습니다."

무한이 대답했다.

"사람들은 좀 사귀고?"

탑살이 다시 물었다. 평범한 질문이지만 그 질문 속에 깃든 의미를 알고 있는 무한이 가볍게 미소를 지었다.

"좋은 사람들을 많이 만났습니다."

"그래? 잘되었구나. 네 성격이 조금 모난 구석이 있어서 묵룡대선을 떠나서 잘 지낼지 걱정했는데."

탑살은 무한이 철사자 가문의 사람을 만나려 했다는 것을 알고 있었다. 그래서 무한의 대답을 통해 그 만남이 잘 이뤄졌다는 것을 알아챈 것이다.

"그런데 선장님께서는 왜 이렇게 급하게 왕의 섬으로 오셨습니까?"

무한이 궁금해하던 것을 물었다.

그러자 전위 역시 탑살을 바라봤다. 그 역시 궁금한 일이기 때문이었다.

"음… 여러 가지 이유가 있다. 육주의 상황이 복잡해지기도 하고… 옛 북창도 안정이 되어서 지금은 이곳에 있는 것이 좋을 것 같다는 판단을 했단다. 또… 간과할 수 없는 움직임도 있고."

"무슨 일이 있긴 있군요?"

무한이 물었다.

"십이신무종이 움직일 것 같더구나. 그들이 움직인다면 우리 묵룡대선도 무산해협에만 머물 수는 없다. 특히 이번에는 관여치 않으려 해도 다시 이왕사후와 같은 자들이 육주를 지배하는 것을 두고 볼 수는 없다."

독안룡 탑살이 단호하게 말했다.

이왕사후의 시절, 그는 육주의 일에 거의 관여하지 않았다. 아니, 이왕사후가 그가 육주의 일에 관여할 여지를 주지 않았다고 하는 것이 맞는 말일 것이다.

그래서 육주의 사람들이 이왕사후의 독선으로 힘든 시절을 보내고 있음에도 독안룡 탑살은 침묵할 수밖에 없었다.

독안룡은 그런 이왕사후의 군림이 누구로부터 시작되었는지 알고 있었다.

십이신무종, 천하 무공의 종주를 자처하는 그들이 이왕사후와 연결되어 있음을 알고 있었기에 그도 육주의 일에 관여할 수 없었던 것이다.

 "십이신무종이 새로운 이왕사후를 만들려고 한단 말입니까?"
 전위가 놀란 얼굴로 물었다.
 "반드시 그럴 것이다. 물론 벌써 그 일을 시작한 것 같고."
 "하지만 그들은 속세의 일에는……."
 "어리석은 생각이다. 십이신무종이 정말 세상에 알려진 것처럼 고고한 존재들이라고 생각하는 거냐? 그들은 이미 수백 년 동안 세속의 권력에 은밀히 관여해 왔다. 이왕사후 같은 대행자들을 내세워서."
 독안룡 탑살이 냉정하게 말하고는 슬쩍 무한을 바라봤다.
 이럴 때는 제자가 아닌 빛의 술사로서의 무한에게 뭔가를 기대하는 것 같았다.
 "그들의 움직임에 대해선 어떻게 아신 겁니까?"
 무한이 물었다.
 "해신성주가 연락을 했더구나. 십이신무종의 사람들이 자신을 찾아왔었다고. 그리고 해신성을 중심으로 다시 한번 이왕사후의 세력을 복원할 것을 제안했다고."
 "아, 그래서 해신성이……."
 전위가 이해가 간다는 듯 고개를 끄떡였다.
 해신성의 전선 두 척이 육주 중부까지 진출해 있었기 때문이었다.
 "아니, 해신성이 움직인 것은 십이신무종의 제안 때문이 아니다. 해신성주가 봄섬에 왔을 때 한 말이 있다. 그는 더 이상 신무종의 손아귀에서 살아가고 싶지 않다고 하더구나. 사실 신마성 원정 역시 신무종의 입김이 강하게 작용한 일이었다고 했다. 그는 그 원정이 탐탁지 않았지만 어쩔 수 없었다고 하더구나. 물론 그 뒤에는 사해상가주 노백의 계책도 내포되어 있었지만……."

"그럼 해신성주가 전선을 이끌고 온 것은 무엇 때문입니까?"

전위가 물었다.

"그야 당연히 날 만나러 온 것이지."

"…단순히 그냥 선장님을 마중하려고 두 척의 대선을 끌고 왔다는 겁니까?"

전위가 이해할 수 없다는 듯 물었다.

"우리가 왕의 섬에서 조우하는 것이 세상에 어떤 의미로 비칠 것 같으냐?"

독안룡 탑살이 전위에게 되물었다.

"그야… 아! 야심가들에게는 큰 부담이 되겠군요! 묵룡대선과 해신성이 함께한다면……!"

전위가 뭔가를 깨달은 듯 말했다.

"맞다. 어떤 세력이든 감히 묵룡대선과 해신성을 앞에 두고는 함부로 육주를 탐하지 못할 것이다. 적어도… 조심은 하겠지. 설혹 십이신무종이라고 해도."

"해신성은 신무종의 요구에 행동으로 대답을 한 것이군요."

무한이 담담하게 말했다.

"그런 셈이지. 사실 해신성이 십이신무종의 요구를 받아들이기에는 그들이 감수해야 할 위험이 너무 크니까. 과거에는 이왕

사후가 신무종들의 요구하는 짐을 나눠서 졌지만, 지금이야 해
신성 홀로 그 일들을 감당해야 하는데, 해신성의 전력도 예전 같
지는 않거든."

"신무종의 보복이 있지 않을까요?"

"그래서 날 마중 온 것 아니겠느냐."

탑살이 대답했다.

"결국 해신성주가 선장님께 의지하는 것이군요."

전위가 자부심을 느끼는 표정으로 말했다.

"누가 누구에게 의지하기보다는 서로 돕는 거지. 그래야 살아
남을 수 있는 시절이고."

탑살이 대답했다. 대답을 하는 그의 얼굴에 짙은 그늘이 져
있었다. 아무리 준비를 해도 난세에는 결국 피가 세상에 뿌려지
는 법이기 때문이었다.

"저도 특별히 드릴 말씀이 있습니다만……."

무한이 조심스럽게 입을 열었다.

탑살의 분위기가 침울했기 때문에 더 조심할 수밖에 없었다.

"무슨 일이냐?"

탑살이 표정과 달리 담담하게 물었다.

"그… 녹산연가 있지 않습니까? 선장님께서 제게 육주의 바다
를 건널 배편을 마련해 주셨던."

"그들이 왜?"

"혹, 녹산연가의 연이설이란 사람을 알고 계십니까?"

"…그녀에게 무슨 일이 있느냐?"

탑살이 정색을 하며 물었다.

"이설 님을 알고 계시는군요. 혹… 그분에 대해 얼마나 알고 계시는지요?"

무한이 다시 물었다.

그러자 탑살이 물끄러미 무한을 바라보다가 불쑥 물었다.

"설마 그녀가 자신의 정체를 네게 밝혔느냐?"

"…역시 알고 계셨군요?"

무한이 놀란 표정으로 되물었다.

그러자 탑살이 무겁게 고개를 끄떡였다.

"아마도 천록의 왕국의 마지막 후예일 테지?"

탑살이 무겁게 물었다.

무한은 새삼스럽게 독안룡 탑살의 무서움을 느꼈다.

그가 연이설의 정체를 짐작하고 있었다는 건, 독안룡 탑살이 육주의 한 상가 안에서 일어나는 일조차 신경 쓰고 있다는 의미기 때문이었다.

어쩌면 왕의 섬에 나와 있는 묵룡대선의 식구들이 하는 일은 상가들과의 거래가 아니라 육주에서 일어나는 일들을 조사하고 감시하는 일일 수도 있었다.

'하긴 지금 그게 중요한 것은 아니지.'

독안룡 탑살의 눈이 어디까지 닿아 있는가는 무한에게 그리 중요한 일이 아니었다.

어떤 경우든 독안룡 탑살이 하는 모든 행동은 그 자신을 위한 게 아니라 타인을 위한 일이라는 것을 알기 때문이었다.

"녹산연가와는 어떤 인연이 있으세요?"

탑살에게서 연이설이 천록의 왕국의 후예가 아니냐는 말이 나온 이후 잠시 흐르던 침묵을 무한이 깼다.

의외로 그의 표정과 말투가 덤덤하다.

"녹산연가에서 그녀의 정체를 직접 말해줄 만큼 친밀하지는 않다. 그런데 내 짐작이 맞는 거냐?"

탑살이 되물었다.

"생각하신 대로입니다."

무한이 역시 담담하게 대답했다.

"어우… 천록의 왕국의 후예라… 정말 대단하군요."

전위가 탄성을 흘렸다. 평소 진중한 성정의 그가 보일 수 있는 최대한의 놀람일 것이다.

"넌 그 사실을 어찌 알았느냐? 그들이 말해주었더냐?"

탑살이 무한에게 물었다.

"음… 정확하게 그녀가 직접 제게 자신의 내력을 말했습니다. 그리고 그녀는 지금 옛, 천록의 성터 인근에 이궁(二宮)이라는 것을 만들고 있지요."

"녹산연가가 옛 천록의 왕국 성터 근처에서 세우고 있는 것이 그녀의 새로운 시작을 위한 거점인 것이냐?"

"그렇습니다. 그녀는 그곳을 기반으로 새로운 천록의 왕국을 재건하고자 한다고 하더군요."

"음… 결국 그렇게 되었군."

탑살이 무겁게 고개를 끄떡였다.

그러자 무한이 조심스럽게 말했다.

"그 일에 관해 좀 더 말씀드릴 것이 있습니다만……."

"…들어보자. 그녀가 네게 자신의 내력을 말했다는 것은 곧 내게 원하는 것이 있다는 의미일 테지. 그녀가 뭘 원하더냐?"

탑살이 밝지 않은 표정으로 물었다.

"선장님의 인정을 바란다고 했습니다."

"…인정?"

탑살이 선뜻 이해할 수 없다는 듯 되물었다.

"그렇습니다. 자신을 천록의 왕국의 후예로 인정해 주셨으면 하더군요. 선장님이 인정을 하면 육주의 모든 사람이 의심치 않을 거라고 하면서……."

"음… 묵룡대선이 힘을 원하는 것이 아니라?"

탑살이 의외라는 듯 다시 물었다.

"도움을 주면 좋겠지만, 그것까지는 바라지 않았습니다."

무한이 대답했다.

"그 말은… 이미 강한 세력을 갖고 있다는 뜻이구나."

"혹시 호천백검을 아세요?"

무한이 물었다.

"호천백검! 설마 그들이 건재하다는 것이냐?"

탑살이 연이설이 천록의 왕국의 후예라는 것을 들었을 때보다 더 크게 놀란 표정으로 되물었다.

"역시 그들도 아시는군요. 맞습니다. 그들이 지금 이설 님 곁에 있더군요. 그들의 존재로 인해 십이신무종의 고수들조차 이설 님을 찾아왔다가 조용히 물러갔습니다."

"…신무종까지. 갈수록 태산이군."

육주의 모든 소식들을 듣고 있는 탑살이었지만, 연이설의 새로운 거처인 이궁에서 벌어진 일은 알고 있을 수는 없었다.

"신무종이 그녀를 찾아왔어?"
전위가 놀라서 확인하듯 물었다.
"예, 마침 제가 그곳을 방문했을 때 일어난 일입니다."
"그들과 그녀 사이에 어떤 대화가 오갔는지 아느냐?"
탑살이 다시 입을 열었다.
"이설 님이 그들에게 신무종의 제안을 가져오라고 했습니다. 이설 님은 과거 천록의 왕국이 건재하던 시절의 관계를 원한다고 했고요."
무한이 대답했다,
"후우… 신무종으로서는 받아들이기 어려운 제안이구나. 그들은 이미 이왕사후를 통해 육주를 지배하는 권력의 맛을 알았는데 과연……."
"그럼 그들이 그녀를 공격할까요?"
전위가 탑살에게 물었다.
"글쎄다. 직접 공격하는 것은 사람들의 이목도 있고, 또 호천백검이 그녀를 지키고 있다면 쉬운 일이 아니지. 아무리 십이신무종의 고수들이 뛰어난 무공을 가지고 있다 해도 호천백검은 만만치가 않거든. 또 세력을 모아 싸우는 전쟁에 익숙한 것도 아니고. 그래서 아마도 그들은 다른 자들을 움직여 그녀를 시험하려 할 것이다."
"음… 그 제안을 해신성에 할 수도 있겠군요."

전위가 말했다.

"그들이 해신성에 원하는 바겠지. 하지만 해신성주가 이곳으로 왔으니 그들은 다른 사람을 찾을 것이다."

"누굴 선택할까요?"

"지금 육주의 상황을 보며 십이신무종과 거래할 수 있는 유력한 세력이 있지."

탑살이 대답을 하며 시선을 전위에게서 무한에게로 돌렸다.

"그럼… 비룡성이겠군요."

전위가 탑살과 무한의 표정 변화를 눈치채지 못하고 말했다.

"분명히 그럴 것이다. 지금으로선 가장 강력한 세력 중 하나이고, 또 육주의 패자가 되고자 하는 야심이 있으며, 비룡성은 이왕사후의 일파 오사성과 떼려야 뗄 수 없는 관계니까. 해신성이 아니면 비룡성이겠지."

"…결국 큰 전쟁이 벌어지겠군요. 그런데 그런 전쟁이라면 당연히 비룡성이 유리한 것 아닐까요? 그 호천백검이라는 사람들이 얼마나 강할지 모르지만 겨우 백여 명이란 건데. 겉으로 드러난 세력만 보면 녹산연가와 비룡성은 애초에 상대가 되기 어려운데……"

전위가 말했다.

그러자 이번에는 무한이 대답했다.

"그녀는 이렇게 말하더군요. 자신은 육주의 그 어떤 세력이라도 일대일의 싸움이라면 자신 있다고."

"그녀가 그렇게 말해?"

"예."

"그럼 숨겨둔 힘이 더 있다는 말인가?"

전위가 고개를 갸웃하면 중얼거렸다.

그런데 그 순간 탑살이 뜻밖의 질문을 무한에게 던졌다.

"칸, 대체 넌 그녀와 어떤 관계인 것이냐? 그녀의 비밀을 그렇게까지 상세하게 알 정도면. 혹 그녀를 돕기로 한 것이냐?"

"그러고 보니 정말 궁금하네. 정말 그녀와 어떤 관계야?"

전위가 호기심을 드러냈다.

그러자 무한이 어깨를 으쓱하며 대답했다.

"뭐, 특별한 관계는 아니고요. 그냥 육주의 바다를 건너면서 안면을 익혔고, 이번에 천록의 왕국 옛 성터에 가서 조금 가까워진 사이에요. 그것도 아마도 그녀가 사부님의 인정을 받기 위해 일부러 제게 호의를 베푼 것이겠지만요."

"그렇다고 보기에는 그녀가 자신의 이야기를 너무 많이 한 것 같은데?"

탑살이 다시 물었다.

그러자 무한이 고개를 저었다.

"사실 그녀가 말한 것도 있지만 제가 알아낸 것도 있어요."

"…그렇겠구나."

탑살이 무슨 말인가를 하려다 말고 이내 고개를 끄떡였다. 빛의 술사로서의 무한이 가진 능력을 알기 때문이었다.

그러나 무한이 빛의 술사임을 모르는 전위로선 여전히 의문이 풀리지 않았다.

"네 녀석이 그렇게 말해도 내가 보기에는 그녀와 아주 특별한 관계가 된 것 같은데? 말해봐. 사부님의 그녀를 인정했으면 좋겠어? 아니어도 상관없어? 그 대답을 들으면… 흐흠, 네 녀석의 마음을 알 수 있겠지."

전위기 짓궂게 물었다.

그러자 무한이 떨떠름한 얼굴로 대답했다.

"그건 제가 관여할 문제가 아니죠. 사부님께서 결정하실 일입니다. 뭐, 사실 그녀에 대해 약간의 동정심이 있기는 해요."

"동정심?"

"지금까지 자신의 신분을 숨기고 숨어 살았잖아요. 무척… 고독했을 겁니다."

무한이 말에 전위의 시선이 좀 더 날카로워졌다.

"고독했을 것이라……. 그건 곧 외로웠을 거란 말이고. 그 외로움에 동정심을 느꼈다면……. 사부님, 이 녀석 설마……."

전위가 탑살을 바라봤다.

그러자 탑살이 주의를 주듯 말했다.

"칸, 그녀는 위험한 여인이다."

"아, 생각하시는 그런 것 아니니까 걱정 마세요."

무한이 얼른 손을 저으며 말했다.

"사람 마음이란 게 마음대로 되는 게 아니다. 네가 그녀에게 동정심을 갖게 되면 어느새 다른 감정을 느낄 수도 있다. 하지만 언제나 이건 알고 있어야 한다. 천록의 왕국 후예란 신분을 가지고 태어난 이상 그녀는 세상에서 가장 위험한 사람이라는 것을. 타인에게서도 그녀 자신도!"

탑살이 다시 경고했다.

그러자 무한이 덤덤하게 말했다.

"사부님의 생각하시는 그런 관계는 아니지만, 설혹 그렇다 해도 너무 걱정 마세요. 그런 위험쯤은 뭐……."

"하하, 막내 이 녀석, 여행을 하더니 배포가 엄청 커졌구나!"

전위가 웃음을 터뜨렸다.

"예전에도 겁은 없었어요."

무한이 대답했다.

"그런가? 하긴 그런 면이 있기는 했지. 아무튼 그래서 그녀와는 정말 특별한 관계가 아니란 거지?"

전위가 다시 물었다.

"그렇다니까요."

"후후, 그럼 다행이다. 만약 네가 그녀와 특별한 사이라고 하면… 후유, 하연 사매의 신경질을 어떻게 견뎌내겠냐?"

"사매님이 왜요?"

"하연도 널 특별히 생각하는 것 같아서."

"그야 동생 같은 거죠."

"흐흠… 글쎄 과연 그럴까? 그리고 또 그 아이도 있구나. 장씨 아저씨의 딸 온이. 그 아이는 정말 널 좋아하는 것 같던데?"

"온이는 동생이고요."

무한이 냉정하게 말했다.

"사제, 글쎄, 넌 그럴지 몰라도 그 아이들은 아닐 수도 있다니까. 그러니까 조심해. 난리 중에선 여난(女難)이 가장 무섭다고 하더라."

"그럴 일 없어요. 내가 그렇게 잘난 사람도 아니고!"

무한이 강하게 고개를 저었다.

그때 두 사람의 대화를 가벼운 미소와 함께 듣고 있던 탑살이 문득 물었다.

"그래서 내가 어떤 방식으로 그녀를 인정하면 되는 것이냐? 세상에 대고 소리칠 수도 없고!"

"그녀의 부탁을 들어주시려고요?"

무한이 급히 물었다.

"네 체면은 살려줘야지."

탑살이 그답지 않게 농담을 했다.

"하하, 그래 주시면 고맙죠. 뭐 방법이야 많이 있을 겁니다. 그건 이설 님이 알아서 선택하겠지요. 어쩌면 자신이 직접 왕의 섬에 한 번 들를 수도 있고요."

무한이 말했다.

그러자 탑살이 고개를 끄떡였다.

"그 방법이 좋겠구나. 내가 육주로 나가는 것은 아무래도 사람들의 이목을 끌 수 있으니까. 그럼 네가 다시 다녀오겠느냐?"

탑살이 묻자 무한이 고개를 저었다.

"천록항에 녹산연가 사람들이 나와 있으니까 그들에게 사부님의 뜻을 전하면 될 겁니다."

"그렇군. 그런데 무례하다 생각지 않겠느냐? 천록의 왕국의 후예인데……."

"아닙니다. 오히려 무척 고마워할 겁니다. 사실… 말씀드리기 곤란해서 말하지 않은 것이 있습니다."

"그래? 무슨 일인데?"

탑살이 무한조차 하기 어려운 말이 뭔지 모르겠다는 듯 되물었다.

"솔직히 말씀드리면 이설 님이 스승님께 큰 무례를 범했습니다. 이궁으로 신무종의 고수들이 찾아왔을 때, 자신이 천록의 왕국의 유일한 후예라는 것을 이미 스승님께 인정받았다고 말해 버렸거든요. 절박한 상황이라 그랬을 테지만."

무한이 말을 하면서 탑살의 눈치를 살폈다.

그의 말대로 탑살의 의사조차 확인하지 않고 신무종 같은 곳에 그런 말을 했다는 것은 탑살이 분노할 수도 있는 일이었다.

또한 그 이유로 그녀를 인정하려 했던 탑살의 생각이 바뀔수도 있었다.

"후우… 정말 대담한 여인일세."

탑살의 눈치를 보며 전위가 중얼거렸다.

그런데 정작 탑살은 그 일이 그리 대수롭지 않은 모양이었다.

"상관없다."

"정말요?"

무한이 되물었다.

"오히려 한 가지 면에서는 안심이 되는구나. 그렇게까지 대담하게 말할 수 있다는 것은 자신의 혈통에 대해 자신감이 있기 때문일 것이다. 다시 말해, 그녀가 확실하게 천록의 왕국 혈통이란 거지. 그래서 오히려 그녀를 인정하는 것에 부담이 없다. 그러니, 소식을 보내거라. 내가 이곳에서 그녀를 기다린다고!"

                    *   *   *

  아주 오래전 육주의 섬에서는 단지 모습을 드러내는 것만으
로도 모든 사람들이 복종하던 깃발이 있었다.

  길을 가던 여행객들은 뒤로 물러나 깃발이 지나갈 길을 만들
어 주었고, 다툼을 하던 상인들은 깃발 주인의 중재를 어떤 반
발 없이 받아들였다.

  하물며 영토를 두고 전쟁을 하던 성주들조차도 전쟁을 멈출
정도였다.

  흰 바탕에 금실로 테두리를 두르고 그 안에 아름다운 사슴을
수놓은 깃발. 천록의 왕국을 뜻하는 그 깃발이 육주를 지배하던
시기였다.

  그러나 그 깃발은 수십 년 전에 이 땅에서 사라졌다.

  누군가의 손에 멸망당한 것이 아닌, 하늘이 더 이상 그 왕족
에게 후손을 허락하지 않았기 때문이었다.

  적어도 세상에 알려진 것으로는.

  그런데 오늘 그 깃발이 다시 세상에 나타났다.

  큰 강을 오르내리는 중간 크기의 상선, 상선임에도 불구하고
검을 찬 전사들이 대다수인 그 배에 옛 천록의 왕국을 상징하
는 사슴의 깃발이 오른 것이다.

  그 뱃머리에 연이설이 서 있었다.

  "너무 급한 것이 아닌지… 걱정이 됩니다."

  중년의 여인이 강바람을 받아 한껏 휘날리는 사슴의 깃발을

보며 말했다.

"어차피 한 달 내에 모두가 알게 될 일이에요. 남의 입을 통해 전해지는 것보다 우리가 스스로 정체를 드러내는 것이 낫지요."

"…신무종의 대답을 아직 받지 못하지 않았습니까? 그들이 공주님의 제안을 받아들이면, 제대로 된 선포식을 할 수도 있을 텐데요."

"그들의 대답은… 제법 오래 걸릴 겁니다."

"찬성이나 반대가 아니라요?"

"그들은 결정을 하기 전에 반드시 우리 힘을 시험할 겁니다. 이후에 내 제안에 대한 가부를 결정할 겁니다."

"그렇… 군요."

"그래서 그 전에 우리의 존재를 세상에 드러내는 겁니다. 그들이 우리를 시험할 수 있는 방법들을 제약하는 거죠."

"그런 뜻이 있으셨군요. 하긴, 우리가 천록의 왕국의 후예임을 공포한 이상 그들이 할 수 있는 시험이란 그리 많지 않지요. 직접적으로 우릴 공격하기는 꺼려질 것이고……."

중년 여인이 고개를 끄떡였다.

그러자 연이설이 살짝 흥분한 표정으로 말했다.

"그래서 이번 출항이 기쁘군요. 독안룡님의 인정은 다른 어떤 것보다도 우리에게 큰 힘이 될 겁니다."

"맞습니다. 사실… 전 독안룡의 마지막 제자를 이용하는 공주님의 방법에 의구심이 있었습니다. 그런데 정말 결과가 이렇게 되는군요."

중년 여인이 미소를 지으며 말했다.

"칸 무사님 말이군요?"

"그렇습니다. 솔직히 전 그가 독안룡을 움직일 수 있을 거라고 생각지 않았습니다. 그런데 단지 인정하는 것이 아니라 이렇게 초대까지. 그것도 그가 왕의 섬에 들어가자마자 소식이 왔다는 것은… 그의 능력을 알아본 것 역시 천록의 왕국 왕혈의 후예들이 가지게 되는 사람에 대한 그 통찰력 때문이라는 생각이 들더군요."

"후후, 그건 사람에 따라 다른 겁니다. 왕실의 피를 받았다고 모두 같은 것은 아니죠."

"하하, 그런가요? 그럼 공주님이 특별히 뛰어나신 것으로 해두죠."

중년 여인이 기분 좋은 웃음을 터뜨리며 말했다.

그러자 연이설이 정색을 하며 입을 열었다.

"사실 칸 무사님은… 처음부터 범상치 않은 사람이었어요. 옛 북창항에서 녹산연가의 상선을 빌려 탈 때부터 말이지요. 독안룡님의 제자라고 해도 독안룡님이 직접 양부께 칸 무사님의 배편을 부탁하신다는 것은……."

"그렇군요. 그런 일이라면 묵룡대선의 총관들 정도로 충분했을 텐데요."

"그만큼 독안룡님에게 중요한 제자라는 뜻이지요. 그리고 육주의 바다를 건너면서 살펴보니 알겠더군요. 절대 평범한 사람이 아니란 것을. 육주에 도착해서는 더더욱 확신하게 되었고요. 그래서 확신은 아니어도 기대는 하고 있었습니다. 칸 무사님이 독안룡님을 움직일 수 있을 거라는……."

담담하게 말했지만, 연이설의 무한에 대한 단단한 믿음이 느껴지는 말이었다.

그런 연이설을 중년 여인이 가만히 바라보다 물었다.

"외람되지만… 그분에 대해 특별한 감정을 가지고 계십니까?"

"…왜 그런 질문을 하죠?"

연이설이 되물었다.

"단순한 호감을 넘어 누군가에 대한 이런 강한 믿음은 솔직히… 평소의 공주님에게는 어울리지 않는 일이라서요."

"…그런가요?"

"그럼요. 다시 혈통을 들먹여서 죄송하지만, 공주님뿐 아니라 천록의 왕국 왕실의 사람들은 타인에 대한 믿음보다는 의심이 많았었지요."

"음… 억울하지만 부인할 수 없네요."

연이설이 눈살을 찌푸렸다.

"그런데 그에 대해서는 거의 무조건적인 신뢰를 보이셔서 조금 놀랐습니다. 공주님의 정체를 밝힌 것부터 해서, 밀실로 불러와 신무종의 고수들을 만나는 모습을 보인 것도 그렇고… 더군다나 오래 사귄 사람도 아니고 말입니다."

"그래서 그 이유가 칸 무사님에 대해 내가 특별한 감정을 가지고 있기 때문이다?"

"…죄송합니다."

감히 묻지 말아야 할 말을 물은 것처럼 여인이 고개를 숙여 보였다.

그러자 연이설이 고개를 저었다.

"아뇨. 괜찮아요. 사실 저도 그런 생각을 하고 있었으니까요. 누군가에 대한 무조건적인 믿음이 생기는 이유는 그리 많지 않지요. 더군다나 몇 번 만나지 않은 사람에 대해선……."

"그럼 역시……?"

"그런 것 같아요. 처음부터 왠지 모르게 믿게 되더라고요. 내 모든 것을 알려줘도 괜찮을 것 같은… 그건 아마도 그분에게 특별한 마음이 생겼다는 의미겠지요."

연이설이 자신의 일임에도 불구하고 타인의 일을 말하듯 냉정하게 말했다.

"그건… 좀."

"알아요. 위험하단 것을요. 내가 하려는 일, 그리고 우리가 하려는 일에 누군가에 대한 완전한 신뢰는 가장 위험한 일이죠. 의심하고 또 의심해야 하는 일이란 걸 압니다. 그래서 저도 조심하려고 하고 있어요. 이번 일이야 목적이 분명하니까 그리한 것이고. 앞으로는 조심하죠. 제 개인적인 감정이 앞서는 일이 없도록요."

"알겠습니다. 사실 크게 걱정하지 않습니다. 공주님이 어떤 분이신지 아니까요."

중년 여인이 말했다.

"그 말은 난 누군가를 온전히 좋아할 수도 없는 성격을 가진 사람이란 뜻인가요? 좀… 우울하군요."

연이설이 실소를 흘렸다.

"아니, 그런 말이 아니라……."

"알아요. 지금 우리 처지가 그런 감정에 휘말릴 때가 아니라는 것을. 어쩌면 평생 그렇게 살아야 할지도 모르죠. 천록의 왕국의 재건… 그 일을 목표로 삼은 이상은 개인의 감정이나 삶은 묻어둬야죠."

"그렇다고 그렇게까지 말씀하실 것까지야. 어느 정도 일이 진행되면 그때는 당연히 공주님도……."

"핏줄을 이어야 한다는 뜻인가요?"

"꼭 그런 것은 아니지만, 반드시 필요한 일이기도 하지요. 그런 의미에서 보면 공주님이 누군가에게 그런 감정을 갖는 것도 나쁜 것은 아닙니다. 칸 무사 같은 경우는… 확실히 특별한 사람인 것 같기도 하고."

"하하하! 정말 우습지 않아요?"

연이설이 갑자가 호탕한 웃음을 터뜨렸다.

"뭐가 말입니까?"

연이설의 갑작스러운 행동에 놀란 여인이 되물었다.

"칸 무사님은 우리가 이런 대화를 하는 걸 알기나 하실까요?"

"그야……."

"그러니까요. 당사자는 아무 생각이 없는데, 우리 두 사람이 이 일로 이런저런 걱정과 기대를 하고 있으니 우스운 일이죠."

"꼭 그렇지만은 않을 겁니다."

여인이 말했다.

"뭐가요?"

"어쩌면 칸 무사도 공주님에게 호감이 있을지도 모른다는 말이죠. 그렇지 않다면 이궁에 들렀을 때의 행동이나, 이렇게 빠른 독안룡님의 회신은… 어려운 일 아닐까요?"

중년 여인이 물었다.

"음… 그야 그분은 날 동정하고 있으니까요."

연이설이 고개를 저었다.

"모르세요? 누군가에 대한 동정도 사랑의 시작이란 것을!"

"…사랑? 에구머니나! 하하하!"

연이설이 짐짓 놀란 표정을 하고는 크게 웃음을 터뜨렸다. 그러다가 다시 입을 열었다.

"그야말로 우리가 이야기를 만들고 있군요. 자 그런 이야기는 그만하고, 앞으로 계획들이나 살펴봐야겠어요."

연이설이 금세 표정을 바꾸고는 걸음을 옮겨 선실로 향했다.

*　　　　　*　　　　　*

"이렇게 되면 앞으로도 자주 뵐 수 있는 겁니까?"

흔들리는 작은 배 위에서 타무즈, 이젠 마골이라는 이름이 더 익숙한 노인이 물었다.

"조금 더 편하게 만날 수는 있겠지요. 밤 고양이처럼 타무즈 님의 거처를 드나드는 일은 거의 없을 겁니다."

무한이 대답했다.

"후후후, 뭐 그동안도 밤 고양이처럼 드나드신 것은 아니지요. 밤 주인처럼 오셨지……."

"그랬나요? 난 조심하느라 했는데……."

"사실 주인이시나 마찬가지니까요."

"무슨 그런 말씀을… 그나저나 참 빠르군요."

무한이 고개를 들어 대하강 하구로 내려오는 녹산연가의 상선을 보며 말했다. 상선에는 연이설이 타고 있을 것이다.

연이설은 천록항에 나와 있는 녹산연가 사람들을 통해 독안룡의 초대를 전한 지 채 닷새가 되지 않아 대하강 하구에 모습을 드러낸 것이다.

그건 그녀가 전서구를 받자마자 배를 탔다는 의미다.

그리고 쉬지 않고 속도를 내 이곳까지 왔을 것이다.

"그녀에게는 중요한 일일 테니까요. 그런데 독안룡님도 예상외로 쉽게 결정을 해주셨군요. 역시 소주님의 영향이겠지요?"

"꼭 그런 것은 아닙니다. 스승님은 알려진 것보다 육주 에 대한 걱정이 많으십니다. 특히 이런 난세를 통해 육주가 다시 이왕사후 같은 독한 지배자들 손에 들어가는 것을 걱정하셨죠. 이런 때 이설 님의 등장은 육주가 적어도 흑라의 시대 이전의 안정적이 시기로 되돌아가기에 좋은 기회라고 생각하신 것 같아요."

"음… 독안룡님이 직접 연 아가씨를 도울 수도 있겠군요."

"그건 어려울 것 같고요."

"직접 도우시면 일이 좀 더 쉬워질 텐데요?"

마골이 물었다.

"그렇긴 하지만 그렇게 되면 천록의 왕국이 재건된 뒤에서도 왕국에 대한 사람들의 존경심이 흔들릴 수도 있지요. 사람들이 왕국의 새로운 왕인 이설 님이 아니라 독안룡님만 바라볼 수도 있으니까요. 그럴 경우 독안룡님이 무산열도로 돌아가고 나면 다시 누군가 이설 님께 도전하려고 할 겁니다."

"그러니까 나중을 위해선 연 아가씨 혼자 힘으로 천록의 왕국을 재건해야 한다는 말이군요?"

"그렇습니다. 그리고 사실 독안룡님은 다른 일을 신경 쓰느라 이설 님을 도울 여력이 없습니다."

"다른 일이라면……? 독안룡님을 긴장시키는 세력이 있단 말입니까?"

마골이 놀란 표정으로 물었다. 그가 생각하기에 현재의 육주에서 독안룡을 위협할 인물은 없기 때문이었다.

"…십이신무종요."

"아!"

마골이 잊고 있었다는 듯 탄성을 터뜨렸다.

"그들의 전면적인 등장은 이미 기정사실이지요. 그래서 스승님이 급히 왕의 섬으로 오신 겁니다. 신무종이 직접적으로 세속의 일에 관여하지 못하게 하려면 스승님이 왕의 섬에 계시는 것이 효과적일 테니까요. 해신성과 함께이니 더더욱……."

"그렇군요. 정말 위험한 자들은 따로 있다는 것을 제가 잠시 잊었습니다."

마골이 대답했다.

그러는 사이 두 사람이 탄 배와 연이설이 타고 있는 녹산연가의 배 사이의 거리가 서로의 얼굴을 알아볼 만큼 좁혀져 있었다.

제9장

서막(序幕)

　무한은 녹산연가 상선에서 내린 줄사다리를 타고 천천히 배에 올랐다. 한 번의 도약으로 가능한 높이였지만, 굳이 사람들의 이목을 끌고 싶지 않았기 때문이다.

　무한의 뒤를 이어 마골도 배에 오르자 녹산연가의 사람 한 명이 두 사람이 타고 온 배로 내려가 배를 몰아 뒤로 물러났다.

　"생각보다 빨리 다시 만나네요."

　배에 오른 무한을 보며 연이설이 말을 건넸다.

　"사부께서 예상보다 쉽게 허락을 해주셨습니다."

　무한이 미소를 지으며 대답했다.

　연이설이 그 미소를 잠시 바라본 후 다시 물었다.

　"화를 내시지는 않던가요?"

　"아닙니다. 다만 이설 님의 대범함에 놀라기는 하셨죠."

"제 신분에 놀라셨다는 건가요?"

연이설이 다시 물었다.

"아뇨. 이설 님의 신분은 이미 예상을 하고 계셨던 것 같아요. 놀라신 것은 신무종에게 사부님이 이설 님을 인정했다고 말씀하신 거죠."

"…제 신분을 예상하고 계셨다고요?"

연이설이 놀란 얼굴로 물었다.

"이런저런 정황상 그럴 수도 있겠다 생각하고 계셨던 것 같습니다. 특히 옛 천록의 성 근처에 이궁을 세운 사실을 아시고는 그런 생각을 더 굳히신 것 같고요."

"음… 역시 묵룡대선도 육주를 주시하고 있었군요?"

"걱정이야 늘 하셨으니까요."

무한이 대답했다.

"혹시 제 계획에 대해서도 말씀드렸나요?"

"당연하죠."

무한이 고개를 끄떡였다.

"뭐라시던가요?"

"적어도… 이왕사후의 시절보다는 낮지 않겠나 그렇게 말씀하시더군요."

"적어도라… 큰 기대는 하지 않는다는 뜻이네요?"

연이설이 실망스러운 표정으로 말했다.

"아뇨. 말씀은 그리하셔도 기대가 크세요. 이설 님이 등장하셨으니 당신께서 육주의 일에 신경 쓰지는 않아도 될 거라 하시면서……."

"적극적으로 절 도와주시지는 않겠군요?"

연이설이 여전히 실망감을 감추지 못하며 물었다. 아마도 빠른 초대 때문에 실질적인 도움도 주지 않을까 기대했던 모양이었다.

그러자 무한이 나직하게 연이설에게 말했다.

"사부께서는 왕의 섬에서 해신성주와 육주를 지켜보는 것만으로도 이설 님께 큰 도움이 될 거라 하셨습니다. 선장님과 해신성주가 왕의 섬에 계시는 한 그들이 육주의 성주들의 쟁투에 노골적으로 관여할 여지가 크게 줄어들 것이라고 하시더군요."

"음… 그렇군요. 어쩌면 육주에 상륙하시는 것보다 저들에게 더 부담스러울지도 모르겠군요."

연이설이 고개를 끄떡였다.

"일단 사부님을 뵙도록 하세요. 직접 들으시는 것이 나을 겁니다."

"알겠어요. 아무튼 고마워요."

"저야 그냥 말만 전한 것뿐인데요."

무한이 머리를 긁적이며 말했다.

"이렇게 빨리 결과를 내주신 것은 역시 칸 무사님 덕분이겠지요."

연이설이 칸을 보며 말했다.

"별말씀을. 그런데 왕의 섬에는 가보신 적이 있으세요?"

무한이 어느새 확연하게 눈에 들어오는 왕의 섬을 가리키며 물었다.

"아뇨. 처음이에요. 가끔 본가에서 거래를 위해 들른다고는 했지만 전 처음이군요."

"재밌는 섬이더군요. 사실 저도 이번에 처음 가본 것인데. 어쩌면 이설 님의 관심을 끌 수도 있겠다 생각했습니다."

"어떤 면에서요?"

"굉장히 견고한 요새거든요. 곧 이설 님도 이궁 자리에나 혹은 다른 곳에 제대로 된 성을 세우실 테니까요. 화려함을 좋아하지는 않으시는 것 같고. 천록의 왕국을 재건하려면 처음에는 견고한 성이 필요할 거라 생각했습니다. 왕의 섬의 성이 딱 그렇더군요."

"그런가요? 궁금하군요."

연이설이 무한이 가리킨 왕의 섬을 보며 호기심을 드러냈다.

둥둥둥둥!

왕의 섬에서 큰 북소리가 들려왔다. 그러자 녹산연가의 상선을 향해 다가오던 배들이 뱃머리를 돌려 녹산연가의 상선에 바닷길을 열어주었다.

물론 그 배들을 지휘하는 사람은 앞서 무한이 왕의 섬에 들어갈 때 만났던 해안을 경계하는 중년 무사 조창이다.

묵룡대선의 선박들이 바닷길을 열자 녹산연가의 배가 그 안으로 들어갔다.

그리고 곧이어 가파른 왕의 섬 지형에 의지해 세워진 기이한 모습의 성이 보였다.

겉으로는 평범해 보이지만, 그 안쪽으로는 절벽을 파고들어 가거나 견고한 석재로 벽을 쌓은 살아 있는 생명체 같은 성이었다.

"대단하군요."

연이설이 감탄한 표정으로 말했다.

왕의 섬의 그리 크지도 않은 성이 무한의 말처럼 그녀의 마음에 드는 듯했다.

"봄섬에 가면 이것보다 큰 성이 있지요. 그런데 모양은 비슷합니다. 양쪽 모두 외부의 침입이 거의 불가능하지요."

무한이 말했다.

"오랜 세월 동안에 조금씩 조금씩 만들어간 성이군요. 그런 노력들이 보여요."

"그렇다고 들었습니다. 그래서 이 성을 자세히 보라고 말씀드린 겁니다. 물론 세상에는 성의 축조에 전문적인 사람들이 많겠지만 이런 성을 머리로 구상해서 짓는 것은 쉬운 일이 아니니까요."

"그렇군요. 독안룡님께 부탁드려 성의 구조를 자세히 알아봐야겠어요. 이궁 뒤쪽에 이런 성을 지을 수 있는 지형이 있으니까요."

"그렇죠. 이궁 동북쪽으로는 천왕산 자락의 가파른 산봉우리들이 즐비하니까요."

무한이 고개를 끄덕였다.

그러는 사이 두 사람이 타고 있는 배가 왕의 섬 포구 접안대에 이르렀다.

"천천히!"

선착장에서 수신호를 하며 배의 정박을 돕는 묵룡대선 선원의 큰 목소리가 들렸다.

그리고 이례적으로 손님을 마중하기 위해서 포구에 나와 있는 독안룡 탑살의 모습도 보였다.

그의 뒤쪽으로는 묵룡대선의 수뇌들이 모두 나와서 연이설을 기다리고 있었다. 이설에 대한 최대한의 존중심을 보이는 행동들이다. 그만큼 독안룡 역시 이 만남을 중요하게 생각한다는 뜻이다.

봄섬에서처럼 왕의 섬에서도 환영받는 손님의 방문은 큰 북소리가 알린다.

무한이 연이설을 데리고 포구에 정박하는 동안 그 북소리가 계속 울렸다.

그러다 녹산연가의 배가 완전히 정지하고, 사다리가 접안대에 걸쳐지자 북소리가 잦아들었다.

"가시죠."

무한이 연이설을 보며 말했다.

"후우… 좋아요. 가요."

연이설이 깊게 숨을 들이쉬고는 고개를 끄덕였다. 그녀로서도 천하제일의 영웅이라는 독안룡 탑살을 정식으로 대면하는 것이 긴장되는 모양이었다.

"보기와 달리 정이 많으신 분이에요."

연이설의 긴장을 풀어주려는 듯 무한이 나직하게 말하고 사다리 쪽으로 먼저 움직이기 시작했다.

"독안룡님을 뵈어요. 연이설이라고 합니다!"

무한을 따라 배에서 내린 연이설이 독안룡 탑살의 앞으로 다가가 정중하게 고개를 숙여 인사를 했다.

천록의 왕국의 유일한 혈통임을 주장하는 그녀로서는 최대한의 예의를 갖춘 행동이었다. 최근 들어 그녀는 그 누구에게도 고개를 숙이지 않았었다.

특히 자신이 천록의 왕국의 마지막 혈통임을 드러낸 후에는 더더욱.

하지만 그런 그녀조차도 독안룡에게는 고개를 숙이지 않을 수 없었다.

독안룡이야말로 육주에서 그녀가 존경할 수 있는 거의 유일한 인물이기 때문이었다.

"어서 오십시오, 공주님! 초대에 응해주시어 감사합니다. 또한 위대한 왕국의 후예를 직접 뵙게 되어 영광입니다."

독안룡이 연이설에게 마주 인사를 했다.

그리고 그 모습이 모든 사람을 놀라게 만들었다.

독안룡 역시 평생 그 누구에게도 이렇게 정중한 모습을 보인 적이 없기 때문이었다.

묵룡대선의 식솔들은 물론 연이설을 호위해 온 녹산연가의 사람들, 아니, 연이설 그 자신이 당황할 정도로 놀랄 일이었다.

"이렇게 환대를 해주시다니……."

당황한 연이설이 말을 잇지 못했다. 깊은 감동을 받은 표정이었다.

그녀 스스로 천록의 제국의 후손이라고 말하기는 했으나 지금까지는 그 누구로부터도 이런 존중을 받아본 적이 없기 때문이었다.

하물며 상대는 독안룡 탑살이다.

"공주님에 대한 제 큰 기대 때문이라고 생각하십시오. 공주님이야말로 혼란한 육주를 안정시킬 수 있는 거의 유일한 사람이라고 생각합니다. 그렇게 되면 이 늙은 사람이 다시 검을 휘두를 일은 없을 테지요. 그러니 지금 제게 공주님만큼 중요한 손님은 제게 없습니다. 자! 누추하지만 성으로 모시겠습니다."

독안룡 탑살이 손을 들어 보이며 길을 열었다.

"감사해요. 그리고 두렵군요. 독안룡님의 기대에 미치지 못할까 봐!"

"모두가 마찬가지지요. 확신을 가진 삶이 얼마나 되겠습니까? 모두가 최선을 다해 살아갈 뿐이지요. 그래도 제 느낌으로는 운명의 빛이 공주님을 외면하지는 않을 것 같군요."

독안룡 탑살이 드물게 부드러운 목소리로 말했다.

"…그 말씀을 들으니 안심이 되네요. 그럼, 왕의 섬을 구경해 볼까요? 칸 무사님이 이 섬의 성 구조를 잘 봐두라고 하더군요. 제가 앞으로 세울 제이의 천록의 성에 많은 참고가 될 것이라면 서……."

"후후, 칸이 그랬습니까?"

독안룡 탑살이 걸음을 옮기려다 말고 옆에 서 있는 무한을 보며 물었다.

"예. 그래서 허락해 주시면 왕의 섬을 자세히 살펴보고 싶습니다."

연이설이 대답했다.

"그렇게 하시지요. 그때는… 칸, 네가 안내를 해드려라."

독안룡이 무한에게 말했다.

"알겠습니다, 사부님!"

무한이 담담하게 대답했다.

왕의 섬의 모든 사람들이 자신의 거처에서 나와 있었다. 그들은 정말 천록의 왕국의 왕을 보려는 사람들처럼 연이설이 가는 길 좌우에 늘어서 있었다.

그리고 정말 왕을 본 것처럼 그녀가 지나치는 순간이 되면 가볍게 고개들을 숙여 보였다.

그 모습에 연이설은 다시 한번 감격한 듯했다.

그래서 그녀 역시 끊임없이 고개를 숙였다. 혹여 아이라도 만나면 그 아이의 손을 잡아주기까지 했다.

이것 역시 평소의 연이설을 생각하면 놀라운 일이었다.

차갑고 냉정한 그녀의 성격과 너무 어울리지 않은 모습이기 때문이었다.

'어쩌면 좋은 왕이 될지도 모르겠어.'

연이설의 뒤를 따라가면서 그녀의 모습을 찬찬히 살피던 무한이 미소를 지으며 생각했다.

사람의 본성은 무의식중에 나오게 마련인데, 연이설이 성으로 향하는 동안 무한은 그동안 알지 못했던 그녀의 따뜻한 면을 읽었기 때문이었다.

육주로 오는 상선에서, 또는 천록의 왕국을 재건하기 위해 세운 이궁에서 보여주었던 그녀의 모습은 본래 모습의 일부분이었을 뿐이었던 것이다.

그래서 한편으로는 그녀를 독안룡에게 소개한 자신의 결정이 안심되었다.

혹시라도 그녀가 다른 야심가들처럼 오직 권력만을 추구하는 인물이면 어떻게 하나 걱정했던 무한이었다.

독안룡 탑살은 연이설을 안내해 수백 개의 계단을 올랐다.

왕의 섬에 지어진 성 자체가 거칠고 가파른 바위섬이 기반이어서 모든 길이 계단으로 연결되어 있었다.

하지만 연이설은 조금도 힘든 내색을 하지 않았다. 그녀로서는 오히려 이런 기이한 성을 구경하는 것이 재미있는 것 같았다.

그렇게 수백 개의 계단을 오르고 나자 잘 다듬어진 석재가 깔린 작은 공간이 나타났다.

광장 같기도 하고, 얼마간의 수목과 화초들을 길러 정원 같기도 한 공간이었다.

그리고 그 안쪽으로 작지만 단단해 보이는 건물이 서 있었다.

"고생하셨습니다."

광장에 올라선 독안룡이 연이설을 보며 말했다.

"아닙니다. 즐거운 구경이었습니다. 그런데 이곳이 독안룡님의 거처신가 보군요. 아름다워요."

광장에서 바라보이는 광활한 바다! 그리고 기이한 바위와 가파른 절벽이 어우러진 왕의 섬의 해안선을 보며 연이설이 말했다.

"이곳에 올 때 제가 머무는 곳이기는 합니다만, 저만 사용하는 곳은 아닙니다. 공주님처럼 귀한 손님들이 오시면 내어드리는 숙소이기도 하지요."

독안룡 탑살이 말했다.

"그렇군요. 손님들에게는 최고의 선물이 되겠어요."

"이제 그 선물 구경을 더 해보시죠."

독안룡 탑살이 미소를 지으며 연이설을 안쪽 건물로 안내했다.

"왜 안 들어가고?"

독안룡 탑살과 연이설이 독안룡의 거처로 들어가자 전위가 다가와서 무한에게 물었다.

사람들은 연이설을 데려온 무한이 당연히 두 사람과 합석할 거라고 생각했지만, 무한은 독안룡의 거처 문 앞에서 걸음을 멈추고 뒤로 물러났다.

그걸 이상하게 생각한 전위가 안으로 들어가지 않은 이유를 물은 것이다.

"감히 제가 낄 자리가 아니죠. 사부님과 총관님들이 하시는 일에……."

"그래도 그녀… 이젠 공주님이라고 해야 하나? 아무튼 그분을 데려온 사람은 사제 아니냐?"

"제가 데려온 게 아니고 단지 연락꾼이었을 뿐이죠. 연락꾼이 어떻게 저렇게 중요한 자리에 들어갑니까?"

무한이 빙그레 웃으며 되물었다.

"연락꾼? 후후, 여기서 사제를 단순한 연락꾼으로 생각하는 사람은 아무도 없을걸? 우리 묵룡대선의 사람들이나, 혹은 녹산연가의 사람들을 포함해도, 모두 널 조심스러운 시선으로 본다는 것을 모르겠어?"

"그러게요. 그게 좀 불편하네요. 부담스럽기도 하고. 그냥 한 명의 용전사일 뿐인데. 대사형은 안 그러실 거죠?"

"그야 당연하지. 넌 영원히 내 막내 사제니까. 물론 재주가 아주 뛰어난 막내지만, 하하하!"

전위가 호탕한 웃음을 터뜨렸다.

그러자 무한도 잠시 미소를 지은 후 정색을 하며 입을 열었다.

"그런데 정말 의외긴 했어요. 사부님이 이렇게 정중하게 이설님을 맞이하실 줄은……."

"우리도 놀랐다. 네가 천록항으로 간 이후 무척 세심하게 그분을 맞을 준비를 지시하더구나. 역시… 이 혼란한 세월에 중요한 역할을 할 사람이란 뜻이겠지."

"설마… 무력까지 지원하는 건 아니겠죠?"

무한이 걱정이 되는지 독안룡과 연이설이 들어간 문을 보며 말했다.

"그건 아닐 거라고 이미 말씀하셨지 않느냐?"

"그래도 이렇게까지 환대를 하시는 것을 보면……."

"…아닐 거다. 사부께서는 묵룡대선의 전사들을 육주의 권력 투쟁 속으로 밀어 넣고 싶어 하지 않으시니까. 흑라의 시대에 이미 많은 희생을 경험하셔서… 그리고 그 부질없음도……."

"그렇겠죠?"

무한이 확인하듯 물었다.

"내 생각이 그렇다는 거다. 내가 사부님 생각을 모두 알 수는 없으니까."

전위가 대답했다. 그러나 대답은 그렇게 해도 그는 독안룡 탑살이 육주의 전쟁에 전사들을 보내지 않을 거라고 확신하는 듯 보였다.

"하루빨리 이 혼란이 끝나면 좋겠어요."

무한이 말했다.

"그 또한 조금은 어리석은 소망 같구나. 인간은 어떤 경우에도 싸움을 멈추지 않아. 가끔 이런 생각을 한단다. 사람이란 어떻게든 싸울 구실을 찾아 헤매는 전쟁광들이 아닐까 하는 생각 말이다. 하다못해 어린애들도 놀이로 칼싸움을 하니까."

"……."

전위의 말에 무한이 멀끔히 전위를 바라봤다.

그러자 전위가 자신의 얼굴을 손으로 쓸며 물었다.

"왜 내 얼굴에 뭐가 묻었어?"

"아뇨. 그게 아니라 대사형이 조금 달라 보여서요."

"뭐가?"

"전 지금까지 대사형이 타고난 무인이자 전사라고 생각하고 있었거든요. 그런데 이렇게 싸움을 싫어하는지 몰랐어요. 사람에 대한 혐오감까지 동원하실 만큼……."

"…겪어봤으니까. 묵룡대선의 사람들은 누구나 자신만의 사연이 있지. 나 역시 그렇단다. 어릴 때 내 부모님도 전쟁 와중에 돌아가셨지. 그리고 어린 나는 그 광경을 목격했었다. 사납던 마적들의 칼이 번뜩이고, 내 고향 마을이 불타 사라지는 것을. 그 기억이 가끔씩 퍼뜩 떠올라. 그런 날이면 사람이… 정말 싫어지지. 그러다가 문을 열고 나가서 너희들, 사형제들을 보면 다시 사람과 내 삶에 희망이 생기고… 그게 나의 생활이야, 묵룡대선에서의."

"…몰랐어요. 대사형에게 그런 과거가 있는지."

무한은 위로의 말을 하지는 않았다.

아마도 전위는 살면서 셀 수 없을 만큼 많은 위로의 말을 들었을 것이다. 그런 사람에게 또 다른 위로의 말은 사족이나 다름없다.

"그래서… 더 강해지려고 한 거야. 묵룡대선의 식구들을 지키고 싶어서. 다신 힘이 없어서 내 가족들을 잃는 경험을 하고 싶지 않거든. 그런 의미에서 난 사부께서 어떤 이유에서건 육주에 묵룡대선의 전사들을 보내지 않았으면 좋겠다."

전위가 슬쩍 독안룡과 연이설이 들어가 있는 곳을 바라보며 말했다.

그런데 그 순간 무한은 다른 생각을 하고 있었다.

'이미 사부님의 후계자는 정해져 있는 건지도 모르겠군.'

사실 무한은 독안룡 탑살의 후계자에 대해서는 관심이 없었다.

소룡오대 출신의 용전사들은 소독을 지원하고 있었고, 다른 대의 출신의 용전사들 역시 각자가 속해 있던 대의 사람을 후계자로 만들기 위해 보이지 않는 선의의 경쟁을 하고 있었다.

그런 경쟁이 자칫 묵룡대선의 용전사들을 분열시킬 수도 있기에 무한은 가끔 독안룡이 후계자를 정하지 않고 그 경쟁을 지켜보는 것이 의아할 때가 있었다.

그런데 오늘 전위의 말을 듣고 보니 독안룡은 경쟁을 지켜보는 것이 아니라 이미 그 경쟁이 끝났다고 생각하고 있는 것일 수도 있었다.

야망이 아니라 가족을 지키기 위해 강해지려는 사람, 그 마음으로 무공을 수련하고 검을 든 전위는 다시 보니 독안룡 탑살과 가장 많이 닮아 있는 것 같았다.

무한이 본 소독도 우두머리로서의 자질이 충분했지만, 묵룡대선의 식솔들에 대한 이런 강한 책임감을 느낄 수는 없었다.

아마도 전위가 자신의 모든 것을 던져서 묵룡대선과 그 식솔들을 지킬 마음의 준비가 된 사람이라는 것을 독안룡 역시 알고 있을 것이다.

그런 대제자를 후계자로 정하지 않으면 그 누굴 후계자로 정할 수 있을까.

그럼에도 독안룡 탑살이 전위를 공식적으로 후계자로 지정하지 않은 것은, 아마도 전위 스스로 사형제들이나 용전사들에게 탑살의 후계자로 인정을 받기를 원하기 때문일 것이다.

모두의 추대로 정해진 우두머리의 강력함을 누구보다 잘 아는 탑살이기 때문이었다.

"무슨 생각을 하는 거냐?"

잠시 말이 없는 무한을 돌아보며 전위가 물었다.

그러자 무한이 실실 웃으며 대답했다.

"대사형이 사형이라도 좋다는 생각을 했습니다. 언제라도 든든하게 묵룡대선과 우릴 지켜줄 수 있는 분이란 걸 아니까요."

무한의 말에 전위도 피식 실소를 흘렸다.

"싱거운 녀석! 그런데 그 말 소독과 오대 출신 사제들이 들으면 실망할 것 같은데?"

"대사형이 설마 제 말을 오대 사형들에게 하겠어요? 그리고 사실 하셔도 상관없어요."

"음… 그것참 이상하네. 오대 사제들은 특히 서로에 대한 정이 끈끈한 것으로 알고 있는데?"

"솔직히 좋아하는 거로 따지면 대사형보다 오대 출신 사형들이 훨씬 편하고 좋지요. 하지만……."

"하지만 묵룡대선의 식구들을 지키는 일은 다르다? 왜?"

전위가 되물었다.

"다른 사형들은 사부님의 후계자를 말할 때 묵룡대선의 다음 수장이 누가 될까? 이렇게 말하죠. 그런데 대사형은 묵룡대선의 식구들을 누가 지킬 것인가라고 말씀하시잖아요. 애초에 사부님 의 후계자 자리를 어떻게 보느냐는 관점 자체가 다른 거죠. 식 솔들을 지켜야 하는 자리, 그렇게 생각하는 대사형이 사부님의 후계자로 가장 잘 어울린다고 생각합니다. 아부가 아니라……."

무한이 담담하게 말했다.

"음… 나만 그렇지는 않을 거야. 사부님의 후계자가 되고 싶은 사형제들 모두 그 자리가 그런 자리라는 건 알고 있을 거야."

"그렇긴 하겠지만. 그게 첫 번째 이유는 아닐 테니까요. 대사 형만이 오직 그렇게 생각하시는 거죠. 아무튼 아주 든든합니다. 대사형을 믿고 마음껏 세상을 누비고 다녀도 된다는 생각이 들 만큼요."

무한이 두 팔을 펴서 왕의 섬 아래 펼쳐진 바다를 안는 듯한 모양을 하며 말했다.

그런 무한을 보며 전위가 잠시 망설이다가 말했다.

"솔직히 말하면… 난 칸 네가 가장 강한 경쟁자라고 생각했단다."

"…경쟁자라뇨?"

무한이 어리둥절한 표정으로 되물었다.

"사부님의 후계자 자리를 다투는……."

"제가요?"

"응."

전위가 고개를 끄떡였다.

그러자 무한이 정색을 하며 말했다.

"이거… 이거 안 되겠는데요? 사람 보는 눈이 그렇게 없으셔서야… 갑자기 제 판단에 의심이 드네요. 제가 그 자리를 욕심낸다고 생각하셨어요?"

"네가 욕심낸다기보다 사제의 재능이 그만큼 뛰어나다는 거지."

"뭐… 제가 실력이 부쩍 늘긴 했지요. 하지만 전 어떤 무리의 지도자가 될 사람은 아닌 것 같아요."

"왜? 내가 보기에는 충분한 자질이 있는 것 같은데?"

"제가 원하지 않으니까요. 그런 일은 강한 의지를 가진 사람이 해야죠. 그게 책임감이든 욕망이든. 그래야 제대로 할 수 있을 겁니다. 최선을 다해서… 전 그런 일에는 별로 흥미가 나지 않아요."

무한의 말에 전위가 말없이 고개를 끄떡였다.

권력이란 것이 강한 의지가 필수적으로 동반되어야 쟁취하고 유지할 수 있다는 걸 알기 때문이었다.

"그럼 넌 어떤 일에 흥미가 있는 거냐?"

전위가 물었다.

그러자 무한이 다시 팔을 벌려 왕의 섬 아래 바다를 안으며 말했다.

"이런 넓은 세상을 여행하는 거요. 그러니까 대사형이 나중에 사부님의 뒤를 이어 묵룡대선을 맡게 되시면 한 가지는 약속해 주셔야 해요."

"뭘?"

"제게 무산해협과 파나류를 지나, 대마협의 거친 바다 너머 다른 세상을 여행할 수 있는 배를 만들어주시는 거요."

"…대마협을 넘어 여행을 하겠다고?"

"사부님이 하셨는데 저도 못 할 건 없지요."

"하지만……."

전위가 말꼬리를 흐렸다.

그러자 무한이 재빨리 전위의 말을 잘랐다.

"아무튼 약속하시는 거예요?"

"뭐, 배를 만들어주는 거야 할 수 있지만……."

전위가 얼떨결에 약속을 했다.

그러자 무한이 호탕하게 웃음을 터뜨렸다.

"하하하! 내가 정말 좋은 대사형을 모셨어요. 역시 난 운이 좋아. 바다에 빠져도 사부님 같은 분을 만나고, 또 나중에 미지의 세계를 여행할 단단한 배를 만들어 주겠다는 대사형도 있고……."

무한이 빙글거리며 웃자 전위도 무한이 자신을 놀리고 있다는 것을 깨닫고는 실소를 흘렸다.

"후후, 녀석, 농담은… 아무튼 이번 여행이 도움이 된 것 같구나. 예전에는 네 얼굴에서 조금 그늘이 보였는데 아주 많이 밝아졌어."

전위가 무한을 보며 말했다.

그러자 무한이 고개를 끄떡였다.

"그런 것 같아요. 사람이 타고난 운명이란 것이 있다는 것을 인정하게 되었어요. 그러고 나니까 마음이 편해지더라고요."

"음… 그게 포기가 아니라면 나쁘지 않지."

전위가 고개를 끄떡였다.

그때 갑자기 독안룡 탑살의 거처 문이 열리면서 왕의 섬을 주관하는 총관 좌월이 모습을 드러냈다.

"두 사람, 안으로 들어오너라!"

모습을 드러낸 좌월이 무한과 전위를 불렀다.

그러자 두 사람이 서로를 한 번 보고는 지체 없이 독안룡 탑살의 거처로 향했다.

독안룡 탑살은 담담한 모습이었지만, 연이설은 조금 흥분한 듯 보였다.

그렇다고 이야기가 어그러진 것 같지는 않았다. 연이설의 얼굴에 나타난 흥분은 불쾌함이 아니라 앞으로의 일에 대한 기대 때문으로 보였다.

"이리 와 앉거라."

무한과 전위가 들어가자 독안룡이 두 사람을 비어 있는 두 개의 의자로 불렀다.

무한과 전위가 독안룡의 명에 따라 자리를 잡고 앉자 독안룡이 다시 입을 열었다.

"난 연 아가씨, 이젠 공주님이라고 불러야겠구나. 공주님을 천록의 왕국의 정식 후예로 인정했다. 그리고 향후 공주님의 신분을 육주의 모든 사람들에게 보증할 것이다."

독안룡의 말에 무한과 전위가 고개를 끄떡였다. 이미 짐작하고 있던 일이기 때문이었다.

"그래서 말인데… 전위, 네가 공주님을 좀 도와야겠다. 공주님께서는 칸을 원하셨지만. 칸은 아무래도 나이가 어리니……"

독안룡의 말에 무한과 전위가 놀란 표정으로 독안룡 탑살을 바라봤다.

그건 누구도 예상치 못한 결정이었다. 무한 역시 마찬가지였다.

무한은 독안룡에게 연이설이 천록의 왕국의 정통성을 지닌 공주라고 인정해 달라는 부탁은 했지만, 그녀를 무력으로 도울 거라고는 전혀 생각지 않았다.

그래서 탑살이 전위에게 연이설을 따라가라고 명을 내린 것은 충격이 아닐 수 없었다. 평소 탑살의 성정을 생각하면 있을 수 없는 일이기도 했다.

전위 역시 마찬가지였다. 그래서 그 명령을 다시 한번 확인할 수밖에 없었다.

"…육주의 일에 직접 관여하시는 겁니까?"

전위가 물었다.

"공주님을 인정하는 순간 이미 그렇게 된 것이다."

탑살이 담담하게 말했다.

"하면… 묵룡대선의 전사들을 투입하는 겁니까?"

전위가 다시 물었다.

"그런 의미는 아니다. 지금 무산해협과 파나류에 건설 중인 무산연맹을 안정시키기 위해서는 본선의 전력을 나눌 수 없다. 공주님을 돕는 것은 너와 일대 출신의 용전사들이 전부다."

"그 정도 전력으로 얼마나 도움이 될지……"

전위가 의문을 드러냈다,

"너희들을 보내는 목적은 가서 전장에서 싸우라는 것이 아니다. 단지 소문으로 내가 공주님을 인정한다는 소식을 들으면 누구라도 그 소문을 의심할 것이다. 하지만 네가 가면 그 누구도 내가 공주님을 인정한다는 것을 의심치 않을 것이다."

"그런 의미라면······."

전위가 그제야 탑살의 명이 이해가 간다는 듯 고개를 끄떡였다.

"하지만 싸워야 하는 순간이 오면 싸워야지. 가서 손님이라고 밥이나 축내고 있으라는 말은 아니다."

"알겠습니다. 싸울 일이 있다면 묵룡대선의 명예에 어긋나지 않게 최선을 다하겠습니다. 그런데 그럼 사제는······?"

전위가 무한을 돌아보며 물었다.

"칸은··· 다시 여행을 시작할 테냐?"

탑살이 무한에게 물었다.

무한의 행보는 결국 그 자신이 결정한다는 것을 인정하고 있는 것이다.

"얼마간은 이곳에 있고 싶습니다."

"나쁘지 않지. 육주의 상황이 복잡하니까. 그럼 그렇게 해라."

탑살이 고개를 끄떡였다.

그런데 그쯤 무한의 뜻을 선선히 수긍하는 탑살의 모습을 연이설이 의아한 시선으로 바라보고 있다는 것을 아무도 눈치채지 못하고 있었다.

그런데 그때였다.

갑자기 문밖이 소란스러워지더니 문이 열리면서 묵룡본선에서 탑살을 돕고 있는 대전사 운관이 급하게 모습을 드러냈다.

"무슨 일인가?"

평소와 다른 운관의 모습에 놀란 듯 탑살이 물었다.

"죄송합니다. 급한 소식이 있어서……."

대전사 운관이 자신이 무례를 범했다는 사실을 깨닫고 가볍게 고개를 숙여 보였다.

"괜찮네. 그런데 정말 무슨 일인가?"

탑살이 다시 물었다.

"비룡성이 움직였습니다. 방향이… 옛 천록의 성이 있는 곳입니다."

"음……."

운관의 말에 탑살이 나직하게 침음성을 흘렸다.

당연히 연이설 역시 눈빛이 변했다.

"공주님이 이궁을 비웠다는 것을 알고 한 일일까요?"

전위가 침착하게 물었다.

그러자 연이설이 고개를 저었다.

"그건 아닐 겁니다. 제가 이곳에 온 것은 어제 오늘에서야 소문이 퍼졌을 겁니다. 궁산에는 아직 전해지지도 않았을 겁니다."

대하강과 궁산의 거리는 빠른 말을 타고 달려도 족히 보름 이상 걸리는 거리다. 그 중간에 송강이라는 거대한 강 역시 가로막고 있었다.

연이설의 왕의 섬 방문이 알려지기에는 너무 먼 거리였다.

"결국 그들이 비룡성을 움직인 모양이군요. 생각보다 큰 상대입니다."

탑살이 걱정스럽게 연이설을 보며 말했다.

"역시 신무종의 사주라고 보시는 거군요?"

연이설을 탑살을 보며 물었다.

"그들의 후원 없이 비룡성이 녹산연가를 공격할 수는 없지요. 아무리 그들의 세력이 강하다고 해도 녹산연가의 전통은 상가 이상의 무게. 녹산연가를 공격하려면 그만한 이유가 있어야 하고 그 공격을 지지해 줄 누군가가 필요하지요. 육주에서 십이신무종 말고는 이 공격을 지지해 줄 곳은 없을 겁니다."

"참… 욕심이 많군요. 비룡성은……."

탑살의 말을 듣고 있던 무한이 눈살을 찌푸렸다.

그러자 탑살이 말했다.

"상부상조… 신무종과 이해가 맞아떨어지는 일이니까. 그리고 비룡성은 오사성과 한 집안이다. 신무종으로서는 가장 신뢰할 수 있는 세력이지."

탑살이 말했다.

그러자 전위가 물었다.

"괜찮겠습니까?"

전위의 시선은 연이설을 향해 있었다.

전위는 아직 연이설이 어떤 힘을 가지고 있는지 모르고 있었다. 그래서 그는 녹산연가의 힘으로 비룡성의 수천 전사를 상대하는 것은 어려울 거라 생각하는 모양이었다.

하지만 연이설의 대답은 전위의 예상과 달랐다.

"물론, 걱정하실 필요는 없습니다. 이미… 예상하고 있던 일이니까요."

"…예상하셨다고요?"

담담한 연이설의 반응에 놀란 듯 전위가 되물었다.

"예. 신무종이 누군가를 움직인다면 둘 중 하나로 생각했어요. 비룡성 아니면 해신성. 그런데 해신성주께서는 독안룡님과 함께 있으니 당연히 비룡성이겠지요."

"예상했다 해도 그들의 전력을 생각하면……."

전위가 걱정스럽게 말했다.

비룡성과 녹산연가의 전력 차이가 너무 크기 때문이었다.

"이번에 함께 가시면 우리 녹산연가의 힘을 보실 수 있을 거예요. 전사님께서 걱정하시는 일은 일어나지 않을 겁니다."

연이설이 자신이 있게 말했다.

그러자 탑살이 물었다.

"어찌 상대하시렵니까?"

걱정을 하는 말투는 아니었다. 다만 연이설이 비룡성을 어떤 방법으로 상대할지 호기심이 생긴 모습이었다.

"위대한 성에서 전쟁을 치를 수는 없고… 그들은 결국 송강 상류를 건널 테니 그곳에서 싸우겠어요."

"수공! 좋은 전략입니다. 전력의 열세를 충분히 만회할 수 있을 겁니다."

"전력의 열세를 만회하기보다는 전력의 손실을 최소화하기 위한 선택이지요."

연이설이 미소를 지었다.

"정말 그들의 공격을 확신하고 계셨군요?"

그러자 연이설이 고개를 끄떡였다.

"솔직히 말하면 그들이 예상 공격로까지 생각해 둘 만큼요.

아무튼 그래도 그들이 움직임이 예상보다는 빠르군요. 하루 정
도는 왕의 섬에 묵어 갈 여유가 있을 거라 생각했는데……."

연이설이 아쉬운 표정으로 말했다.

비룡성의 공격이 시작되었다면 한시라도 빨리 이궁으로 돌아
가야 했다. 아니면 그녀가 생각하는 전장터인 송강 상류로 바로
가야 할 수도 있었다.

"나도 아쉽지만 공주님을 잡을 수 없는 상황이군요. 전위! 떠
날 준비를 서둘러라. 공주께서는 배에 오르셔서 반 시진만 전위
를 기다려 주십시오."

독안룡이 연이설에게 말했다.

"그렇게 하죠. 그리고… 정말 감사드려요. 대제자분을 동행시
켜 주시는 호의까지는 기대조차 못 했는데……."

"아닙니다. 기왕에 도와드리는 것 제대로 해야지요. 또… 이
아이의 특별한 부탁도 있고……."

독안룡 탑살이 무한을 보며 말했다.

그러자 연이설이 미소를 지으며 대답했다.

"역시 칸 무사님의 도움이 컸군요."

"아닙니다. 제가 부탁드리지 않았어도 사부님은 이설 님을 도
왔을 겁니다."

무한이 얼른 고개를 저었다.

"그래도요. 이번 일은 칸 무사님이 안 계셨다면 애초에 성사되
기 어려운 일이었을 거예요. 정말 감사드려요. 그리고… 함께 가
지 못해서 조금 아쉽군요."

연이설이 진심으로 서운한 표정을 지었다.

그러자 무한이 머리를 긁적이며 말했다.

"저야 뭐. 묵룡대선에서는 애송이라서… 이런 큰일은 역시 전위 대사형께서 하셔야죠."

"이 녀석! 일을 미루는 말재주도 늘었구나. 내가 공주님과 가면 넌 또 놀러 다닐 것 아니냐?"

전위가 웃으며 무한을 타박했다.

"놀다뇨? 그렇게 말씀하시면 서운하죠. 다 수련의 일환입니다. 사부님이 허락하신!"

무한이 얼른 대꾸를 했다.

그러자 전위가 자리에서 일어나며 말했다.

"수련이라! 후후, 그렇게 쉬지 않고 수련하다가는 곧 우리 사형제들 모두 네게 무공을 배워야 할지도 모르겠다. 지금도 널 상대할 형제들이 몇 없는데… 아무튼 기회가 되면 따라오너라. 혼자 놀지만 말고! 공주님! 그럼 반 시진 뒤에 뵙겠습니다."

전위가 말하자 연이설이 얼른 대답했다.

"그렇게 하죠. 아뇨! 천천히 준비하세요. 얼마든지 기다릴 수 있으니까요. 너무 서둘지 마시고……."

"아닙니다. 반 시진이면 충분합니다. 그럼!"

전위가 가볍게 고개를 숙여 보이고는 서둘러 탑살의 거처를 벗어났다.

전위가 나가자 탑살이 연이설을 보며 말했다.

"그럼 서둘러 배로 가시지요. 떠나실 때 인사는 따로 드리겠습니다. 칸! 넌 잠시 남거라. 할 말이 있으니."

"예, 선장님!"

무한이 대답을 하자 연이설이 아쉬운 듯 자리에서 일어났다.

"칸 무사님도 작별 인사는 하실 거죠?"

"그럼요. 조금 있다 뵐게요."

무한이 대답하자 연이설이 만족한 듯 탑살에게 고개를 숙여 보이고 밖으로 나갔다.

"다들 나가서 일들 보게. 난 칸과 할 말이 있으니."

전위와 연이설이 나가자 탑살이 실내에 있던 묵룡대선의 수뇌들에게 말했다.

묵룡대선의 수뇌들이 그의 명에 따라 일제히 자리를 떠나자 탑살의 거처가 조용해졌다.

"이제 어떻게 할 생각이냐?"

사람들이 물러가자 탑살이 물었다.

무한이 잠시 생각에 잠겼다가 탑살에게 되물었다.

"글쎄요. 어떻게 해야 할까요?"

"그건 네 마음에 달렸지. 내가 어떻게 빛의 술사의 행보를 결정하겠느냐?"

"그냥… 충고라 생각하시고 가르침을 주신다면요?"

"음… 그것 역시 어렵구나. 너와 내가 살아가는 방식이나 목표가 다르니까. 하지만 그럼에도 불구하고 네가 내 충고를 바란다면… 난 네가 녹산연가와 아니, 이젠 부활한 천록의 왕국이라고 해야 할까? 그들과 비룡성의 싸움을 지켜봤으면 한다."

"이유를 여쭈어도 되겠습니까?"

"그 전에 네 생각을 듣고 싶구나. 넌 당연히 천록의 왕국이 이 싸움에서 승리하기를 바라겠지?"

"그야 당연한 일이지요."

무한이 대답했다.

"그 전쟁에 네 의모가 온다면, 그녀의 죽음을 원하느냐?"

탑살이 정색을 하며 물었다.

"그건……."

탑살의 물음에 무한이 쉽게 대답하지 못했다.

원망스러운 계모 주란이다. 하지만 그렇다고 그녀의 죽음을
원하지는 않았다. 적어도 그에게는 아버지의 부인이었으므로.

"그런 이유로 네가 그 싸움을 지켜보길 바란다. 아마도… 천록
의 왕국이 승리를 하겠지. 공주가 이미 예측하고 준비를 한 싸
움이니까. 그 경우 혹시라도 네 계모의 목숨이 위험할 수도 있
다. 그럼 그때 네가 할 일이 있지 않겠느냐? 그리고 두 번째 이
유는… 그들이 공주를 찾아올 수 있으니까."

"신무종 말이군요?"

"음… 그 경우에도 어쩌면 네 도움이 필요할 수도 있다. 비록
호천백검이 공주 옆에 있다 해도… 어차피 네가 그들의 일에 관
여하기 시작한 이상은……."

탑살의 말에 무한이 천천히 고개를 끄떡였다.

"그렇군요. 어느새 그렇게 되어버렸군요."

제10장

물의 전쟁

    배에서 내린 무한은 연이설과 전위를 태운 녹산연가의 배가 대하강을 거슬러 오르는 것을 한동안 지켜봤다.

    연이설과 전위 역시 무한의 모습이 보이지 않을 때까지 배의 후미에 서 있었다.

    연이설이 가끔 손을 흔든 것은 뜻밖의 일이지만, 그렇다고 그리 싫은 느낌은 아니었다.

    그럼에도 불구하고 두 사람을 보내는 무한의 마음을 무거웠다.

    "뭔가… 위험한 것들이 자꾸 밀려오는 느낌이야. 벗어날 수 없는 태풍 같은……."

    무한이 중얼거렸다.

    가끔 운명이란 놈은 사람이 피하거나 거부할 수 없는 현실을 가지고 불쑥 다가온다.

그 운명이 닥쳤음을 알아챘을 때는 이미 피하기에는 너무 늦어 소용돌이에 휘말리고 마는 것이 사람이 인생이었다.

돌이켜 보면 무한의 짧은 삶 역시 마찬가지였다.

어머니의 죽음, 아버지의 죽음, 그리고 독안룡의 제자가 되고, 또 위대한 전설 빛의 술사의 전인이 되는 것까지 그의 의지로 만들어진 삶은 거의 없었다.

그리고 그건 빛의 술사의 전인이라는 강력한 힘을 가지게 된 지금도 마찬가지였다.

거대한 시간의 흐름에서 보면 인간의 능력이란 자기 목숨 하나 지키기도 어려운 것일지도 모른다.

"뭘 그렇게 생각하십니까?"

멀어지는 녹산연가의 배를 지켜보며 조금은 우울한 상념에 빠져 있던 무한의 등 뒤에서 이공의 목소리가 들렸다.

"오셨군요?"

무한이 이공과 용노 일행을 반갑게 맞았다.

"조금 전부터 저쪽에서 기다리고 있었습니다. 다만 술사님의 시간을 방해하고 싶지 않아서 잠시 대기했지요."

"아, 그런가요? 바로 오셨어도 상관없었는데……."

무한이 빙그레 미소를 지었다.

"그런데 정말 무슨 생각을 그리 골똘히 하셨습니까? 안색이 조금 어두워 보이시던데……?"

이공이 걱정스럽게 물었다.

"그냥… 이 땅에 다시 거대한 태풍이 시작되는구나 싶어서요. 사람이 거역할 수 없는……?"

"정말 무슨 일이 벌어진 겁니까?"

이번에는 용노가 물었다.

"비룡성이 녹산연가의 이궁을 치기 위해 전사들을 움직였다고 하더군요."

"비룡성요? 뜬금없이 왜……?"

"짐작컨대 그들의 사주를 받은 것 같아요."

무한이 담담하게 대답했다.

"그들이라면… 아! 신무종 말이군요?"

"예, 그렇지 않다면 이렇게 갑작스럽게 녹산연가를 공격할 이유가 없지요."

"음… 신무종에서 공주를 시험하려는 것이군요, 짐작대로."

용노가 고개를 끄떡였다.

"그런 것 같습니다."

"시험치고는 거칠군요. 비룡성이라면 현재 육주에서 손꼽히는 세력인데… 야심도 대단하고. 공주가 그들의 공격을 감당할 수 있을까요?"

용노가 물었다.

"놀랍게도 그럴 것 같더군요. 그녀는 이미 비룡성의 공격을 예상하고 있었습니다. 그래서 송강 상류 인근에서 그들을 막을 대비를 이미 하고 있었고요."

"어이쿠야, 정말입니까?"

용노가 믿을 수 없다는 듯 되물었다.

"그렇다고 하더군요. 다만 그녀가 예상한 것보다 조금 빠르긴 하다고 하더군요."

무한이 침착하게 대답했다.

"그렇군요. 그런데 왕의 섬에서의 일은 어찌 되었습니까? 독안 룡님의 인정은 받은 겁니까?"

용노가 뒤늦게 왕의 섬에서의 일을 물었다.

"인정을 하신 것에 더해 대사형과 일대 출신 용전사들을 공주 님과 함께 보내셨어요."

"그럼 독안룡도 육주의 쟁투에 참여하는 겁니까?"

용노가 놀란 표정으로 되물었다.

그들의 예상은 독안룡은 절대 육주의 패권 다툼에 직접 참여 하지 않을 거란 것이었다.

평소 독안룡 탑살의 성정과 행보를 조금이라도 주의 깊게 살 핀 사람이라면 누구나 할 수 있는 예상이었다.

그런데 그런 그가 자신의 대제자를 연이설에게 딸려 보냈다면 그건 곧 육주의 권력 쟁투에 그 역시 참여하겠다는 의미였다.

"그건 아니고요. 사부님이 공주님을 인정한다는 증거를 좀 더 명확하게 보여주기 위함이라고 하셨어요. 소문만으로는 부족하 다고 하시면서… 그래서 겨우 다섯 명만 보낸 것이고요."

"음, 그렇군요. 그래도 조금 의외기는 합니다. 공주 곁에 있으 면 자연히 그녀의 싸움에 관여할 수밖에 없을 텐데……."

용노가 중얼거렸다.

"그런 면은 있지요."

무한도 고개를 끄떡였다.

"술사님은 어쩌실 생각이십니까?"

용노와의 대화를 듣고 있던 이공이 물었다.

"송강 상류로 가보려고요."

무한이 대답했다.

"역시… 그래야겠지요? 공주를 도울 생각이신가요?"

이공이 다시 물었다.

"싸움은 그녀의 승리로 끝날 겁니다. 그녀의 표정에서 자신감을 느꼈어요. 오래 준비한 자만이 가질 수 있는 자신감이었습니다. 반면 비룡성은 신무종의 사주를 받아 급하게 공격에 나섰으니 버티지 못할 겁니다."

"그럼… 그곳으로 가는 것은 역시……?"

"어떤 경우라도 그분이 죽는 것은 원치 않으니까요."

무한이 대답했다.

그러자 이공이 길게 한숨을 내쉬었다.

"후우… 참 마음도 약하십니다."

"싸움을 돕는 것은 아니니까요. 다만… 그래도 한때 제 어머니였던 분이니까."

"그렇게 모진 어머니도 있습니까?"

이번에는 용노가 퉁명스럽게 물었다.

그도 무한과 계모 주란 사이에 일어난 일을 잘 알고 있었다.

"한동안은… 형식적으로나마 잘 지낸 적도 있지요. 아버지가 파나류로 가기 전에는……."

무한이 씁쓸하게 말했다.

"에휴, 난 모르겠습니다. 그렇게 이어져야 하는 인연이신지."

용노가 고개를 저었다.

그는 계모 주란을 걱정하는 무한을 이해하기 어려운 모양이었다.

"불편하시면 이곳에 남아 계세요. 저 혼자 가도 되는 일이니."

무한이 말하자 용노가 얼른 고개를 저었다.

"아니, 그건 아니지요. 싸움 구경은 당연히 해야죠."

*   *   *

이천 기의 정예 기병이 송강 상류에 닿아 걸음을 멈췄다.

새로 만든 듯 햇빛에 반짝이는 갑옷들, 북방의 찬바람에 단련된 강인한 말들, 그리고 그들의 눈에 일렁이는 욕망까지, 전쟁을 치를 준비가 완벽하게 끝난 기병들이었다.

그들 속에서 여인 주란은 홀로 화려한 마차 위에 앉아 이동하고 있었다.

마차라고는 하지만 마차보다는 말이 끄는 가마에 가까운 모습이다.

사방이 트여 있고, 오직 비나 따가운 해를 가리는 지붕만 얹혀 있는 마차는 그럼에도 불구하고 안락하기 이를 데 없었다.

바닥에는 귀한 모피가 깔려 있고, 신선한 과일들이 놓여 있으며, 한쪽에는 여러 가지 책자와 서신까지 있었다.

그리고 그 마차를 중심으로 검은 빛이 도는 전사들 수십 명이 바늘 하나 들어갈 틈 없이 마차를 지키고 있었다.

"주모! 송강에 도착했습니다."

기병의 선두가 강에 막혀 걸음을 멈추자 마차를 호위하던 검은 전사들 중 한 명이 주란에게 다가와 고했다.

"수량은 어떤가요?"

주란이 물었다.

"그리 깊지 않은 듯합니다. 운이 좋으면 뗏목이나 배가 없어도 말을 타고 건널 수 있을 것 같습니다."

검은 전사가 대답했다.

"좋아요. 그럼 가서 모간 대전사를 불러오세요."

"알겠습니다."

주란의 명을 받은 검은 전사가 고개를 숙여 보이고는 바람처럼 주란 앞에서 사라졌다.

그러자 주란이 마차 위에서 일어나 기병들 머리 위로 보이는 송강을 바라보며 중얼거렸다.

"그 아이가 그렇게 똑똑하다지? 재미있는 싸움이 되겠어. 가급적 사로잡는 것이 좋겠지. 동생에게는 여러 부인이 있지만 천록의 왕국의 공주야말로 비룡성의 성주 부인으로 가장 잘 어울리는 신분이니까."

주란의 얼굴에 가벼운 미소가 지나갔다.

그녀는 녹산연가의 양녀로 자란 연이설이 아무리 뛰어나다 해도 충분히 상대할 자신이 있었다.

패배라는 것은 아예 그녀의 머릿속에 없었다.

대신 그녀의 머리에는 녹산연가와 연이설을 제압한 후 만들어나갈 비룡성의 왕국에 대한 꿈으로 부풀어 있었다.

연이설을 사로잡아 비룡성주인 자신의 동생의 부인으로 만든 다면 비룡성은 한순간에 육주의 최강자로 등극할 수 있었다.

더군다나 그동안 이왕사후를 후원했던 신무종의 후원까지 받는 비룡성이었다.

그녀의 계획대로만 일이 진행되면 비룡성은 과거 육주를 지배한 천록의 왕국 이상의 대제국을 건설할 수도 있었다.

그래서 성에 머물러 있으라는 동생의 강한 만류에도 불구하고 그녀 스스로 전쟁터로 나온 것이다.

비룡성이 거대한 왕국을 만들어가는 과정을 자신의 눈으로 직접 보고 싶었던 것이다.

"아가씨! 찾으셨습니까?"

백발이 서성한 노전사가 찬란한 미래를 꿈꾸는 주란 앞에 나타났다.

노전사는 주란보다 수십 살은 많아 보였지만 주란을 대하는 모습이 무척 조심스러웠다.

노전사의 이름을 모간, 녹산연가를 공격하기 위해 출병한 비룡성 원정대의 총지휘관이었다.

물론 실질적으로는 주란이 원정대의 대소사를 결정하고 있었지만.

"어서 오세요, 대전사님! 바로 강을 건너실 생각이신가요?"

주란이 모간에게 물었다.

"아닙니다. 오늘은 이곳에서 숙영하고 내일 정예 기병 삼백을 먼저 도강시킬 생각입니다. 이후 강 남쪽에 안전한 상륙지를 확보한 후 모든 전사들을 이동시키겠습니다."

"역시 대전사님은 방심이 없으시군요."

주란이 믿음직한 눈으로 모간을 보며 말했다.

"그게 이 늙은이가 지금까지 목숨을 부지한 유일한 방법이지요."

늙은 대전사 모간이 미소를 지으며 대답했다.

"호호! 이 싸움은 걱정할 게 없겠군요. 대전사께서 이렇게 농담까지 하실 정도면 충분히 자신이 있다는 뜻일 테니까요? 그렇죠?"

주란이 물었다.

"아무리 강하다 한들 녹산연가는 결국 상가입니다. 절대 본성의 이천 정예병을 당해낼 수 없습니다. 더군다나 여기 사 대장이 이끄는 오사성의 뛰어난 전사들도 합류했으니 절대 질 수 없는 싸움입니다."

모간이 주란을 호위하던 검은 전사를 가리켜 말했다.

그러자 검은 전사가 모간에게 가볍게 고개를 숙여보였다.

"그렇죠. 저 역시 사 대장과 오사성의 전사들에 대한 믿음이 커요. 최악의 경우에도 결국 날 지켜줄 것이니까요. 그렇죠?"

주란이 검은 전사를 보며 물었다.

그러자 오사성 출신의 전사 사도한이 대답했다.

"걱정 마십시오. 어떤 경우라도 주모님을 지킬 것입니다. 물론, 그런 위험이 생길 여지도 없지만……"

"그래요. 역시 사 대장이 있으니 제가 든든해요."

주란이 묘한 눈빛으로 검은 전사를 보며 말했다.

그 눈빛은 결코 자신의 호위 무사를 보는 눈이 아니었다. 그녀의 눈에는 검은 전사에 대한 정염의 빛이 담겨 있었다.

"그럼 일단 숙영을 명하겠습니다."

주란과 검은 전사 사이에 만들어진 묘한 기운을 아는지 모르는지 대전사 모간이 주란에게 말했다.

"그렇게 하세요."

주란이 고개를 끄떡였다.

그러자 모간이 고개를 숙여 보인 후 자리를 물러났다.

모간이 물러가자 사 대장이라 불린 검은 전사가 호위 무사들을 보며 명을 내렸다.

"모두 들었느냐? 오늘 이곳에서 숙영한다. 서둘러 주모께서 쉬실 곳을 준비하라!"

"옛, 대장!"

사내의 명에 검은 전사들이 일제히 대답하고는 재빨리 숙영할 준비를 하기 시작했다.

그 모습을 보고 있던 주란이 검은 사내를 불렀다.

"사 대장."

"예, 주모!"

"아, 그 주모라는 말은 듣기 싫은데, 특히 당신에게선."

주란이 그윽한 눈으로 검은 전사를 보며 말했다.

"주변에 눈이 많습니다."

"그게 무슨 상관인가요? 모두 우리 사람들인데……."

"그래도."

"하여간 사 대장은 너무 신중해서 탈이에요."

"아직은 모든 것을 조심할 때입니다. 오사성의 늙은 장로들 눈이 어딘가에 있을 가능성이 충분하니까요."

검은 전사가 말했다.

"후우… 그렇긴 하군요. 그 늙은이들! 이 전쟁이 끝나면 바로 오사성으로 가야겠어요. 그리고 그 늙은이들을 정리해야겠지요. 이 전쟁에서 승리하면 그들의 도움 따위는 더 이상 필요 없을 테니까요. 그때가 되면… 사 대장이 그들을 대신해 오사성을 지켜주세요."

"물론… 주모님의 명이시라면!"

검은 사내가 욕망과 탐욕이 묻어나는 눈으로 주란을 바라보며 대답했다.

*　　　　*　　　　*

무한은 송강 상류 북변에 비룡성 전사들의 숙영지가 꾸려지는 것을 신화산맥의 서쪽 끝자락에서 지켜보고 있었다.

육주를 척추처럼 가르는 두 개의 대산맥 중 북쪽의 삼룡대산맥이 끝나고 중남부의 신화산맥이 시작되는 지점이었다.

당연히 고산준령에서 시작되어 거대한 송강을 이루는 격류들이 사방에서 모여드는 곳이기도 했다.

그럼에도 불구하고 올 봄의 가뭄 때문인지 송강 상류의 수량은 무척 적어 보였다.

평소라면 배나 뗏목, 혹은 부교를 놓아야 도강이 가능한 곳이지만, 지금의 수량이라면 기마를 한 채 강을 건너기에 충분할 정도였다.

물론 강의 중심은 말과 사람이 잠시 헤엄을 쳐야겠지만 그 거리가 겨우 이삼십여 장에 지나지 않았으므로 굳이 도강에 배를 이용할 이유가 없었다.

더군다나 강 남쪽에는 도강을 저지하는 적조차 보이지 않았다.

그래서 비룡성의 전사들은 편한 마음으로 강 북쪽에 숙영지를 구축하고 이른 잠자리에 들고 있었다.

"그녀는 대체 어떤 준비를 해두었다는 걸까요?"

이맥이 주변을 둘러보며 중얼거렸다. 분명히 연이설이 비룡성의 공격을 예측하고 이 부근에서 적을 맞을 준비를 했다고 했었다.

무한이 전한 말이니 잘못 들은 말은 아닐 터, 그런데 비룡성 전사들이 도강을 준비하는 부근에선 녹산연가의 전사들을 전혀 찾아볼 수 없었다.

"그러게 말이다. 이상한 일이구나. 이곳을 반격의 지점으로 정한 것이 아니었나?"

이공도 중얼거리며 고개를 갸웃했다.

"수량이 적어서 혹 수공을 준비하나 했더니 그도 아닌 모양입니다. 올 봄 가뭄이 심해서 수량이 줄은 것이지 위쪽에 둑을 쌓은 것은 아닌 듯합니다."

보통 도하를 준비하는 적을 공격하는 수법 중 가장 흔하게 쓰

이는 것이 강 상류에 임시로 둑을 쌓아 물을 모아둔 후 적이 도
강할 때 둑을 허물어 수공을 하는 것이었다.

그러나 지금은 송강 상류에는 그런 둑도 없는 듯했다.

"눈에 보이는 준비를 해두었을 리는 없네. 비룡성 정도의 성에
서 그에 대한 대비를 하지 않았을 리도 없고……."

용노가 말했다.

"그럼 대체 어떤 준비를 해 둔 걸까요?"

이맥이 물었다.

"글쎄다. 나도 그건 짐작하기 어렵구나. 이거 점점 호기심이
돋는구나."

용노가 기습을 하는 자들의 숙영지답지 않게 밝게 불을 밝힌
비룡성의 진영을 바라보며 말했다.

사실 무한도 혼란스럽기는 마찬가지였다.

그도 연이설이 송강 상류를 적과 싸울 전쟁터로 정했다고 했
을 때는 당연히 수공을 생각했었다.

그러나 이공 등의 말처럼 근처 어디에도 수공을 준비한 흔적
이 보이지 않았다.

'알 수 없군. 무슨 생각을 하는 것이지? 그렇다고 도하하는 적
을 공격할 전사들을 숨겨둔 것도 아니고…….'

무한이 육감을 모두 동원해 살펴도 주변에서 녹산연가 전사
들의 흔적을 발견할 수 없었다.

비룡성의 기마 전사가 이천이다.

그 정예 전사들을 상대하려면 반드시 적지 않은 숫자의 전사

가 필요했다.

그런 전력을 움직였다면 무한의 육감에 걸리지 않을 수 없었다.

빛의 술사로서 무한의 감각은 최근 최고조에 이르고 있었다.

"무슨 생각이 있겠지요. 어쩌면 저 산속 어딘가에 그녀와 녹산연가의 전사들이 숨어 있을 수도 있고……."

이공이 등 뒤의 거대한 신화산맥 준령들을 바라보며 말했다.

"우리도 어디 가서 좀 쉬죠?"

이맥이 피곤한 표정으로 물었다.

그도 그럴 것이 무한 일행은 천록항을 떠난 후 쉬지 않고 말을 달려온 뒤였다. 그래서 말과 사람이 모두 적지 않게 피곤한 상태였다.

"그러자꾸나. 저기 마땅한 장소가 있군. 가시죠, 술사님!"

이공이 무한을 보며 말했다.

*   *   *

모두가 기대했던, 혹은 경계했던 밤의 기습도 없었다. 그리고 아침 일찍 숙영지를 떠난 삼백 명의 비룡성 전사들이 예상대로 송강 상류의 격류를 뚫고 도강을 시도했을 때도 마찬가지로 어떤 공격도 없었다.

그래서 삼백 기의 기마 전사들은 아무런 방해 없이 송강을 건너 강 남쪽 강변에 급하게 상륙처를 구축할 수 있었다.

그 이후로는 일사천리, 반나절이 지나기 전에 비룡성의 전사들 모두가 강 북쪽에서 강 남쪽으로 도강을 완료했다.

어떤 방해도 없었으므로 그들의 도강은 예상보다도 훨씬 이른 시간에 끝이 났다.

그래서 비룡성의 고민도 새로 시작됐다.

원래의 계획은 도강 후 강 남쪽에 숙영지를 구축하고 다시 하룻밤을 보내는 것이었다. 도하에 적의 방해가 있을 것을 예상하고 세운 계획이었다.

하지만 예상과 달리 적의 그림자도 보이지 않은 덕에 이른 도강이 끝나자 강 남쪽에서 다시 하루를 보내는 것이 시간 낭비로 느껴질 수밖에 없었다.

할 수 있다면 최대한 빨리 옛 천록의 제국 왕궁 터에 도착해 녹산연가에서 세운 이궁을 점령하는 것이 비룡성의 목표였다.

시간이 길어질수록 녹산연가가 대비할 시간이 늘어나기 때문이었다.

그런 비룡성에 반나절은 낭비하기 어려운 시간이었다.

그래서 결국 비룡성의 수뇌들은 반나절의 전진을 선택했다.

남쪽 강변에 숙영지를 구축하는 대신 기마 전사들이 최대한 남쪽으로 전진하는 것을 선택한 것이다.

이천의 기마 전사들이 신화산맥의 서쪽 경계선을 따라 이동했다.

산세가 험한 지형은 피했지만, 신화산맥 자락의 힘은 남아 있어서 깊은 숲과 크고 작은 계곡들을 지나야 하는 것은 어쩔 수 없었다.

그렇지 않고는 행로를 줄일 수 없기 때문이었다.

다행히 수년, 혹은 수십 년 동안 전쟁터에서 단련된 비룡성의 전사들은 능숙하게 숲과 계곡을 관통했다.

그리고 어느덧 석양이 물들어가는 시간이 찾아왔다.

그러자 비룡성 원정대를 이끄는 대전사 모간의 명이 들려왔다.

"앞에 보이는 초지에서 숙영한다. 계곡에서 삼십여 장 거리를 두고 숙영지를 구축하라!"

길게 이어졌던 숲을 빠져나오자 모습을 드러낸 작은 계곡은 흐르는 물이 많지는 않았지만, 말에게 물을 먹이고 전사들이 밥을 짓기에는 충분했다.

그리고 계곡 주변으로는 파릇한 초지가 넓게 펼쳐져 있어서 숙영지를 구축하기에도 용이했다.

대전사 모간이 이곳을 숙영지로 정한 것은 당연한 일이었다.

모간의 명에 따라 비룡성의 전사들이 걸음을 멈추고 하루 쉬어 갈 숙영지를 구축하기 시작했다.

*   *   *

"이곳이군요."

비룡성 전사들이 걸음을 멈추자 함께 움직임을 멈춘 무한이 문득 입을 열었다.

"무슨 말씀이세요? 이곳이라뇨?"

소의가 의아한 표정으로 물었다. 무한이 밑도 끝도 없는 말을 내뱉었기 때문이었다.

"이설 님이 선택한 전쟁터요."

무한이 대답했다.

"저곳이 그곳이란 말입니까?"

소의가 다시 물었다.

"그렇습니다."

"…기습을 하기에 좋은 곳이 아닌 것 같은데요? 초원이 제
법 넓어서 경계병을 속이고 접근하는 것이 불가능한데 어떻
게……?"

소의의 의문은 일행 모두가 가지고 있는 것이었다.

비룡성 전사들이 숙영지를 구축한 곳은 계곡을 따라 펼쳐진
초원이었다.

계곡이라고는 하지만 한여름 비가 많이 오면 제법 큰 강으로
변할 곳이라 그 옆으로 펼쳐진 초지는 수천 명의 전사들이 숙영
지를 구축할 만큼 넓었다.

덕분에 사방으로 시야가 트여 있어서 몰래 접근하기가 거의
불가능한 지형이었다.

아마 비룡성의 대전사 모간도 그런 이유로 그곳에 숙영지를
구축했을 것이다.

하지만 무한은 이곳이 연이설이 선택한 전쟁터라는 것을 확신
하고 있었다.

"…물 냄새가 나요."

무한이 엉뚱한 대답을 했다.

"물… 냄새요? 그게 무슨……?"

소의가 어리둥절한 표정으로 물었다.

"물은 수량에 따라 다른 냄새를 만들지요. 냄새라기보다는 공기 중에 만들어지는 습도의 차이랄까. 그 습도 차이가 주변의 수목과 어우러져 각기 다른 냄새를 만들지요. 저 계곡 상류에 제법 많은 물이 가두어져 있을 겁니다."

무한이 비룡성 전사들의 숙영지 앞을 흐르는 작은 계곡을 바라보며 말했다.

"그럼 설마 수공을 하려던 곳이 송강 본류가 아니라……?"

소의가 다시 물었다.

"그런 것 같군요. 아마도 송강 본류를 막게 되면 쉽게 눈에 띌 것을 염려한 것 같아요. 이런 송강의 지류라면 비룡성도 방심을 할 것이고……."

"하지만 계곡의 크기로 봐서 과연 비룡성에 타격을 줄 만큼의 물을 모을 수 있겠습니까?"

용노가 다른 의문을 드러냈다.

그의 말대로 비룡성 전사들의 숙영지 앞을 흐르는 계곡은 너무 좁아서 상류를 막아 물을 모은다고 해도 적에게 타격을 가하기 불가능할 것 같았다.

그러자 무한이 손을 숙영지 주변을 가리켰다.

"초원을 자세히 보세요. 풀의 높이가 계단식으로 달라집니다."

무한의 말에 다른 일행이 석양에 물들어가는 초지를 자세히 살폈다.

그러다가 이번에는 이공이 입을 열었다.

"아, 정말 그렇군요. 마치 계단식으로 이뤄진 산비탈의 밭처럼… 왜 저런 모습이 되었을까요?"

"물이 빠진 시기가 다르다는 겁니다. 또한 초지가 만들어진 시기가 꽤 오래되었다는 뜻이기도 하지요. 그렇게 가장 멀리까지 물이 있었을 거라고 계산하면 사실 저 계곡은 처음에는 꽤 많은 수량을 가진 계곡이었을 겁니다."

무한이 침착하게 자신이 생각하는 것을 설명했다.

그러자 이공이 놀란 표정으로 말했다.

"그 말씀대로라면 공주는 적어도 서너 달 전부터 상류에 물을 가두기 시작했다는 뜻인데요. 그게… 가능한 일입니까? 사람이 어떻게 몇 달 후의 일을 예상하고……."

"처음 이설 님을 만났을 때, 이설 님이 한 말이 생각나네요. 그때 이설 님은 육주의 패권을 노리는 성 중 한 곳을 상대로 완벽하게 승리하는 것이 천록의 왕국을 재건하는 일의 첫 번째 시작이라고 했습니다. 그렇게 한 번의 전쟁에서 크게 승리하고 난 후 자신을 천록의 왕국의 후계자로 선언하면 천록의 왕국을 그리워하는 수많은 전사들이 한순간에 모여들 것이라고 했지요."

무한이 침착하게 설명했다.

그러자 이공이 두려운 표정으로 중얼거렸다.

"그 말씀대로라면 공주는 왕국의 재건을 알리는 싸움의 상대로 애초부터 비룡성을 염두에 두고 있었다는 뜻이군요. 신무종의 고수들이 찾아오기 전부터 말입니다."

"아마도 그런 듯하군요."

무한도 이공의 의견에 동의했다.

"후우… 그렇다면 생각보다 훨씬 무서운 사람이군요. 공주
는… 몇 달 후의 싸움을 미리 준비하는 치밀함이란."

이공이 고개를 절레절레 저으며 말했다.

"천년 왕국의 재건을 꿈꾸는 사람 아닌가. 그런 정도의 치밀
함은 있어야겠지."

용노가 대답했다.

그러자 무한이 주변을 돌아보며 말했다.

"우린 조금 더 위쪽으로 올라가야 할 것 같군요. 수공으로 싸
움이 시작되면 이곳까지 싸움터로 변할 수 있으니까요."

무한의 말에 용노와 이공이 고개를 끄떡였다. 그들이 있는 정
도의 높이라면 불어난 물을 피해 도주한 비룡성 전사들이 올라
올 높이였다.

"어디로 갈까요?"

이맥이 물었다.

"저쪽 절벽 위가 좋겠어요. 그곳까지야 누구든 쉽게 올라올
수 없을 테니까요."

무한이 동쪽으로 이어진 가파른 절벽을 가리키며 말했다. 그
의 말처럼 도주하는 자나 추격하는 자나 누구도 쉽게 오를 수
없는 지형이었다.

"조금 위험해 보여도 안전한 곳이 좋기는 하지요. 가시지요."

용노가 먼저 걸음을 옮기며 말했다.

*　　　*　　　*

장대한 세월을 버텨온 대신화산맥에서 차가운 밤공기가 밀려 내려왔다.

　간단한 저녁 요기 후 굵고 오래된 나무 등걸에 등을 기대고 앉아 휴식을 취하고 있던 무한이 자신도 모르게 냉기를 막으려고 옷깃을 추슬렀다.

　여행을 위해 가지고 다니던 모포를 꺼낼까도 생각했지만, 오늘 밤 반드시 움직일 거라는 확신이 있기에 괜한 일을 벌이고 싶지는 않았다.

　그렇다고 불을 피울 수도 없었다. 불을 피우면 비룡성이든, 혹은 기습을 노리고 있을 녹산연가의 전사들이든 어느 쪽에서든 무한 일행을 발견할 것이다.

　무한은 적어도 지금은 이 싸움에서 자신이 어떤 변수가 되는 것을 원치 않았다. 오직 한 경우를 제외하고는.

　'풋, 우스운 일이기는 하네.'

　무한이 가볍게 실소를 흘렸다. 그가 이 싸움에 관여할 두 가지 경우가 모두 양쪽 수장으로 있는 두 여인과 관련이 있기 때문이었다.

　연이설과 주란, 두 사람의 목숨은 지키는 것, 그것이 유일하게 그가 이 싸움에 관여할 이유였다.

　실소가 나올 수밖에 없는 상황이었다. 생사 대전을 벌이는 양쪽 수뇌의 목숨을 동시에 지키려는 무한의 처지는 누가 봐도 이해하기 어려웠다.

　사실 이런 상황은 무한 자신에게도 달가운 것이 아니었다. 생각해 보면 굳이 자신이 두 사람의 목숨을 구할 이유도 없었다.

마음이야 어떻든 연이설과는 실질적으로 깊은 유대를 쌓은 것도 아니고, 주란은 더 말할 것도 없었다.

검을 들고 달려가 과거 당했던 고난과 수치에 대한 대가를 받아내겠다고 해도 이상할 것이 없는 사이가 주란과의 관계였다.

그러나 그럼에도 불구하고 무한은 두 사람을 살려야 한다는 본능을 거부하지 못하고 있었다.

주란에 대해서는 어떤 의무감 같은 것이, 연이설에 대해서는 그녀를 보호해야겠다는 본능적인 감정이 앞서는 무한이었다.

그래서 그는 두 세력 사이에서 이 기이한 기다림을 견디고 있었다.

누가 봐도 이상한 결정을 한 무한이지만, 빛의 술사를 지키는 사람들, 용노와 이공, 그리고 이맥과 소의는 덤덤하게 무한의 결정을 받아들였다.

평생 고립된 삶을 살아온 그들이지만, 사람의 마음이란 것이 그 자신의 생각처럼 움직이지 않는다는 것을 누구보다 잘 알기 때문이었다.

그들 역시 떠나면 그만인 업(業), 빛의 신전을 지키는 문지기 노릇을 괴로워하면서도 평생 견뎌냈기 때문이었다.

하지만 그런 마음으로도 한밤의 냉기를 견디며 싸움이 일어나기를 기다리는 일은 지루한 일이었다.

"정말 오늘 공격할까요?"

이맥이 기다림에 지쳤는지 입을 열었다. 그러자 이공이 퉁명스럽게 대답했다.

"아니면 기회가 없지 않겠느냐? 내일이면 비룡성의 원정대는 이곳을 떠날 텐데."

"물을 막지 않았다면요?"

이맥이 되물었다.

"감히 술사님의 판단을 못 믿는 거냐?"

이공이 되물었다.

"아니, 그게 아니라……."

이맥이 슬쩍 무한의 눈치를 보며 말을 얼버무렸다.

그런데 그 순간 무한이 자리에서 일어났다.

"시작됐군요."

"예? 정말요?"

이맥이 되물었다.

그러자 무한이 미소를 지으며 말했다.

"예. 맥 형님도 이젠 절 믿으셔야 될 것 같아요."

"아니, 무슨 그런 서운한 말씀을! 제가 언제 술사님을 못 믿었다고 그러십니까? 그냥 지루해서 한 말을……."

"이 녀석아, 궁색한 변명은 하지 않는 게 나아! 자, 그럼 움직여 봅시다!"

이공이 이맥에게 퉁명스레 말을 내뱉고는 자리에서 일어나며 기지개를 켰다.

＊   ＊   ＊

고오오!

산과 산 사이를 가르는 계곡 위쪽에서 공기가 밀려오는 소리가 들렸다.

그것이 거대한 물이 만들어내는 공기의 흐름 때문이라 생각을 하는 비룡성 전사들은 없었다.

그 소릴 들은 전사들은 대신화산맥의 고산준령이 만들어 내는 밤바람 소리라고 생각했다.

그래서 옷깃을 여며 한기를 막기는 했지만, 계곡 상류에서 물이 밀려와 자신들을 공격할 거라고는 누구도 생각지 않았다.

하지만 운명의 신은 가혹했다.

한순간 공기의 흐름 소리가 거대한 바람처럼 변했고, 그 변화를 깨닫는 순간 이번에는 지축이 흔들렸다.

그리고 그들의 눈에 달빛을 받아 하얗게 일어나는 거대한 물결이 보였다.

그리고 그 순간, 이미 사신(死神)은 그들 앞에 다가와 있었다.

콰아아!

쿠우웅!

거대한 물살이 계곡 주변의 숲까지 무너뜨렸다.

순식간에 산비탈이 파이고, 고목들이 부러져 나갔다.

"수공이다! 모두 피해!"

가장 먼저 계곡 위쪽에서 밀려오는 거대한 물결을 발견한 비룡성의 경계병들이 격한 경고성을 토해내며 사방으로 달리기 시작했다.

히히힝!

사람보다 빠른 감각으로 이미 큰 위험이 다가오고 있음을 눈치챈 말들이 비명을 지르며 날뛰기 시작했다.

"무슨 일이냐?"

비룡성의 원정대를 이끌고 있는 대전사 모간이 자신의 막사에서 뛰쳐나오며 소리쳤다.

그러자 경계를 서던 전사가 급히 달려오며 소리쳤다.

"피해야 합니다. 수공입니다!"

"수공?"

"계곡 위쪽 물을 막아놓았던 것 같습니다. 이미 오래전부터 준비한 듯합니다. 시간이 없습니다!"

전사가 급하게 소리쳤다.

그러자 한순간 당황한 모습을 보이던 모간이 몸을 날리며 소리쳤다.

"모두 숲으로 물러나라! 난 아가씨께 가겠다!"

짧게 명을 내린 모간이 어느새 말에 올라 주란의 막사를 향해 말을 달리기 시작했다.

"뭐예요?"

전장에서도 성에서 생활하듯 화려한 막사 안 안락한 침상에서 잠을 자던 주란이 황급히 달려 들어온 호위대장 사도한을 큰 눈으로 보며 물었다.

흐트러진 옷 사이로 속살이 보였지만, 애초에 그런 걸 조심할 상황도 아니었고, 또 호위대장 사도한과는 속살을 보여주어도 되는 사이여서인지 그녀는 옷을 가다듬을 생각도 하지 않았다.

"적의 공격입니다. 급히 떠나야 합니다. 어서 준비하십시오."

"공격요? 그럼 맞서 싸우면 되죠?"

주란이 왜 싸울 생각을 않고 후퇴할 생각을 하냐는 듯 신경질적으로 되물었다.

"수공(水攻)입니다. 계곡 상류에 물을 모아놓았던 것 같습니다. 일단 후퇴해야 합니다. 어서!"

사도한이 침상 옆에 놓였던 무복을 들어 주란에게 건네며 재촉했다.

그제야 급박한 상황이란 것을 깨달은 주란이 사도한 앞임에도 서슴없이 옷을 갈아입었다.

"가요!"

옷을 다 갈아입은 주란이 오히려 사도한을 재촉했다.

이미 그녀의 귀에도 지척까지 다가온 거대한 물소리와 아비규환에 빠진 사람과 말의 비명 소리가 들려오고 있었다.

주란의 말에 사도한이 주란을 이끌고 천막을 벗어나려는데 어느새 달려온 모간이 천막의 입구로 들이닥쳤다.

"아가씨!"

"이야기 들었어요. 일단 피하죠."

주란이 모간에게 말했다.

그러자 모간이 고개를 끄떡였다.

"준비가 되셨다니 다행입니다. 사 대장이 아가씨를 모시고 숲까지 피하게. 난 이곳에 남아 있겠네."

모간이 사도한을 보며 말했다.

"위험합니다."

사도한이 짧게 말했다. 주란을 대할 때와는 완전히 다른 모습이다.

"내 걱정은 말게. 어떤 경우라도 한 몸 피할 수는 있으니까. 남아서 최대한 전사들을 수습해 보겠네."

"알겠습니다. 주모님 걱정은 마십시오."

사도한이 대답했다.

"그럼!"

모간이 주란에게 가볍게 고개를 숙여 보인 후 말머리를 돌려 달려 나갔다.

그러자 주란이 말했다.

"가요. 이곳은 모 대전사에게 맡겨두고."

"예, 주모님!"

사도한이 대답을 한 후 주란의 손을 잡고 천막을 떠났다.

그들이 나타난 것은 계곡 상류에 모아두었던 거대한 물이 비룡성의 진영을 휩쓸어 버리는 바로 그 순간이었다.

그들은 바람이고 파도였다.

세상의 모든 것을 쓸어버릴 기세로 계곡을 내달리는 수마(水馬)의 바로 옆에서 그들도 달렸다.

마치 그들이 수마를 몰아가는 듯한 모습이었다.

무한은 절벽 위에서 강변을 달리는 그들을 감탄 어린 시선으로 바라보고 있었다.

흐릿한 달빛 아래 거대한 물과 함께 적진을 향해 달려가는 자들은 연이설이 굳건하게 믿고 있는 호천백검이었다.

번쩍!

호천백검은 거대한 물바다로 변한 적진에 들어서자마자 검을 뽑았다.

수십 개의 검광이 밤하늘을 수놓는 순간, 전혀 다른 성질의 비명들이 비룡성의 진영에서 터져 나오기 시작했다.

"악!"

수마를 피하기 위한 고함이 아닌, 날카로운 검에 베인 자들의 비명 소리가, 그리고 주인과 함께 베여 땅과 물속으로 처박히는 말들의 처절한 비명 소리가, 숙영지를 휩쓸어 버리는 거대한 물 소리에 섞여 들려왔다.

수공에 무너진 비룡성의 진영에서 천록의 왕국을 지켰던 절대 검수들인 호천백검을 상대할 전사들은 없었다.

흐트러진 진영 속에서 호천백검은 양 떼를 공격하는 호랑이들이었다.

그들의 손에 죽은 자들이 순식간에 수백을 넘어섰다.

그리고 그제야 비룡성의 전사들 사이에서 경고성이 터져 나오기 시작했다.

"적이 왔다. 후퇴하라!"

"적과 맞서지 말고 숲으로 물러나 집결하라!"

곳곳에서 비룡성 전사들의 목소리가 들려왔다.

그리고 그쯤 사방으로 흩어져 물에 빠진 적들을 주살하던 호천백검이 다시 하나의 무리로 뭉쳐 한 방향으로 움직이기 시작했다.

"후우⋯⋯."

무한이 길게 한숨을 내쉬었다. 나이는 어리지만 이미 여러 번 격렬한 싸움을 경험한 무한이다.

그러나 그중에서 전쟁이라고 부를 만한 싸움은 없었다. 가장 큰 싸움이 십이귀선과의 해전 정도였다.

그런데 오늘 무한은 무인들의 싸움과는 다른 유형의 싸움, 전쟁을 경험하고 있었다.

한 사람의 생명이 들풀보다도 가치가 없어지는 그런 싸움을 보고 있자니 무한의 입에서 자연히 한숨이 새어 나올 수밖에 없었다.

"참⋯ 비참하지요?"

무한의 마음을 읽었는지 이공이 물었다.

"전쟁은 모두 같겠지요?"

"그렇지요. 사람의 목숨을 도구로 쓰는 일이 전쟁이니까요. 전장에서 사람은 사람이 아니지요."

이공이 우울한 표정으로 말했다.

"그래서 과거의 빛의 술사들이 자신을 희생해서라도 육주의 안정과 평화를 지키려 한 것일까요?"

"⋯그거야 저도 모르겠습니다만, 빛의 술사의 존재가 적어도 가치 없이 사라질 누군가의 목숨을 구해온 것은 사실이겠지요."

이공의 대답에 무한이 말없이 고개를 끄떡였다.

그러자 이공이 물었다.

"빛의 술사에 대한 생각이 조금 달라지신 모양이군요. 그럼 이

제 술사께서도 그렇게 가련한 생명들을 위해 세상을 구원하시렵니까?"

"후후, 세상을 구한다라. 그건 빛의 술사가 아니라 누구에게도 오만한 생각이지요. 하지만 어쨌든 지금은 그 누군가를 구해야 할 시간이긴 한 것 같습니다."

무한이 천천히 걸음을 옮기며 말했다.

『사자의 아들: 칸의 여행』 11권에 계속…